데미안

Demian

아로파 세계문학 06

데미안
Demian

헤르만 헤세
Hermann hesse

최성욱 옮김

아로파

차례 ▎

Die Geschichte von Emil Sinclairs Jugend.

에밀 싱클레어의 젊은 날 이야기

나는 오로지 내면에서 저절로 우러나오는 인생을 살고자 했을 따름이다.
그것이 왜 이렇게 어려웠던가?

　내 이야기를 하자면 아주 옛날에서부터 시작해야 한다. 가능하다면 좀 더 먼 옛날로 되돌아가 아주 어린 시절은 물론이고 그 시절을 지나 내 조상이 살았던 아득한 과거로까지 거슬러 올라가야 할 것이다.

　소설을 쓸 때 작가들은 마치 자기가 신이라도 된 것처럼 군다. 한 인간이 살아온 이야기를 꿰뚫어 보듯 파악할 수 있고, 신이 직접 이야기하는 것과 똑같이 핵심을 명명백백하게 서술할 수 있는 척하는 것이다. 하지만 어떤 작가도 그렇게 할 수는 없다. 그것은 나 역시 마찬가지이다. 그럼에도 여느 작가에게나 자기 이야기가 중요하듯 내게는 무엇보다 내 이야기가 소중하다. 이것은 나만의 고유한 이야기이기 때문이다. 꾸며 냈거나 존재할 가능성이 있거나 이상적인 인간, 또는 다른 어떤 방법으로도 존재할 수 없는 인간의 이야기가 아니라, 이 세상에 단 하나밖에 없는 존재로 생생하게 살아 있는 어느 인간의 이야기이기 때문이다. 그런데 살아 있는 인간이란 것이 진짜 무엇인지 우리는 과거 그 어느 때보다도 깨닫지 못하고 있다. 그래서 우리는 저마다 소중하고 비길 데 없는 자연의 시도인 인간을 총으로 쏘아 대량 살상하고 있는 것이다. 만약 우리가 유일무이한 존재가 아니라면, 누구든 총알 한 방으로 이 세상에서 완전히 제거해 버려도 되는 존재라면, 우리 인간의 이야기를 한다는 것은 정말 무의미한 일이다. 하지만 인간은 누구나 그 자신일 뿐만 아니라, 단 하나뿐이고 아주 특별하며 어떤 경우에도 중요하고 기억할 가치가 있는 존재이다. 세상의 온갖 현상들은 딱 한 번만 교차할 뿐 두 번 다시 만나지 않는 점(點)과 같은 것이다. 그래서 모든 인간의 이야기는 중요하고 영원하며 신성하다. 그렇기에 살아가면서 어떻게든 자연의 의지를 실현하는 한, 누구나 경이로운 존재이며 기억할 가치가 있는 것이다. 모든 사람의 마음에서 정신이 구체적 형상으로 드러나고, 모든 사람의 마음에서 가련한 인간이 고뇌하며, 모든 사람의 마음에서 구세주가 십자가에 못 박힌다.

오늘날 인간이란 무엇인지 아는 사람은 거의 없다. 하지만 많은 사람들은 그것을 느낌으로 알고 있으며, 이 때문에 조금 더 가벼운 마음으로 죽음을 맞이한다. 나도 이 이야기를 다 쓰고 나면 홀가분하게 죽을 수 있을 것이다.

나는 나 자신을 알고 있는 자라고 부르지는 못하겠다. 그저 무언가를 탐색하는 사람이었고, 지금도 여전히 그렇다. 하지만 나는 더 이상 별을 쳐다보거나 책을 읽으면서 찾지 않는다. 나는 내 안에 흐르는 피가 속삭여 주는 가르침에 귀를 기울이기 시작한다. 내 이야기는 편안하지 않고,

지어낸 이야기처럼 달콤하거나 잘 다듬어지지도 않았다. 오히려 자신을 더 이상 속이려 하지 않는 사람들의 모든 삶처럼 부조리하고 혼란스러우며 광기 어리고 몽환적인 맛이 날 것이다.

모든 인간의 삶이란 자기 자신으로 향하는 길이고, 이 길에 이르기 위한 시도이자 좁은 오솔길로의 암시이다. 일찍이 어느 누구도 완전히 자기 자신이었던 적은 없었다. 그럼에도 누구나 자기 자신이 되고자 애쓴다. 어떤 사람은 희미하게, 또 어떤 사람은 그보다 더 분명하게 각자 할 수 있는 대로 노력하는 것이다. 인간이면 누구나 자기 탄생의 잔재를, 태고(太古)의 점액과 껍질을 죽을 때까지 지니고 다닌다. 많은 사람들은 단 한 번도 인간이 되어 보지 못하고 개구리나 도마뱀, 개미로 머문다. 상체는 인간인데 하체는 물고기인 사람도 많다. 하지만 모든 사람은 인간이 되기를 바라며 자연이 던져 놓은 존재이다. 우리 모두는 어머니라는 동일한 근원을 공유한다. 모두 동일한 심연에서 나온 것이다. 하지만 이 심연으로부터의 시도이자 투척으로서 각자 제 갈 길을 찾아 나선 개개의 인간은 자신만의 고유한 목표를 향해 나간다. 우리는 서로를 이해할 수는 있다. 하지만 누구나 오로지 자기 자신만을 설명할 수 있을 따름이다.

1장

Zwei Welten

두 세계

    열 살 무렵 내가 작은 도시의 라틴어 학교를 다니던 시절의 체험으로 이야기를 시작하려 한다.

    그 시절의 향수가 짙게 풍겨 오면서 내면에서부터 아픔과 안락한 전율이 내 마음을 뒤흔들어 놓는다. 어두운 골목길이며 밝은 집들과 탑, 시간을 알리는 종소리와 행인들의 얼굴, 온기 가득한 아늑함과 편안함으로 가득 찬 방들, 은밀함과 유령이 나올 것 같은 공포감에 휩싸인 방들이 떠오른다. 따뜻하지만 비좁은 곳에서 나는 냄새, 집토끼와 하녀들의 냄새, 민간요법으로 사용되는 약제와 말린 과일 냄새도 난다. 그곳에는 두 개의 세계가 뒤섞여 있었고, 두 개의 극단에서 낮과 밤이 나왔다.

    둘 중 한 세계는 아버지의 집이었다. 하지만 이 세계는 아주 비좁아서,

엄밀히 말하면 부모님만을 포함한 곳이었다. 대부분 내가 너무나 잘 알고 있던 그 세계는 어머니와 아버지가 살고 있는 곳, 사랑과 엄격함이 지배하는 곳, 모범적인 삶과 학교생활이 이루어지는 곳이었다. 온화한 광채와 명확함, 깨끗함이 이 세계에 속했고 부드럽고 친절한 말씨나 깨끗이 씻은 손, 말끔한 옷가지와 훌륭한 예절이 여기에 깃들어 있었다. 이곳에서는 아침마다 찬송가를 불렀고, 크리스마스 때는 파티도 열렸다. 이 세계에는 미래로 통하는 곧은 선(線)과 길이 있었다. 의무와 책임, 양심의 가책과 참회, 용서와 선의, 사랑과 존경, 성경 말씀과 지혜가 있었다. 인생을 분명하고 깨끗하게, 아름답고 질서 정연하게 누리려면 이 세계에 머물러야 했다.

또 다른 세계는 분명 우리 집 한가운데서 시작되고 있었지만, 전혀 다른 세계였다. 냄새도 다르고, 말도 다르고, 약속하고 요구하는 것도 달랐다. 이 두 번째 세계에는 하녀와 직공들이 있었고, 귀신 이야기와 추잡한 소문들이 있었다. 거기에는 엄청나면서 유혹적이고, 무시무시하면서도 수수께끼 같은 가지각색의 일들이 수없이 흘러넘치고 있었다. 도살장이며 감옥, 술주정뱅이와 욕지거리하며 다투는 여자들, 새끼를 낳는 암소와 거꾸러진 말, 강도와 살인과 자살 같은 일들이 벌어졌다. 아름답고도 몸서리쳐지며, 사납고 잔인한 이 모든 일들이 주변에서 일어났다. 바로 이웃 골목, 바로 이웃집에서 경찰과 부랑자들이 돌아다녔다. 술주정뱅이들은 아내를 두들겨 팼고, 저녁이면 공장에서 젊은 처녀들이 무리 지어 쏟아져 나왔다. 노파가 사람을 홀려 병들게 할 수도 있었다. 숲에는 도둑들이 살았으며, 방화범들은 경찰에 붙잡혔다. 이 두 번째 격한 세계는 어디에서나 솟구쳐 올라 냄새를 풍겼다. 다만 아버지와 어머니가 계신 우리 방만은 예외였다. 그리고 그 점은 참 좋았다. 여기 우리 집에 평화와 질서, 휴식이 있고 의무와 선한 양심, 용서와 사랑이 있다는 사실이 경이로웠다. 게다가 다른 온갖 것들, 시끄럽고 날카로우며 음산하고 폭력적인 것들이 존재하며, 그럼에도 그곳에서 한 걸음만 폴짝 뛰면 어머니의 품 안으로 도망칠 수 있다는 사실도 놀라운 일이었다.

그런데 가장 이상했던 일은 이 두 세계가 서로 인접해 있다는 사실이다. 그 둘은 얼마나 가까이 붙어 있었던가! 예를 들면 우리 집 하녀 리나는 저녁 기도 시간에 거실 문가에 앉아 매끈하게 다림질한 앞치마 위에 깨끗이 씻은 두 손을 올려놓고 맑은 목소리로 우리와 함께 찬송가를 불렀는데, 그때 그녀는 완전히 아버지와 어머니의 세계, 우리의 세계, 밝고 올바른 세계에 속했다. 하지만 기도 시간이 끝나고 곧바로 부엌이나 외양간에서 내게 머리가 없는 난쟁이 이야기를 해줄 때나 조그만 푸줏간에서 이웃 아낙네와 싸움질을 할 때면 그녀는 전혀 다른 사람이었고, 다른 세계에 속했고, 비밀에 둘러싸인 존재였다. 모든 일이 그랬는데, 그 중에서도 나 자신이 가장 심했다. 물론 나는 밝고 올바른 세계에 속했고 내 부모님의 자식이었지만, 눈과 귀를 돌리는 곳마다 어디든 다른 것이 존재했다. 때로는 그곳이 낯설고 무시무시했고 또 번번이 양심의 가책과 불안을 느끼기도 했지만 그래도 나는 이 다른 세계에서도 살았다. 심지어 가끔은 이 금지된 세계에서 사는 것을 가장 좋아하기도 했다. 그리고 때로는 밝은 세계로 되돌아오는 일이 — 꼭 그렇게 해야 하고, 그것이 좋은 일이었건만 — 덜 아름답고 더 지루하며 더 황량한 세계로 되돌아가는 것처럼 느껴질 때가 많았다. 내 인생의 목표가 아버지나 어머니처럼 그렇게 밝고 순수하게, 그토록 뛰어나고 질서 있게 사는 것임을 나도 가끔씩은 알고 있었다. 하지만 그곳에 이르는 길은 아득히 멀었다. 거기까지 가려면 학교를 배겨 내야 했고, 대학을 나와야 했고, 갖은 연습과 시험을 치러야 했다. 그 길은 언제나 더 어두운 다른 세계 옆을 지나거나 그 세계 한복판을 뚫고 가야 했기 때문에, 그곳에 머무르며 빠져드는 것도 전혀 불가능한 일만은 아니었다. 당시에 내가 열심히 읽던 타락한 아들에 대한 이야기에서는 그런 일들이 자주 일어났다. 그 속에서는 아버지와 선한 세계로의 귀환이 언제나 구원이었고 훌륭한 일이었다. 분명 나는 이것만이 올바르고 선하고 바람직한 것임을 느끼고 있었다. 그러면서도 악한들과 타락한 아들 사이에서 벌어지는 이야기에 훨씬 더 마음이 끌렸다. 솔직히 고백하자면 타락한 아들이 참회하고 다시 올바른 길을 찾는 것이 때로는 퍽 유감스럽기까지 했다. 하지만 그런 말은 결코 입 밖에 내지 않았고, 그럴 생각도 하지 않았다. 어쨌든 그런 느낌은 막연한 예감이나 어떤 가능성의 형태로 감정의 맨 밑바닥에 존재했다. 악마를 떠올릴 때면 나는 언제나 그놈이 변장을 했든 정체를 드러내고 다니든 저 아래 길거리나 사람이 붐비는 시장 또는 선술집에나 있다고 생각했지, 우리 집에 있을 거라고는 결코 상상하지 못했다.

내 누이들도 물론 밝은 세계에 속했다. 내 생각에 누이들은 근본적으로 아버지와 어머니에게 더 가까웠다. 나보다 더 착하고, 더 예의 바르고, 나무랄 데가 없었다. 물론 누이들도 결점이 있었고 버릇없이 굴 때도 있었지만, 그리 심각한 정도는 아니었다. 어둠의 세계에 훨씬 더 가까이 있어 종종 사악함과 접촉할 때마다 너무나 큰 괴로움에 짓눌리곤 했던 나와는 조금 달랐다. 부모님과 마찬가지로 누이들도 아끼고 존중할 만한 존재들이었다. 어쩌다 누이들과 싸움이라도 벌이고 난 뒤 양심에 비추어 돌이켜 보면, 언제나 나쁜 쪽은 나였고 늘 내가 용서를 빌어야 했다. 누이들을 욕보인다는 것은 곧 부모님과 선함, 계율을 모욕하는 일이었기 때문이다. 이렇다 보니 내게는 누이들보다는 차라리 동네 불량배들과 나눌 수 있는 비밀들이 있었다. 마음이 맑고 양심이 흐트러지지 않은 기분 좋은 날에는 누이들과 놀면서 그들처럼 착하고 얌전하게 지냈다. 그럴 때면 선량하고 고상해 보이는 나 자신을 바라보는 일이 꽤나 즐거웠다. 우리가 천사라면 마땅히 그래야 할 것이다! 그것은 우리가 아는 한 최고의 것이었고, 크리스마스나 행복처럼 밝은 울림과 향기에 둘러싸인 천사가 되는 것이야말로 우리에게는 달콤하고도 멋진 일이었다. 아, 그런 시간과 날들은 얼마나 드물었던가! 선하고 악의가 없어 우리에게 허용된 장난을 칠 때에도 나는 종종 감정이 격해져 누이들을 너무 심하게 대했고, 결국 싸움으로 번지게 만들거나 불행을 일으키곤 했다. 그렇게 분노가 치밀어 오르면 나는 끔찍한 놈이 되어 몹쓸 짓을 하거나 욕설을 내뱉었다. 하지만 나는 그렇게 행동하고 말하는 순간에도 그것의 부적절함을 마음속 깊은 곳에서 뜨겁게 느끼곤 했다. 그러고 나면 혹독하고 어두운 후회와 참회의 시간이 찾아왔다. 뒤이어 용서를 구하는 괴로운 순간이 왔고, 그런 다음에야 밝은 빛이, 분열되지 않은 고요하고 고마운 행복이 몇 시간 혹은 짧은 순간 동안 다시 찾아왔다.

나는 라틴어 학교에 다녔다. 우리 반에는 시장의 아들과 산림 감독관의 아들이 있었고, 나는 그들과 가끔 어울렸다. 거칠긴 했지만 선하고 허락된 세계에 속한 아이들이었다. 하지만 나는 보통 우리가 무시하곤 했던 이웃 공립 학교 아이들과도 가깝게 지냈다. 이들 중 한 명과 더불어 내 이야기를 시작할 것이다.

열 살이 막 되었을 무렵, 수업이 없던 어느 오후에 나는 이웃에 사는 두 아이와 이리저리 쏘다니고 있었다. 그때 우리보다 키가 큰 아이 하나가 우리들 틈으로 끼어들었다. 그는 열세 살쯤 된 억세고 난폭한 녀석으로, 공립 학교 학생이었다. 재단사인 아버지는 술꾼이었고, 가족 모두의 평판이 좋지 않았다. 나 역시 이 프란츠 크로머라는 아이를 익히 알고 있었다. 알고 있을 뿐 아니라 무서워하기까지 했다. 그래서 그가 우리 사이에 불쑥 끼어든 것이 마음에 들지 않았다. 그는 벌써 어른 티가 났고, 공장에 다니는 젊은 직공들의 말투나 걸음걸이를 따라 하기까지 했다. 그를 따라 우리는 다리 옆에서 강기슭으로 내려간 다음 다리의 첫 번째 아치 아래로 숨었다. 아치형 교각과 천천히 흐르는 강물 사이의 좁은 강변에는 유리 조각, 잡동사니, 녹슨 철사 뭉치, 오물 등 온갖 쓰레기들이 널려 있었다. 이따금 쓸 만한 물건들이 있기도 했다. 우리는 프란츠 크로머의 지시에 따라 그 지역을 샅샅이 뒤져서 찾아낸 것들을 그에게 보여 주어야 했다. 그러면 그는 그런 것들을 챙겨 넣거나 물에 던져 버렸다. 그는 특히 납이나 놋쇠, 주석으로 된 물건들이 있는지 잘 살펴보라고 일렀고, 그런 물건들이 나오면 모조리 챙겼다. 뿔로 만든 낡은 빗도 받아 넣었다. 나는 그와 어울려 다니는 내내 몹시 불안했다. 아버지가 그와 만나는 걸 금지하실 게 분명했기 때문이 아니라, 프란츠가 두려웠기 때문이었다. 그가 나를 받아들이고 다른 아이들과 똑같이 대해 주는 것이 기뻤다. 그는 명령했고 우리는 복종했다. 나는 그날 처음으로 그와 어울렸지만, 마치 오랜 관습을 따르는 것처럼 느껴졌다.

마지막으로 우리는 땅바닥에 앉았다. 프란츠는 물에다 침을 뱉었는데 그 모습이 꼭 어른 같았다. 그는 벌어진 잇새로 침을 뱉어 어디든 원하는 곳에 명중시켰다. 이야기판이 벌어지자 아이들은 학교에서 행한 온갖 영웅담과 비행을 자랑삼아 늘어놓았다. 나는 아무 말도 하지 않았지만, 바로 이런 침묵이 오히려 눈에 띄어 크로머의 분노를 살까 두려웠다. 내 두 친구는 처음부터 나와 거리를 두고 크로머를 따라다녔다. 나는 이들 사이에서는 이방인이었고, 나의 옷차림이나 태도가 그들에게 거슬린다는 걸 느끼고 있었다. 라틴어 학교 학생에다 괜찮은 집안 자식인 나를 프란츠가 좋아할 리 없었고, 다른 두 아이들도 여차하는 순간 나를 배반하고 곤경에 빠진 나를 모른 척 내버려 둘 게 뻔했다.

순전히 두려움 때문에, 마침내 나도 이야기를 시작했다. 나는 대담한 도둑질 이야기를 꾸며 냈고 스스로 주인공이 되었다. 한밤중에 친구와 함께 모퉁이 물방앗간 옆에 있는 과수원에서 사과 한 자루를 훔쳤다는 이야기였다. 그것도 보통 사과가 아니라 최상품인 레네트 종과 금빛 파르메네 종이었다고 말이다. 나는 순간의 위험을 모면하기 위해 이야기 속으로 도피했고, 꾸며 낸 이야기를 하기란 내게는 쉬운 일이었다. 이야기가 너무 금방 끝나면 더 큰 곤경에 빠질까 봐 나는 온갖 잔꾀를 다 부렸다. 한 명이 나무 위에 올라가 사과를 따 아래로 던지는 동안 다른 한 명은 망을 보아야 했다고 꾸며 댔다. 사과를 담은 자루가 어찌나 무겁던지 결국 다시 풀어 절반을 남겨 두고 왔는데, 30분 후에 다시 돌아가 나머지도 마저 가져왔다고도 말했다.

이야기를 끝냈을 때, 나는 어느 정도 박수가 터지길 기대했다. 마지막에 나는 내가 꾸민 이야기에 스스로 도취되어 몸이 바싹 달아올라 있었다. 다른 두 아이들은 말없이 내 이야기가 끝나기만을 기다렸다. 하지만 프란츠 크로머는 눈을 게슴츠레 뜨고 나를 뚫어져라 바라보더니 위협적인 목소리로 이렇게 물었다. "그게 정말이야?"

"물론이지." 내가 대답했다.

"그러니까 정말로 그랬단 말이지?"

"그렇다니까. 정말로 그랬어." 나는 속으로는 겁에 질려 숨이 막힐 지경이었지만 고집스럽게 우겼다.

"맹세할 수 있어?"

나는 가슴이 철렁했지만 곧바로 그렇다고 대답했다.

"그럼 하느님과 네 행복을 걸고 맹세한다고 말해 봐!"

나는 "하느님과 행복을 걸고 맹세해."라고 말했다.

"좋아." 그는 고개를 돌렸다.

나는 이것으로 모든 일이 잘 끝났다고 생각했다. 그리고 크로머가 일어나 집으로 돌아가려는 모습에 마음이 놓였다. 모두가 다리 위로 올라왔을 때 나는 이제 집에 가봐야겠다고 소심하게 말했다.

"그렇게 서두를 것 없어." 그가 미소 지었다. "우리, 같은 길로 가잖아."

그는 어슬렁거리며 걸었고, 나는 감히 벗어나지 못했다. 그는 정말 우리 집 쪽으로 걸어갔다. 마침내 집에 도착해 우리 집 대문과 두꺼운 놋쇠 손잡이, 창문에 반사된 태양빛과 어머니 방의 커튼이 보였을 때 나는 안도의 숨을 깊이 내쉬었다. 오, 집이다! 오, 밝음과 평화가 깃든 집으로의 귀환이라니! 얼마나 즐겁고 축복받을 일인가!

서둘러 안으로 들어가 문을 다시 닫으려는 순간 프란츠 크로머가 잽싸게 따라 들어왔다. 안마당 쪽으로만 빛이 드는 차갑고 음산한 자갈길에서 그가 바로 옆에 선 채 내 팔을 잡더니 나직이 속삭였다. "그렇게 서둘지 말래도!"

나는 깜짝 놀라 그를 쳐다보았다. 내 팔을 움켜쥐고 있는 그의 손아귀가 무쇠처럼 단단했다. 순간 나는 생각했다. 이 녀석 지금 무슨 생각을 하고 있는 거지, 혹시 내게 뭔가 못된 짓을 하려는 건 아닌가. 또 내가 지금 소리를 지른다면, 요란하고 다급하게 외친다면 저 위에서 누군가 나를 구하려고 급히 달려와 줄까? 하지만 나는 포기했다.

"뭐야?" 나는 물었다. "뭐 하려고?"

"별거 아니야. 그냥 너한테 몇 가지 더 물어보려고. 다른 애들은 들을 필요가 없는 일이야."

"그래? 좋아, 무슨 말을 더 하라는 거야? 이제 얼른 올라가 봐야 돼, 알잖아."

"너도 알지?" 프란츠가 나직이 말했다. "저기 모퉁이 물방앗간 옆 과수원이 누구네 것인지 말이야."

"아니, 난 몰라. 방앗간 집 거겠지."

프란츠가 팔로 나를 휘감아 자기 쪽으로 끌어당기는 바람에 나는 그의 얼굴을 바로 코앞에서 볼 수밖에 없었다. 두 눈에는 악의가 번득였고, 고약하게 미소 짓는 얼굴에는 잔인함과 지배욕이 넘쳐흘렀다.

"그래, 꼬마야. 그 과수원 주인이 누군지 가르쳐 주마. 그 과수원에서 사과를 도둑맞았다는 사실을 난 이미 오래전부터 알고 있었어. 그리고 주인이 그 과일을 훔친 놈을 알려주는 사람에게 2마르크를 주기로 했다는 것도 말이야."

"맙소사!" 나는 소리쳤다. "설마 주인에게 이를 생각은 아니겠지?"

그의 명예심에 호소해 봤자 소용없는 일이라는 것을 직감할 수 있었다. 그는 다른 세계의 인간이며 그에게 배신이란 범죄도 아니었다. 나는 확실히 느꼈다. 이런 일에서 '다른' 세계 사람들은 우리와 달랐다.

"이르지 말라고?" 크로머가 웃었다. "야, 인마. 넌 내가 2마르크쯤은 알아서 척척 찍어 내는 화폐 위조범이라도 되는 줄 아냐? 난 가난한 놈이야. 너처럼 부자 아버지도 없어. 2마르크를 벌 기회가 있다면 벌어야 한단 말이야. 어쩌면 과수원 주인이 좀 더 줄지도 모르지."

그가 갑자기 나를 놓아주었다. 우리 집 현관은 더 이상 평화와 안전의 냄새를 풍기지 않았다. 그동안 나를 둘러싸고 있던 세계가 허물어진 것이다. 크로머가 나를 고발할 테고, 그러면 나는 범죄자가 되겠지. 누군가

이 사실을 아버지께 이를 수도 있겠고, 아마 경찰이 올지도 몰라. 모든 게 무너져 내릴지도 모른다는 대혼란의 공포가 나를 위협했고, 온갖 추악하고 위험한 일들이 나를 향해 결집해 오고 있었다. 내가 훔치지 않았다는 사실은 전혀 중요하지 않았다. 게다가 맹세까지 하지 않았던가. 맙소사! 맙소사!

눈물이 솟아올랐다. 나는 돈으로 이 위기를 벗어나야 한다는 걸 직감하고는 필사적으로 호주머니를 뒤졌다. 하지만 사과도, 주머니칼도 없었다. 가진 게 아무것도 없었다. 그때 문득 시계 생각이 났다. 낡은 은시계로, 죽어 버렸지만 '그냥' 들고 다녔다. 할머니가 물려주신 시계였다. 나는 얼른 그 시계를 꺼냈다.

"크로머." 내가 말했다. "이봐, 날 고발할 것까진 없잖아. 너한테도 좋을 게 별로 없어. 이 시계를 줄게. 자, 봐. 난 이것 말고는 가진 게 전혀 없어. 이거 가져. 은시계야. 꽤 좋은 거라고. 약간 고장 났지만 그것만 고치면 될 거야."

그는 미소를 짓더니 커다란 손으로 시계를 받았다. 나는 그 손을 바라보며 그것이 얼마나 내게 거칠고 적대적인지, 어떻게 나의 삶과 평화를 향해 뻗쳐 오는지 알 수 있었다.

"이거 은으로 된 거야." 나는 조심스럽게 말했다.

"은이든 뭐든 그따위 낡아 빠진 시계는 없어도 돼!" 그는 극심한 경멸을 숨기지 않았다. "그건 너나 고쳐 쓰라고."

"하지만, 프란츠." 나는 그가 이대로 떠날까 봐 두려움에 떨면서 외쳤다. "잠깐만! 이 시계 가지고 가! 이거 진짜 은시계야. 정말이야. 그리고 난 가진 게 이것밖에 없어."

그는 멸시의 눈빛으로 싸늘하게 나를 바라보았다.

"그럼 내가 누구한테 갈지도 알겠지. 아니면 경찰에게 말할 수도 있어. 잘 아는 경찰이 있거든."

그가 가려는지 몸을 돌렸다. 나는 그의 옷소매를 붙잡고 늘어졌다. 그런 일은 절대로 일어나서는 안 되었다. 그가 이대로 가버렸을 때 일어날지도 모를 모든 일을 감당하느니 차라리 죽는 편이 훨씬 더 나았다.

"프란츠." 나는 흥분한 나머지 쉰 목소리로 애원했다. "제발 어리석은 짓은 하지 마! 그렇지, 그냥 농담이지?"

"그래, 농담이야. 하지만 너에게는 값비싼 농담이 될 거야."

"프란츠, 내가 어떻게 해야 할지 말해 줘. 무슨 짓이든 다 할게."

그는 실눈을 뜨고 나를 훑어보더니 다시 웃음을 터뜨렸다.

"그렇게 바보같이 굴지 마!" 그는 짐짓 착한 척하며 말을 이었다. "너도 나만큼 잘 알고 있잖아. 난 지금 2마르크를 벌 수 있고, 알다시피 그 기회를 내팽개칠 만큼 부자가 아니야. 그런데 넌 부자야. 시계도 있고. 넌 그냥 2마르크만 내게 주면 돼. 그럼 모든 일이 잘 끝나는 거야."

나는 그제야 그의 논리를 이해할 수 있었다. 하지만 2마르크라니! 내게 그건 10마르크, 100마르크, 1,000마르크나 마찬가지로 큰돈이었고, 도저히 구할 수 없는 액수였다. 내겐 돈이 없었다. 어머니 방에 작은 저금통이 하나 있기는 했다. 그 안에는 삼촌이 온다거나 그런 비슷한 경우에 받은 10페니히[1] 또는 5페니히짜리 동전 몇 개가 들어 있었다. 그것 말고는 한 푼도 없었다. 나는 아직 용돈을 받을 나이가 아니었다.

"난 가진 게 없어." 나는 슬프게 말했다. "돈이라고는 한 푼도 없어. 그것 말고는 다 줄게. 인디언 책도 있고, 장난감 병정하고 나침반도 있어.

---

1) Pfennig. 독일의 화폐 단위. 1페니히는 1마르크의 100분의 1이다.

그거 다 줄게."

크로머는 뻔뻔하고 심술궂은 입을 씰룩이더니 땅바닥에 침을 뱉었다.

"헛소리 집어치워!" 그는 명령하듯이 말했다. "그런 시시한 잡동사니는 너나 가져. 나침반이라니! 더 이상 나를 화나게 만들지 마. 돈이나 가져와, 알겠어?"

"하지만 돈이 없는 걸. 어디서 구할 데도 없어. 전혀 방법이 없다고!"

"어쨌든 내일 2마르크 가져와. 학교 끝나고 저 아래 시장에서 기다릴게. 그럼 다 끝이야. 만약 안 가져오면, 알지!"

"그래, 하지만 돈을 어디서 구하라고? 하느님 맙소사, 난 한 푼도 없다고……."

"너희 집엔 돈이 얼마든지 있잖아. 그건 네가 알아서 할 일이야. 그러니까 내일 학교가 끝난 후다. 말해 두지만 내일 돈을 안 가지고 왔다가는……." 그는 무시무시하게 나를 쏘아보더니 한 번 더 침을 뱉고는 그림자처럼 사라져 버렸다.

나는 계단을 올라갈 수 없었다. 내 삶은 완전히 짓밟혔다. 당장 달아나 다시는 돌아오지 않거나 물에 빠져 죽을 생각까지 했다. 하지만 어느 쪽도 분명하게 그려지지는 않았다. 나는 집으로 올라가는 계단 맨 아래쪽 어두침침한 곳에 앉아 잔뜩 웅크린 채 불행에 내 몸을 내맡겼다. 마침 리나가 장작을 가지러 바구니를 들고 아래로 내려오다가 그곳에서 울고 있는 나를 발견했다.

나는 그녀에게 부디 아무 말도 하지 말라고 부탁한 다음 집으로 올라갔다. 유리문 옆 옷걸이에는 아버지의 모자와 어머니의 양산이 걸려 있었다. 이것들을 보자 고향의 다정함이 왈칵 밀려왔다. 나는 돌아온 탕아가 옛 고향의 방으로 돌아와 그 향기를 맡을 때처럼, 간절한 감사의 마음으로 이 물건들을 반겼다. 하지만 이 모든 것은 이제 더 이상 내 것이 아니었다. 이 모든 것은 아버지와 어머니의 밝은 세계에 속했다. 나는 죄의식에 잔뜩 사로잡혀 낯선 물결 속으로 깊이 빠져들었고, 모험과 죄악에 얽혀 든 채 적에게 위협당하고 있었다. 나를 기다리고 있는 것은 위험과 두려움과 치욕이었다. 모자와 양산, 질 좋은 사암으로 된 오래된 바닥, 거실 장식장 위에 걸린 커다란 그림, 안쪽 거실에서 흘러나오는 누나의 목소리, 이 모든 것이 이전보다 더욱 사랑스럽고 정겹고 소중했지만 이제는 더 이상 위안이 되지 못했고, 확실한 내 것도 아니었다. 그저 비난 세례일 뿐이었다. 이 모든 것이 더 이상 내 것이 아니었으니 그 명랑함과 평온함을 함께 나눌 수 없었다. 나는 발판에 아무리 문질러도 떨어지지 않을 오물을 내 발에 묻히고 말았다. 그리고 이 집의 세계에서는 알지도 못하는 그림자를 이끌고 들어왔다. 그동안 내게는 얼마나 많은 비밀과 걱정이 있었던가. 하지만 그것들은 모두 오늘 내가 끌고 들어온 것에 비하면 한낱 장난이고 놀이에 불과했다. 운명이 내 뒤를 따라오며 나를 향해 두 손을 뻗었다. 어머니도 이 손길에서 나를 지켜 줄 수 없었고, 그에 대해 알아서도 안 되었다. 이제는 내가 정말로 저지른 죄가 남의 물건을 훔친 것이든 거짓말을 한 것이든 (이미 하느님과 행복을 걸고 거짓 맹세까지 하지 않았던가?) 중요하지 않았다. 진짜 나의 죄는 이것도 저것도 아니었다. 악마에게 손을 내민 것 자체가 죄였다. 어쩌자고 그와 함께 갔던가? 어쩌자고 이제까지 아버지에게 한 것보다 크로머에게 더 순종했던가? 왜 그런 도둑질 이야기를 꾸며 내었던가? 왜 범죄를 영웅적 행위인 양 떠벌렸단 말인가? 이제는 악마가 내 손을 잡았고, 적이 내 뒤를 쫓아다녔다.

순간 나는 내일 벌어질 일로 두려워하는 대신, 나의 길이 저 아래 어둠 속으로 점점 더 빠져들게 되리라는 확신 때문에 끔찍해졌다. 내가 저지른 잘못이 또 다른 잘못을 낳으리라는 사실을, 누이들 곁에 서고 부모님께 인사하며 입맞춤하는 일이 위선이라는 사실을, 마음속에 감춰야 할 운명과 비밀을 지니게 되었다는 사실을 나는 분명하게 느끼고 있었다.

아버지의 모자를 보자 순간적으로 신뢰와 희망의 빛이 번쩍 일었다. 아버지에게 모든 것을 털어놓아야지. 그리고 아버지의 판결과 처벌을 달게 받고, 아버지를 나의 비밀을 모두 아는 구원자로 삼아야지. 지금까지 종종 그랬던 것처럼 딱 한 번 참회의 시간을 견뎌 내면 될 거야. 힘들고 쓰디쓴 그 시간, 뉘우치며 어렵게 용서를 빌기만 하면 될 거야.

이런 생각이 얼마나 달콤하게 다가왔던가! 얼마나 아름답게 유혹했던가! 하지만 아무 소용없었다. 나는 내가 그렇게 하지 않을 것임을 알고 있었다. 이제 나는 내게 비밀이 생겼음을, 나 혼자 감당해야 할 죄가 생겼음을 알게 되었다. 어쩌면 나는 지금 이 순간 갈림길에 서 있는 것인지도 모른다. 아마 이 시간부터 영원히 악의 세계에 속해 사악한 자들과 비밀을 나누고, 그들에게 의존하여 그들의 말에 복종하고, 그들과 같은 족속이 되어야 할지도 모른다. 내가 어른 행세, 영웅 행세를 했으니 이제 그 결과를 감당해야 했다.

내가 집으로 들어섰을 때 아버지가 내 젖은 신발만 바라보신 것이 차라리 다행스러웠다. 아버지는 그쪽에 관심을 빼앗겨 그보다 더 나쁜 일이 있다는 사실은 눈치채지 못했다. 나는 아버지의 꾸중을 조용히 다른 일에 결부시키며 참아 낼 수 있었다. 그 순간 내 마음속에 기묘하고도 새로운 감정이 번쩍 떠올랐다. 갈고리가 잔뜩 박힌 것처럼 고약하고도 살을 에는 듯한 느낌이었다. 내가 아버지보다 우월하다는 느낌이 든 것이다! 순간 나는 아무것도 모르는 아버지에 대해 어떤 경멸감 같은 것을 느꼈다. 신발이 젖었다고 나무라는 아버지의 꾸지람이 너무 하찮아 보였다. '만약 아버지가 아신다면!' 하고 생각했다. 내가 마치 살인을 자백해야 하는 마당에 빵을 훔쳤다고 심문받는 범죄자 같았다. 추하고 역겨운 기분이었지만 강렬했고, 깊은 매력이 있었다. 그리고 다른 어떤 생각보다 더 단단하게 나를 나의 비밀과 죄에 얽어맸다. 어쩌면 지금쯤 벌써 크로머가 경찰서에 가서 나를 고발했을지도 모른다. 집에서 나를 이렇게 어린아이 취급하는 동안, 내 머리 위로는 폭풍우가 밀려들고 있었다!

지금까지 이야기한 모든 체험 가운데 바로 이 순간은 매우 중요하면서도 내 삶에 계속 그 흔적을 남기며 영향을 미치고 있는 부분이다. 그것은 아버지의 성스러움에 난 최초의 균열이었고, 내 어린 시절을 떠받치던 기둥이자 누구나 자기 자신이 되기 위해서는 무너뜨려야 하는 기둥을 가르는 최초의 금이었다. 우리 운명을 정하는 내면의 중요한 선(線)은 아무도 보지 못하는 이런 체험으로 이루어진다. 균열과 금은 다시 자라나고 도로 덮여 아물고 잊히지만, 우리 마음속 아무도 모르는 은밀한 방에서 계속 살아남아 피를 흘린다.

나는 곧 이런 새로운 감정이 두려워졌다. 곧바로 용서를 빌면서 아버지의 발에 입맞춤이라도 하고 싶은 심정이었다. 하지만 아무도 본질적인 것에 대해 용서를 구할 수는 없고, 이런 사실은 어린아이도 여느 현자만큼이나 충분히 느끼는 법이다.

나는 내 문제를 곰곰이 생각해 보며 내일 일에 대비해야 했다. 하지만 그러지 못했다. 대신 저녁 내내 오로지 우리 집 거실의 변화된 분위기에 적응하는 일에만 골몰했다. 벽시계와 탁자, 성경과 거울, 책꽂이와 벽에 걸린 그림들이 마치 내게 작별을 고하는 것 같았다. 나는 내 세계, 선량하고 행복했던 내 삶이 이제 과거가 되어 내게서 떨어져 나가는 장면을 심장이 얼어붙는 마음으로 지켜봐야 했다. 그리고 내가 이제 저 바깥의 어둡고 낯선 세계에 단단히 뿌리내리고 새롭게 자리 잡았음을 감지해야 했다. 태어나서 처음으로 나는 죽음을 맛보았다. 죽음은 쓴 맛이다. 왜냐하면 죽음은 탄생이고, 끔찍한 새 삶에 대한 불안이자 공포이기 때문이다.

마침내 침대에 눕게 되자 나는 환희를 느꼈다! 조금 전 저녁 기도 시간이 마지막 정죄(淨罪)의 불길로 나를 휩쓸고 지나갔다. 우리는 모두 내가 제일 좋아하는 찬송가까지 불렀다. 아아, 나는 함께 부르지 않았다. 음정 하나하나가 내게는 쓰디쓴 쓸개즙이자 독약 같았다. 아버지가 축복의 기도를 하셨을 때 나는 함께 기도하지 않았다. 그리고 아버지가 마지막으로 "우리 모두와 함께하소서!"라는 말로 기도를 끝냈을 때, 어떤 격한 떨림이 단숨에 나를 이 기도 모임에서 떼어 놓았다. 신의 은총이 그들 모두와 함께해도 이제 나와는 함께하지 않았다. 나는 싸늘한 심정으로 완전히 녹초가 되어 그 자리를 떠야 했다.

한참을 나는 침대에 드러누워 있었다. 따스함과 아늑함이 나를 다정하게 감쌌지만, 내 마음은 두려움에 사로잡혀 또다시 길을 잃고 지난 일들 주변을 불안하게 맴돌았다. 어머니는 늘 그랬듯이 내게 잘 자라고 인사를 해주셨다. 어머니의 발소리가 여전히 방 안까지 울렸고, 어머니가 들고 가신 촛불 빛이 여전히 문틈으로 새어 들었다. 나는 생각했다. 지금, 지금 어머니가 다시 와주신다면, 뭔가 낌새를 채고 내게 입을 맞추며 물어보신다면, 관대하면서도 희망을 약속하는 목소리로 물어봐 주신다면. 그러면 나는 울 수 있을 것이다. 목구멍에 걸린 돌이 녹아 버릴 테고, 나는 어머니에게 안겨 사실을 털어놓을 것이다. 그러면 모든 일이 잘 해결될 테고, 구원이 찾아올 것이다! 문틈으로 들어온 빛이 완전히 사라진 다음에도 나는 한동안 더 바깥에 귀를 기울이며 일이 그렇게 풀려야 한다, 그렇게 되어야만 한다고 생각했다.

그런 다음 나는 다시 내 일로 되돌아와 적의 눈을 바라보았다. 그놈이 또렷하게 보였다. 한쪽 눈을 가느다랗게 뜨고는 입가에 야비한 미소를 흘리고 있었다. 내가 그를 바라보며 도저히 빠져나갈 수 없는 이 상황을 꾹 참고 있는 동안 그는 점점 더 크고 추악해졌다. 그의 사악한 눈은 악마처럼 번득였다. 내가 잠들 때까지 그는 내 곁에 있었다. 하지만 그놈이나 낮에 있었던 일에 대해 꿈을 꾸지는 않았다. 대신 나는 부모님, 누이들과 함께 배를 타는 꿈을 꾸었다. 휴일의 평화와 반짝임이 우리를 감싸고 있었다. 한밤중에 깨어난 나는 행복의 여운을 느끼며, 누이들의 하얀 여름옷이 여전히 햇빛 속에서 빛나는 모습을 그려 보았다. 그러다가 다시 천국에서 현실로 추락해 사악한 눈을 지닌 적과 마주하게 되었다.

이튿날 아침, 어머니가 다급히 들어와 늦었는데 왜 아직도 침대에 누워 있느냐고 소리쳤을 때, 나는 끔찍한 꼴을 하고 있었다. 그리고 어머니가 어디 아프냐고 물었을 때는 그만 토하고 말았다.

그리고 나니 약간은 이득을 보기도 한 것 같았다. 나는 몸이 조금 아픈 날이면 아침 내내 침대에 누워 카밀러 차를 마시며 옆방에서 어머니가 청소하는 소리, 리나가 바깥 현관에서 푸줏간 주인을 맞이하는 소리에 귀 기울이는 것을 좋아했다. 학교에 가지 않는 오전은 어딘가 매혹적이고 동화 같은 면이 있었다. 방 안으로 어른어른 비치는 햇빛은 학교에서 녹색 커튼으로 가린 햇빛과는 달랐다. 하지만 오늘은 그것마저 제맛을 내지 못하고 거짓된 울림만 남겼다.

그래, 차라리 죽어 버린다면! 하지만 전에도 가끔 그랬던 것처럼 그냥 몸이 조금 불편할 따름이었다. 이것만으로는 아무것도 해결되지 않았다.

학교에는 가지 않아도 되었지만, 11시에 시장에서 나를 기다리는 크로머까지 막아 줄 수는 없었다. 이번에는 어머니의 다정함도 위안이 되지 못했다. 오히려 귀찮고 괴롭기만 했다. 나는 다시 잠든 척하며 이런저런 궁리를 했다. 하지만 소용없는 짓이었다. 11시에는 시장에 나가야만 했다. 결국 나는 10시에 살며시 일어나 몸이 다시 좋아졌다고 말했다. 이런 경우에는 으레 다시 침대로 가 눕든지 아니면 오후에 학교를 가야 했다. 나는 학교에 가고 싶다고 말했다. 미리 계획을 세워 두었던 것이다.

돈 없이는 크로머를 만날 수 없었다. 그러니 내 조그만 저금통을 가져와야 했다. 저금통에 돈이 충분하지 않다는 것은 잘 알고 있었다. 그 돈으로는 어림도 없었다. 하지만 그래도 어느 정도는 될 것이다. 한 푼도 내놓지 않는 것보다는 조금이라도 내놓는 편이 낫고, 적어도 크로머의 마음을 달래 줄 수는 있으리라.

양말 바람으로 어머니의 방에 살그머니 들어가 책상에서 저금통을 들고 나왔을 때는 기분이 별로 좋지 않았다. 하지만 어제만큼 나쁜 것은 아니었다. 심장이 두근거려 숨이 막힐 지경이었다. 아래쪽 층계참으로 내려와 저금통을 살펴보다가 그제야 저금통이 자물쇠로 잠겨 있다는 것을 알았을 때도 두근거림은 전혀 나아지지 않았다. 저금통을 여는 일은 아주 쉬웠다. 얇은 양철 격자만 뜯어내면 되었다. 하지만 정말 그렇게 잡아당겨 부순다고 생각하니 마음이 아팠다. 이로써 나는 처음으로 도둑질을 한 셈이었다. 그때까지는 고작해야 각설탕이나 과일을 슬쩍 집어먹는 정도였다. 아무리 내 돈이라 해도 이번에는 도둑질이었다. 또다시 내가 크로머와 그의 세계에 한 발짝 더 다가갔음을, 타락의 나락으로 한 걸음 한 걸음 착실하게 빠져들고 있음을 느꼈다. 나는 이에 저항했다. 하지만 이제는 악마가 나를 잡아간다고 해도 돌아갈 길이 없었다. 불안한 마음으로 돈을 세어 보았다. 저금통 속에서는 꽤나 묵직한 소리가 나더니, 막상 손에 꺼내 놓고 보니 형편없이 적었다. 겨우 65페니히였다. 나는 저금통을 아래층 복도에 숨겨 놓은 다음 돈을 손에 꼭 움켜쥐고 집을 나섰다. 평소에 이 문을 나설 때와는 아주 다른 기분이었다. 위층에서 누가 나를 부르는 것만 같아 나는 얼른 그곳을 떠났다.

아직 시간이 많이 남아 있었다. 나는 길을 빙 돌아서 변해 버린 도시의 좁은 골목을 걸었다. 여태껏 한 번도 본 적 없는 구름 아래로 나를 물끄러미 바라보는 집들을 지나고, 또 나를 수상쩍게 쳐다보는 사람들도 지나쳤다. 도중에 같은 반 친구가 언젠가 가축 시장에서 1탈러[2]를 주웠다던 말이 기억났다. 기적을 베풀어 나도 그 정도 돈을 줍게 해달라고 신에게 기도라도 드리고 싶은 심정이었다. 하지만 이제 내게는 그런 기도를 드릴 권리조차 없었다. 설령 그렇다 해도 이미 깨버린 저금통이 다시 온전해지지는 않을 것이다.

프란츠 크로머는 멀리서부터 나를 알아보고도 아주 천천히 다가왔다. 마치 내게 전혀 신경을 쓰지 않는 척하려는 눈치였다. 그는 내 쪽으로 가까이 다가오더니 자기를 따라오라고 명령하는 눈짓을 하고는 한 번도 돌아보지 않고 태연하게 걸어갔다. 그는 슈트로 가세[3]를 따라 내려간 다음, 다리를 건너 골목 끄트머리 집 근처에서 건물을 새로 짓고 있는 공사장 앞에 섰다. 공사 작업은 중단된 상태였고, 문이나 창도 없이 벽만 황량하게 서 있었다. 크로머는 주위를 둘러보더니 안으로 들어갔고, 나도 그를 뒤따라갔다. 그는 벽 뒤로 숨어 내게 가까이 오라고 손짓하고는 손을 내밀었다.

---

2) Taler. 옛 독일의 은화로, 당시 약 3마르크의 가치에 해당했다.
3) Gasse. '좁은 골목길'을 말한다.

"갖고 왔겠지?" 그는 차갑게 물었다.

나는 움켜쥐고 있던 손을 주머니에서 꺼내 그의 펼친 손 위에 털어놓았다. 마지막 5페니히짜리 동전이 떨어지는 소리가 채 사라지기도 전에 그는 돈을 다 헤아렸다.

"65페니히잖아." 그는 나를 바라보았다.

"그래." 나는 소심하게 대답했다. "그게 내가 가진 전부야. 너무 적지. 나도 알아. 그런데 그게 다야. 더는 없어."

"난 네가 이보다는 영리할 줄 알았는데." 그는 거의 부드럽다 싶은 말투로 나를 나무랐다. "명예를 아는 남자들 사이에는 질서가 있어야 하는 법이지. 내가 네 것을 부당하게 뺏자는 게 아니잖아. 그건 너도 알겠지. 이 동전들 도로 가져가, 자! 너도 누굴 말하는지 알겠지만, 다른 사람 같으면 돈을 깎으려 들지는 않을 거야. 그냥 다 주지."

"하지만 더는 가진 게 없어. 이건 내가 저금했던 전부야."

"그거야 네 사정이고. 난 너를 불행하게 만들고 싶진 않아. 넌 내게 아직 1마르크 35페니히 빚진 거야. 언제 줄래?"

"오, 틀림없이 줄게! 크로머! 지금은 모르겠지만 어쩌면 금방, 내일이나 모레쯤이면 더 생길지도 몰라. 내가 아버지께 이 일을 말씀드릴 수 없다는 건 너도 이해하잖아."

"그건 내가 알 바 아냐. 난 너를 해치려는 게 아니야. 다만 내 돈을 정오 전까지만 받을 수 있었으면 해. 너도 알겠지만 난 가난뱅이야. 넌 좋은 옷도 입고 점심땐 나보다 훨씬 좋은 걸 먹잖아. 하지만 더 이상 아무말도 하지 않겠어. 조금 더 기다리지 뭐. 모레 휘파람을 불겠어, 오후에 말이야. 그때까지 문제를 해결하라고. 내 휘파람 소리 알지?"

그는 내 앞에서 휘파람을 불었다. 여러 번 들어 귀에 익은 소리였다.

"그래, 알고 있어." 나는 대답했다.

그는 나와 아무런 관계가 없다는 듯 그대로 가버렸다. 그것은 우리들 사이의 거래였을 뿐, 그 이상은 아무것도 아니었다.

지금이라도 어디선가 갑자기 크로머의 휘파람 소리가 들려온다면, 나는 소스라치게 놀랄 것이다. 그 이후로 나는 그의 휘파람 소리를 자주 들었고, 지금도 계속해서 그 소리가 들리는 것 같다. 어떤 장소에 있든, 어떤 놀이를 하든, 어떤 일이나 어떤 생각을 하든, 휘파람 소리는 줄곧 나를 따라다녔다. 나는 이 휘파람 소리에 예속되었고 이제 그 소리는 내 운명이 되어 버렸다. 주위의 꽃과 나무들이 형형색색으로 물드는 따사로운 가을 오후가 되면, 나는 내가 좋아하는 조그만 정원으로 나가곤 했다. 그럴 때면 예전에 했던 놀이를 다시 해보고 싶다는 이상한 충동이 일었다. 이 놀이에서 나는 지금의 나보다 더 어린 아이, 착하고 자유로우며 순진하고 안전하게 보호받는 아이 역할을 맡았다. 하지만 그 한가운데로 크로머의 휘파람 소리가 들려올 때면, 나는 알고 있었으면서도 늘 질겁했다. 그러면서 추억의 맥은 끊어졌고, 모든 상상은 허물어졌다. 나를 괴롭히는 그 녀석을 따라 사악하고 지긋지긋한 곳으로 가서 그에게 변명을 늘어놓고, 또 돈을 내놓으라는 독촉을 받아야 했다. 이 모든 일은 아마 몇 주 동안 계속 이어졌을 것이다. 그러나 내게는 몇 년, 아니 영원처럼 느껴졌다. 내게 돈이 생기는 일은 드물었다. 기껏해야 리나가 부엌 탁자 위에 올려놓은 장바구니에서 5페니히나 10페니히짜리 동전을 슬쩍하는 게 전부였다. 그때마다 나는 크로머에게 욕을 얻어먹거나 멸시를 당했다. 그를 속이고 그의 정당한 권리를 침해한 사람은 나였다. 그의 돈을 도둑질한 것도, 그를 불행하게 만든 사람도 나였다! 내 평생 이보다 더 절박한 곤경에 빠져 본 적은 없었고, 이보다 더 큰 절망과 속박을 느껴 본 적도 없었다.

저금통은 장난감 동전으로 채워서 제자리에 놓아두었다. 아무도 그에 대해 묻지 않았지만 언제든 들이닥칠 수 있는 문제였다. 크로머의 야비한 휘파람 소리가 들릴 때보다 어머니가 내게 조용히 다가오실 때가 더 두려웠다. 혹시 저금통에 대해 물어보려고 오시는 건 아닐까?

돈도 없이 악마를 만나는 일을 여러 차례 되풀이하자, 이제 그는 다른 방식으로 나를 괴롭히고 써먹기 시작했다. 나는 그를 위해 일을 해야만 했다. 그는 자기 아버지 심부름을 해야 했는데, 내가 그 일을 대신 맡았다. 아니면 10분 동안 한쪽 발로 뜀뛰기, 지나가는 사람 외투에 종이쪽지 붙이기 같은 고약한 일을 시키기도 했다. 수많은 밤 꿈속에서 괴로움을 겪었고, 그때마다 나는 가위에 눌린 채 식은땀을 흘리면서 침대에 누워 있곤 했다.

한동안 나는 병을 앓았다. 자주 토했고 곧잘 오한이 나다가도 밤이 되면 열이 올라 땀을 뻘뻘 흘리기도 했다. 어머니는 뭔가 잘못되었다고 느꼈는지 나를 세심하게 보살펴 주셨다. 하지만 그런 어머니에게 신뢰로 보답할 수 없었기에 너무나 괴로웠다.

한번은 저녁 무렵 이미 자리에 누운 내게 어머니가 초콜릿을 갖다 주셨다. 어린 시절 종종 내가 말을 잘 들으면 잠들 무렵에 상으로 먹을 것을 받았던 추억이 떠오르는 일이었다. 지금 어머니가 그 자리에 서서 내게 초콜릿을 내밀고 있었다. 나는 너무 괴로운 나머지 그저 고개만 저었다. 어머니는 어디가 불편한지 묻고는 머리를 쓰다듬어 주었다. 나는 그저 "싫어요! 싫어! 아무것도 안 먹을래요."라고만 내뱉을 뿐이었다. 어머니는 초콜릿을 침대 옆 작은 탁자에 놓고 나가셨다. 이튿날 어머니가 지난밤 일에 대해 물어보려고 하자, 나는 아무것도 모르는 척했다. 또 언젠가는 어머니가 의사를 불렀다. 의사는 나를 진찰하더니 아침마다 찬물로 목욕을 하도록 처방을 내렸다.

그 시절 나는 일종의 정신 착란에 시달렸다. 우리 집의 질서 잡힌 평화 한가운데서 기죽고 고통받은 나는 유령처럼 살았다. 다른 가족의 삶에 동참하지 못했고, 단 한 시간이라도 이런 나 자신을 잊는 일은 거의 없었다. 자주 화를 내며 내게 말을 붙이던 아버지에게도 나는 마음의 문을 굳게 닫고 냉담하게 대했다.

2장

Kain

카인

　나를 고통에서 구해 준 구원의 손길은 전혀 예상치 못한 방향에서 찾아왔다. 그와 동시에 새로운 것이 내 삶으로 들어왔는데, 그 영향은 지금까지 계속 이어지고 있다.

　그 무렵 우리 라틴어 학교에 새로운 학생이 전학을 왔다. 우리 도시로 이사 온 유복한 미망인의 아들로, 소매에 상장(喪章)을 달고 있었다. 그는 나보다 상급반이었고 나이도 몇 살 더 많았지만, 다른 아이들에게 그랬듯이 내 눈에도 금방 띄었다. 어딘가 남달라 보이는 이 학생은 실제보다 훨씬 더 나이 들어 보였고, 사실 어느 누구에게도 소년이라는 인상을 풍기지 않았다. 아직 어린 티를 벗지 못한 우리 소년들 사이에서 그는 어른처럼, 아니 신사처럼 낯설고 성숙하게 행동했다. 그렇다고 인기 있는

학생은 아니었다. 그는 우리가 하는 놀이에 끼지 않았으며 싸움질에는
더더욱 끼지 않았다. 다만 선생님들에게도 자신감 있고 단호한 어조로
말한다는 점만 학생들의 호감을 사고 있었다. 그의 이름은 막스 데미안
이었다.

　우리 학교에서는 가끔씩 있는 일이었지만, 어느 날 어떤 이유에서인지
상급반 학생들이 제법 큰 우리 교실에서 함께 수업하게 되었다. 그 반이
바로 데미안의 반이었다. 우리 반은 성경 이야기 시간이었고, 상급반은
작문 시간이었다. 선생님이 일방적으로 카인과 아벨 이야기를 우리에게
주입하고 있는 동안 나는 건너편에 앉은 데미안을 자주 바라보았다. 그
는 고개 숙여 작문 과제에 몰입하고 있었는데, 영리하고 해맑고 무척이
나 단호한 얼굴이 이상하게도 내 마음을 끌었다. 그는 과제를 하는 학생
이 아니라 자신의 문제에 몰두하고 있는 학자 같았다. 사실 데미안이 내
게 호감을 주는 존재는 아니었다. 오히려 그 반대로 나는 그에게 거부감
을 느끼고 있었다. 그는 나보다 훨씬 월등하고 차가워 보이는 데다가 확
실히 도발적으로 비칠 만큼 자신만만한 태도를 타고난 것 같았다. 그의
두 눈에는 어른스러운 표정, 아이들이 결코 좋아하지 않는 표정이 서려
있었다. 어딘가 슬퍼 보이면서도 동시에 조소의 빛이 번쩍 지나가곤 하
는 표정이었다. 좋든 싫든 나는 계속 그를 바라보지 않을 수 없었다. 그
러다 그가 내 쪽을 바라보기라도 할 것 같으면 나는 화들짝 놀라 눈길을
거두어들였다. 학창 시절 그가 어떤 모습이었는지 오늘날 돌이켜 보면
이렇게 말할 수 있을 것이다. 그는 모든 점에서 다른 아이들과는 달랐다.
자기 고집이 있고 개성이 강한 학생으로 소문났었고, 이 때문에 유난히
눈에 띄었다. 하지만 동시에 그는 남의 눈에 띄지 않으려고 갖은 애를 다
썼는데, 마치 신분을 감춘 채 농부의 아이들 사이에서 그들과 똑같이 보

이려고 온갖 노력을 다하는 왕자님 같았다.

학교에서 돌아오는 길에 그가 내 뒤를 따라왔다. 다른 아이들이 다 사라지자 곁으로 다가와 인사를 건넸다. 또래 아이들이 하는 말투를 따라 했는데도 역시나 어른스럽고 정중했다.

"우리 잠시 함께 걸을까?" 그가 친절하게 물었다. 나는 왠지 우쭐해져서 고개를 끄덕였다. 그러고 나서 내가 어디에 사는지 말해 주었다.

"아, 거기야?" 그는 미소를 띠며 말했다. "나 너희 집 알아. 그 집 대문에는 특별한 게 붙어 있잖아. 보자마자 관심이 갔지."

처음에 나는 그가 무슨 말을 하는지 몰랐다. 또 그가 나보다 우리 집을 더 잘 알고 있는 것 같아 깜짝 놀랐다. 아마 우리 집 아치형 대문 맨 꼭대기에 붙은 쐐기돌 장식을 말하는 것 같았다. 그것은 일종의 문장(紋章)이었는데, 세월이 흐르면서 닳아 납작해졌고 칠을 몇 번 다시 하기도 했다. 하지만 내가 아는 한 그 문장은 우리 가문과는 아무런 관계도 없는 것이었다.

"난 그거 잘 몰라." 나는 수줍게 말했다. "새 아니면 뭐 그런 비슷한 거잖아. 아주 오래되었을 거야. 우리 집이 옛날에 수도원 건물이었대."

"그럴 수도 있지." 그는 고개를 끄덕였다. "한번 잘 살펴봐. 그런 물건들은 아주 재미있을 때가 있거든. 내 생각에는 매 같아."

우리는 계속 걸어갔다. 나는 굉장히 당황하고 있었다. 무슨 재미있는 생각이 났는지 데미안이 갑자기 웃음을 터뜨렸다.

"그래, 너희들이 수업을 받을 때 나도 함께 있었지." 데미안은 활기차게 말했다. "이마에 표적을 달고 다니는 카인 이야기였어, 그렇지? 그 이야기 마음에 들었니?"

아니었다, 우리가 배워야 하는 것 중에 내 마음에 드는 건 거의 없었다. 하지만 감히 그대로 말할 수 없었다. 왠지 꼭 어른과 이야기를 나누는 것 같았기 때문이다. 그래서 나는 그 이야기가 무척 마음에 든다고 말했다.

데미안이 내 어깨를 툭 쳤다.

"이봐, 나한테 그렇게 꾸며 댈 필요는 없어. 하지만 그 이야기는 진짜 아주 이상하긴 해. 수업 시간에 나온 대부분의 다른 이야기들보다 훨씬 흥미롭지. 그런데 선생님은 그에 대해 그다지 자세히 설명하지 않고 그저 신이나 죄 같은 일반적인 이야기만 하셨어. 하지만 내 생각으로는……." 그는 말을 끊고 미소 짓더니 이렇게 물었다. "그런데 그 이야기가 흥미롭니?"

"있잖아, 그러니까 나는 이렇게 생각해." 그는 말을 계속 이어갔다. "카인에 대한 이야기는 전혀 다르게 해석할 수 있을 거야. 우리가 배운 것들은 보통 분명히 사실이고 옳은 이야기야. 하지만 모든 걸 선생님의 말씀과 다르게도 볼 수 있거든. 그렇게 하면 대부분 훨씬 더 나은 의미를 찾게 되지. 예를 들어 카인과 그의 이마에 붙은 표적 이야기만 해도 선생님의 설명만으로는 도저히 만족할 수 없어. 너는 그렇게 생각하지 않니? 누군가 싸우다가 동생을 때려죽이는 건 물론 충분히 일어날 법한 일이지. 또한 그가 나중에 두려움을 느껴서 굴복하는 일도 가능해. 하지만 그가 겁쟁이라고 해서 특별히 훈장을 받았고, 게다가 그 훈장이 그를 지켜주고 다른 사람들을 두려움에 떨게 한다니 아무래도 이상하잖아?"

"그건 그래." 나도 흥미를 느끼며 말했다. 그 이야기가 내 마음을 사로잡기 시작한 것이다. "하지만 그 이야기를 어떻게 다른 식으로 해석한다는 거지?"

그는 내 어깨를 토닥였다.

"아주 간단해. 이야기의 발단이 된 표적은 애초부터 있었던 거야. 그러니까 옛날에 한 남자가 있었는데, 그의 얼굴에는 다른 사람들이 겁낼 만한 무언가가 있었던 거지. 그래서 사람들은 감히 그를 건드리지 못했어. 다른 사람들에게 위압감을 느끼게 만들었던 거지. 그와 그의 자식들이 말이야. 아마도, 아니 분명히 그의 이마에 진짜 우체국 소인(消印) 같은 표적이 찍혀 있지는 않았을 거야. 세상에서 그런 막된 일은 거의 일어나지 않거든. 그의 얼굴에는 오히려 쉽게 알아챌 수 없는 섬뜩함이 배어 있었고, 그의 시선에는 보통 사람들 눈에 특별해 보이는 정신과 대담함이 깃들어 있었을 거야. 힘이 있었으니 사람들은 남자에게 겁을 냈겠지. 그 남자에게는 '표적'이 있었어. 사람들은 이 표적에 대해 자신들이 원하는 대로 설명할 수 있었어. '사람들'은 언제나 스스로에게 편하고 좋은 것만을 원하는 법이거든. 그들은 카인의 후예에게 두려움을 느끼고 있었어. 그들에게 '표적'이 있었던 거지. 그래서 사람들은 그 표적을 애초의 의미대로, 그러니까 우월함에 대한 훈장이라고 말하지 않고 오히려 그 정반대로 해석했지. 사람들은 이런 표적을 지닌 놈들이 섬뜩하다고 말했어. 사실 그들은 정말 그랬으니까. 용기와 자기만의 개성을 가진 사람들은 언제나 다른 사람들에게 매우 섬뜩해 보이거든. 두려움을 모르는 섬뜩한 족속들이 돌아다닌다니 몹시도 불쾌했겠지. 그래서 사람들은 이 족속에게 별명을 붙여 주고 이야기를 꾸며 댄 거야. 그들에게 복수하기 위해, 그리고 자신들이 견뎌 내야 하는 공포를 별것 아닌 일처럼 만들기 위해. 알겠니?"

"그래, 그렇다면 카인은 전혀 나쁜 사람이 아니었다는 말이네? 성경에 나오는 이야기가 전부 거짓이란 얘기야?"

"그렇다고 할 수도 있고, 아니라고 할 수도 있어. 그렇게 오래된 이야기들은 대체로 참말이야. 하지만 그렇다고 언제나 사실대로 기록되거나 올바로 해석되는 것도 아니야. 간단히 말해 내 생각은, 카인은 굉장한 사람이었다는 거지. 그런데 사람들이 그를 두려워했기 때문에 그런 이야기를 꾸며서 갖다 붙였다는 거야. 그 이야기는 그냥 소문일 뿐이야. 그러니까 사람들이 여기저기 돌아다니며 지껄여 댄 거란 말이지. 다만 카인과 그의 후손들에게는 '표적'이 있었고, 그들이 대부분의 사람들과는 달랐다는 것만은 사실이야."

나는 깜짝 놀랐다.

"그렇다면 때려죽였다는 말도 사실이 아니라는 거야?" 나는 충격에 빠져 이렇게 물었다.

"아, 아니야! 물론 그건 분명한 사실이야. 강자가 약자를 때려죽인 거지. 그게 정말 형제였는지는 의심이 가지만, 그건 별로 중요한 게 아니야. 모든 인간은 형제니까. 그러니까 강자가 약자를 때려죽인 거야. 어쩌면 영웅적 행동이었을 수도 있고 아마 아니었을 수도 있어. 아무튼 이제 다른 약자들은 잔뜩 겁을 먹었지. 그들은 심하게 불평을 늘어놓았어. 누군가 그들에게 '그럼 너희들도 그를 그냥 죽이면 되잖아?'라고 물으면 그들은 '우린 겁쟁이야.'라고 대답하는 것이 아니라, '그럴 수는 없어. 그에게는 표적이 있거든. 하느님이 그에게 그 표적을 남겨 주셨지!'라고 답하지. 대개 이런 식으로 거짓된 이야기가 만들어졌을 거야. 이런, 널 너무 오래 붙잡아 두었구나. 그럼 안녕!"

그는 알트 가세 쪽으로 꺾어 들었고, 혼자 남겨진 나는 그 어느 때보다 더 어리둥절해졌다. 데미안이 떠나자마자 그가 한 모든 이야기가 터무니없게 느껴졌다. 카인이 위대한 사람이고 아벨이 겁쟁이라니! 카인의 표적이 훈장이라니! 부조리할 뿐만 아니라 신성 모독이었고 극악무도한 소리였다. 그렇다면 하느님은 도대체 어디에 계셨단 말인가? 하느님은 아벨의 제물을 받았고, 아벨을 사랑하지 않았던가? 아니, 말도 안 되는 소리야! 데미안이 아마 나를 놀리고 골탕 먹일 작정이었나 보다. 그 애는 정말 영리하고 말도 잘해. 하지만 그건 아냐…….

어쨌든 지금까지 나는 성경을 비롯해 다른 어떤 이야기도 그렇게 심각하게 생각해 본 적이 없었다. 그리고 정말 오랜만에 프란츠 크로머를 완전히 잊어버릴 수 있었다. 저녁 내내, 몇 시간 동안 나는 그를 잊고 있었다. 집에서 나는 그 이야기가 성경에 어떻게 쓰여 있는지 다시 한 번 자세히 읽어 보았다. 짧고도 분명한 이야기였다. 여기서 특별히 은밀한 해석을 찾는다는 것은 완전히 미친 짓이었다. 그렇게 되면 사람을 때려죽인 사람들도 저마다 자신이 하느님의 사랑을 받고 있다고 공언할 것이다! 아니다. 그건 터무니없는 말이다. 다만 데미안이 그런 이야기를 풀어내는 방식만은 훌륭했다. 그는 모든 이야기가 자명하다는 듯 쉽고도 멋지게 설명했다. 게다가 그런 눈빛으로!

물론 나 자신도 정상이 아니었다. 아니 몹시 비정상이었다. 이제껏 나는 밝고 깨끗한 세계에서 살았다. 나 스스로가 아벨과도 같았다. 그런데 이제는 '다른' 세계로 깊이 빠지게 되었다. 그것도 너무 심하게 추락해 아예 가라앉을 정도였다. 그런데도 그런 생각에 근본적으로 찬성할 수 없다니! 어떻게 그럴 수 있단 말인가? 그렇다. 그때 불현듯 기억 하나가 떠오르며, 한순간 숨이 턱 막혔다. 지금의 불행이 시작된 그 고약한 저녁에 아버지와 관련된 기억이었다. 그때 나는 한순간 아버지와 그의 밝은 세계와 그 지혜를 단번에 꿰뚫어 보며 경멸했었다! 그렇다, 그 순간 나 자신은 카인이었고 표적을 지닌 자였다. 나는 그 표적이 수치가 아니라 훈장이며, 내 악행과 불행 덕분에 아버지와 선하고 경건한 사람들보다 내가 더 우월하다고 상상했다.

당시 내가 지금처럼 명료한 생각을 갖고 그 일을 체험한 것은 아니었다. 하지만 이 모든 생각이 그 안에 포함되어 있었다. 그것은 괴로우면서도 동시에 나를 자부심으로 가득 차게 만드는 감정의 폭발이자 낯선 흥분이었다.

곰곰이 생각해 보건대 데미안은 겁이 없는 자들과 겁쟁이들에 대해 얼마나 이상하게 말했던가! 카인의 이마에 있는 표적을 얼마나 특이하게 해석했던가! 그의 눈, 어른스러우면서도 독특한 그의 눈은 또 얼마나 기묘하게 빛났던가! 그러자 막연한 생각이 내 머리를 총알처럼 스쳤다. 그 자신, 그러니까 데미안이 카인과 같은 부류가 아닐까? 자신이 카인과 비슷하다고 느끼지 않는다면 왜 카인을 변호하겠는가? 그의 눈에 그런 힘이 있는 것은 무슨 까닭일까? 그는 어째서 '다른' 사람들, 겁쟁이들, 경건한 자이자 하느님에게 호감을 산 그들에 대해 저렇게도 비웃는 말을 하는 걸까?

이런 생각이 끝도 없이 이어졌다. 샘에 돌멩이 하나가 던져진 격이었다. 그 샘물은 나의 어린 영혼이었다. 한동안, 아니 아주 오랫동안 카인, 형제 살해, 표적의 문제는 내 인식과 회의와 비판의 출발점이 되었다.

나는 다른 학생들도 데미안에게 관심이 많다는 사실을 눈치챘다. 내가 카인 이야기를 아무에게도 말하지 않았지만, 데미안은 다른 아이들에게도 관심의 대상이었다. 적어도 '새로운 전학생'에 대해 여러 가지 소문이 떠돌았다. 만약 내가 그 소문을 전부 다 알았더라면, 그 소문 하나하나가 그를 아는 데 빛이 되어 주었을 것이고, 그 소문 하나하나가 소명될 수 있었을 것이다. 하지만 내가 들은 것이라고는 초반에 퍼졌던, 데미안의 어머니가 대단한 부자라는 소문뿐이었다. 또 그녀가 교회에 나가지 않으며 아들도 마찬가지라는 소문도 돌았다. 누군가는 이 모자가 유대인일지도 모른다고 했고, 누군가는 은밀히 이슬람교를 믿고 있을지도 모른다고 주장했다. 막스 데미안의 체력에 대해서는 동화 같은 엉뚱한 이야기가 퍼졌다. 그의 반에서 가장 힘센 아이가 싸움을 걸었는데 데미안이 이를 거부하자 그를 겁쟁이라고 놀렸고, 그러자 데미안이 그 아이에게 톡톡히 망신을 주었더라는 소문은 확실한 사실이었다. 그 자리에 있었던 아이들이 말하기를 데미안이 한 손으로 그 녀석의 멱살을 잡아 꽉 눌렀을 뿐인데, 그 녀석 얼굴이 하얗게 질려 슬금슬금 달아나더니 며칠 동안 한쪽 팔을 제대로 쓰지 못하더라는 것이었다. 심지어 어느 날 저녁에는 그가 죽었다는 소문도 나돌았다. 한동안 온갖 이야기들이 퍼졌고, 아이들은 모두 그대로 믿었다. 하나같이 자극적이고 놀라운 소문이었다. 그러다가 한동안은 또 잠잠했다. 그렇지만 얼마 지나지 않아 학생들 사이에 또다시 새로운 소문이 퍼졌다. 데미안이 여자아이와 사귀고 있으며, '모든 것을 다 안다'는 이야기였다.

그사이에도 프란츠 크로머와의 일은 어찌할 수 없는 길로 계속 이어지고 있었다. 나는 그에게서 벗어나지 못했다. 그가 어쩌다 며칠간 나를 가만 내버려 두어도 나는 그에게 묶여 있었다. 꿈에서도 그는 그림자처럼 나와 함께 살았다. 나의 상상력은 그가 현실에서는 내게 하지 않은 짓도 꿈에서는 행하도록 만들었다. 꿈속에서 나는 완전한 그의 노예였다. 원래부터 꿈을 자주 꾸는 편인지라 나는 현실보다는 이런 꿈속에서 더 많이 살았다. 그리고 그 그림자 때문에 힘과 활기를 잃어버렸다. 특히 나는 크로머가 나를 학대하는 꿈, 내게 침을 뱉거나 위로 올라타 무릎으로 나를 깔고 앉는 꿈을 자주 꾸었다. 이보다 더 고약한 것은 흉악한 범죄를 저지르도록 나를 유혹하는 꿈이었다. 아니, 유혹한다기보다는 막강한 영향력으로 무턱대고 내게 강요했다. 모든 꿈을 통틀어 가장 끔찍했던 것, 거의 반쯤 미친 상태로 깨어났던 것은 내가 아버지를 살해하는 꿈이었다. 크로머는 칼을 갈아서 내 손에 쥐어 주었다. 우리는 가로수 길의 나무 뒤에 숨어서 누군가를 노리고 있었는데, 나는 그게 누구인지는 알지 못하고 있었다. 그러다 누군가가 다가오자 크로머는 내 팔을 꽉 누르며 내가 찔러야 할 사람이 바로 저기 있음을 알려주었다. 그런데 그 사람이 바로 아버지였다. 그 순간 나는 잠에서 깨어났다.

이런 일들을 통해 나는 카인과 아벨을 계속 생각했지만 데미안에 대해서는 더 이상 생각하지 않았다. 데미안이 다시 다가온 것은 이상하게도 또 다른 꿈에서였다. 그러니까 나는 또 학대받고 폭행당하는 꿈을 꾸었는데, 이번에 나를 깔고 앉은 사람은 크로머가 아닌 데미안이었다. 그런데 크로머에게는 저항하며 고통스럽게 겪었던 모든 일을 데미안에게서는 환희와 공포가 똑같이 섞인 마음으로 기꺼이 견뎌 냈다. 나로서는 아주 새롭고 인상적인 꿈이었다. 이런 꿈을 두 번 꾸고 나서 크로머가 다시 그 자리를 차지했다.

내가 경험한 것이 꿈인지 현실인지 더 이상 정확하게 구분할 수 없었다. 하지만 어쨌든 크로머와의 고약한 관계는 지속되었고, 내가 조금씩 훔쳐 낸 돈으로 그에게 진 빚을 다 갚고 나서도 끝나지 않았다. 아니, 이제 그는 내가 좀도둑질을 했다는 사실까지도 알아 버렸다. 언제나 내게 돈이 어디서 났는지 물어보았기 때문이다. 결국 나는 전보다 한층 더 완벽하게 그의 손아귀에 잡힌 신세가 되었다. 그는 걸핏하면 아버지에게 이 모든 사실을 말해 버리겠다고 위협하기까지 했다. 그럴 때면 두려움보다는 처음부터 아버지에게 모든 사실을 털어놓지 않은 것에 대한 후회가 더 크게 밀려왔다. 그러는 동안에도, 그렇게 비참했어도 나는 모든 일을 후회하지는 않았다. 적어도 늘 후회한 것은 아니었다. 가끔은 처음부터 그렇게 될 수밖에 없었다고 느끼기도 했다. 액운이 내 머리 위에 드리워져 있었고, 그것을 깨부수려 해봐야 아무 소용없는 짓이었다.

내가 이런 상태가 되자 부모님도 적잖이 신경이 쓰인 모양이었다. 낯선 영혼이 나를 덮친 뒤로 나는 그토록 긴밀하게 연결되어 있었던 우리 가족생활에 적응하지 못했던 것이다. 마치 잃어버린 낙원을 향한 동경처럼 가족의 삶으로 돌아가고 싶다는 마음이 종종 미칠 듯이 나를 엄습했다. 특히나 어머니는 나를 문제아라기보다는 환자처럼 대했다. 그러나 내가 어떤 상황이었는지는 누이들의 태도에서 가장 잘 알 수 있었다. 매우 사려 깊었지만 한편으로 나를 무한정 비참하게도 만든 누이들의 태도에서, 내가 마음에 악이 들어앉았음에도 그 상태를 꾸짖기보다는 슬퍼해 주어야 하는 광인 신세가 되었다는 걸 나 스스로 분명하게 알 수 있었다. 나는 나를 위해 기도해 주는 가족들의 모습이 평소와는 다르다는 걸 느꼈고, 그런 기도는 부질없다고 생각했다. 때때로 내 마음은 고통의 무게가 줄어들었으면 좋겠다는 열망과 올바르게 참회하고 싶다는 욕구로 들끓었다. 그러면서 아버지나 어머니에게 모든 사실을 제대로 털어놓으며 그동안의 사정을 적절히 설명할 수 없으리라는 것도 잘 알고 있었다. 부모님은 다정한 태도로 이 일을 받아들이면서 나를 매우 아껴 주고 불쌍히 여기겠지만, 완전히 이해하지는 못할 것이다. 나는 그들이 이 일 전체를 어쩌다 한 번 겪을 수 있는 탈선 정도로만 여길 것임을 알고 있었다. 내게는 운명 같은 일인데도.

많은 사람들이 채 열한 살도 안 된 아이가 그런 감정을 느낄 수 있으리라고는 생각하지 못한다는 것도 알고 있다. 나는 그런 사람들에게 내 이야기를 하는 것이 아니다. 인간에 대해 더 잘 알고 있는 사람들에게 이야기를 하는 것이다. 자신의 감정 일부를 생각으로 바꿀 줄 아는 어른들은 아이들은 이런 생각을 하지 못한다고 오해하고, 그런 체험도 할 수 없다고 생각한다. 하지만 그 당시만큼 깊이 체험하고 괴로워했던 적은 내 인생을 통틀어 거의 없었다.

비 내리는 어느 날, 나는 나의 박해자로부터 성 앞 광장으로 나오라는 지시를 받았다. 그곳에 서서 그를 기다리며, 나는 비에 흠뻑 젖은 검은 밤나무가 떨구는 축축한 이파리를 두 발로 헤집고 있었다. 돈은 없었지만, 크로머에게 최소한 뭐라도 주어야겠다는 생각에 쿠키 두 조각을 챙겨 두었다가 가져온 참이었다. 이미 오래전부터 나는 어딘가 한구석에 서서 그를 기다리는 데 익숙해져 있었다. 때로는 꽤 오랫동안 기다리기도 했다. 사람들이 결코 피할 수 없는 운명을 그냥 받아들이듯, 나는 그 상황을 받아들였다.

마침내 크로머가 왔다. 이날 그는 오래 머물지 않았다. 주먹으로 내 갈비뼈를 몇 번 때리고는 웃으면서 쿠키를 받았다. 내게 축축한 담배를 권하기도 했다. 물론 나는 받지 않았지만, 어쨌든 그는 평소보다 더 친절하게 굴었다.

"참!" 떠나면서 그가 말했다. "깜빡할 뻔했네. 다음번엔 누이를 데려와라. 큰누나 말이야. 이름이 뭐였지?"

나는 도무지 이해할 수 없어 대답도 하지 않았다. 그냥 어리둥절하게 그를 쳐다보고 있었다.

"못 알아듣겠어? 누나를 데려오란 말이야."

"알아들었어, 크로머. 하지만 그건 안 돼. 그럴 순 없어. 누나도 절대로 오지 않을 거야."

나는 그가 또 트집을 잡고 구실을 만들 속셈이란 것을 알아챘다. 그는 늘 그런 짓을 했다. 도저히 할 수 없는 일을 요구해서 내게 겁을 주고 기를 꺾은 다음 천천히 흥정을 하는 것이다. 그러면 나는 돈을 조금 주거나 다른 선물을 주고 풀려나는 수밖에 없었다.

그런데 이번에는 전혀 달랐다. 내가 거절했는데도 그는 별로 화내지 않았다.

"그래." 그는 얼버무리며 말했다. "잘 생각해 봐. 네 누나와 알고 지냈으면 해. 언젠가는 그렇게 되겠지. 네가 산책하자면서 데리고 나오면 내가 거기에 낄 수도 있고. 내일 휘파람 불게. 그때 다시 이야기해 보자."

크로머가 가고 난 다음 문득 그의 요구가 무슨 의미인지 어렴풋이 짐작됐다. 나는 아직 어린아이였지만, 남자애와 여자애들이 조금 더 나이가 들면 뭔가 은밀하고 상스럽고 금지된 짓을 같이 할 수 있다는 것을 소문으로 들어 알고 있었다. 그리고 이제, 갑자기 그것이 얼마나 엄청난 일인지 분명히 깨닫게 되었다! 절대로 그런 짓은 하지 않겠다는 결심이 확고해졌다. 하지만 그러면 어떤 일이 일어날지, 크로머가 내게 어떤 복수를 할지는 감히 생각할 엄두조차 나지 않았다. 새로운 고문이 시작되었다. 그의 고문은 아직 충분하지 않았던 것이다.

나는 암담한 기분으로 호주머니에 손을 찌른 채 텅 빈 광장을 가로질러 갔다. 새로운 고통, 새로운 노예 상태가 시작된 것이다!

그때 나를 부르는 힘차고 깊은 목소리가 들렸다. 나는 깜짝 놀라 달리기 시작했다. 뒤에서 누군가가 따라오더니 부드러운 손으로 나를 붙잡았다. 막스 데미안이었다.

나는 붙잡는 대로 그냥 두었다.

"너였어?" 나는 불안스럽게 말했다. "깜짝 놀랐잖아!"

그는 나를 쳐다보았다. 그의 눈빛이 그때처럼 어른스럽고 우월하며 내 마음을 꿰뚫어 보는 듯했던 적은 없었다. 우리는 퍽 오랜만에 대화를 나누었다.

"미안해." 그는 공손하면서도 매우 단호한 어조로 말했다. "그렇다고 그렇게까지 놀랄 필요는 없잖아."

"그래. 하지만 그럴 수도 있는 거지."

"그건 그래. 하지만 이봐. 네게 아무 짓도 하지 않은 사람에게 그렇게 기겁한다면. 그 사람은 네가 왜 그랬는지 곰곰이 생각하기 시작할 거야. 이상하게 여기며 호기심을 갖는 거지. 그는 네가 유독 잘 놀란다고 생각할 거야. 또 더 나아가서 보통 사람은 겁이 날 때만 저러는 법이라고도 생각할 테고. 물론 겁쟁이들은 늘 겁을 먹지. 하지만 난 네가 원래부터 겁쟁이였다고는 생각하지 않아. 안 그래? 아. 물론 영웅도 아니지만 말이야. 무서워하는 일이 있고. 무서워하는 사람이 있는 거야. 그런데 그래서는 안 돼. 설마 날 무서워하는 건 아니겠지? 그렇지?"

"오. 아니야. 전혀 아니야."

"물론 그렇겠지. 하지만 무서워하는 사람이 있기는 하지?"

"몰라……. 날 좀 그냥 내버려 둬. 내게 바라는 게 뭐야?"

나는 도망칠 생각으로 더욱 빨리 걸음을 옮겼지만 그는 나와 보조를 맞춰 걸었다. 옆에서 나를 쳐다보는 시선이 느껴졌다.

"이렇게 한번 가정해 봐." 그는 다시 말을 시작했다. "내가 너에게 호감이 있다고 말이야. 어쨌든 넌 나를 두려워할 필요가 없어. 난 너와 실험 하나를 해보고 싶어. 재미도 있고 쓸 만한 걸 배울 수도 있는 실험이야. 잘 들어 봐! 가끔 나는 독심술이라는 기술을 시험해 보거든. 나쁜 마술은 아니야. 하지만 그게 어떻게 이루어지는지 모를 경우에는 아주 이상해 보이지. 그걸로 사람들을 깜짝 놀라게 할 수도 있어. 자, 이제 우리 한번 시험해 보자. 난 너를 좋아해. 아니면 적어도 관심이 있어. 그래서 지금 네 마음이 어떤지 알아내고 싶어. 이를 위해 난 이미 첫발을 내디뎠지. 난 너를 깜짝 놀라게 했어. 그랬더니 넌 쉽게 겁을 먹었고. 이 말은 네게 두려움을 느끼는 일이나 사람이 있다는 거야. 어째서 그런 일이 일어났을까? 사람은 누구에게도 두려움을 느낄 필요가 없는데 말이야. 누군가를 두려워하게 되면, 그 사람에게 자신을 지배할 수 있는 힘을 내어주게 돼. 예를 들어 뭔가 나쁜 짓을 했는데, 다른 녀석이 그걸 알아 버린 경우 그 녀석은 너를 지배할 힘을 갖게 되는 거지. 알겠니? 아주 분명하지. 안 그래?"

나는 어쩔 줄을 모르고 그의 얼굴을 바라보았다. 그 얼굴은 여느 때처럼 진지하고 영리해 보였으며, 또 친절해 보이기도 했다. 하지만 전혀 부드럽지는 않았고 오히려 엄격했다. 정의감이나 그 비슷한 것이 깃들어 있었다. 내게 무슨 일이 일어나고 있는지 알 수 없었다. 그는 마법사처럼 내 앞에 서 있었다.

"알아들었니?" 그는 한 번 더 물었다.

나는 고개를 끄덕였다. 아무 말도 할 수 없었다.

"이미 말했지만, 독심술이 우습게 보일 수도 있어. 하지만 억지는 아니야. 예를 들어 내가 예전에 너에게 카인과 아벨 이야기를 해주었을 때 네가 나를 어떻게 생각했는지 상당히 정확하게 말할 수도 있어. 이제 그건 상관없는 이야기지만 말이야. 네가 내 꿈을 한 번쯤 꾸었을 수도 있을 것 같아. 하지만 그런 얘기는 제쳐 두자! 너는 똑똑한 아이야. 대부분의 아이들은 정말 멍청한데 말이야! 나는 가끔씩 믿을 만한 똑똑한 아이와 이야기하고 싶어. 괜찮겠지?"

"물론이야. 네가 무슨 말을 하는지 도무지 모르겠지만 말이야……."

"그럼 우리 이 재미있는 실험을 계속 해보자! 우리가 알아낸 것은 이런 거야. S라는 소년은 잘 놀란다. 그는 누군가를 두려워하고 있다. 그는 분명 그 누군가와 비밀을 나누고 있는데, 이 비밀이 그에게 매우 불편하다. 대충 맞지?"

꿈에서와 마찬가지로 나는 그의 목소리, 그의 영향력에 완전히 굴복하고 말았다. 나는 그저 고개만 끄덕였다. 그가 지금 오로지 내 마음속에서만 나올 수 있는 목소리로 이야기하고 있지 않은가? 그 목소리는 모든 것을 알고 있지 않은가? 나 자신보다 더 잘 알고, 더 분명하게 알고 있지 않은가?

데미안은 내 어깨를 힘차게 두드렸다.

"그래, 맞구나. 그럴 거라 생각했어. 이제 한 가지 질문만 남았어. 좀 전에 저쪽에서 가버린 아이의 이름이 뭔지 아니?"

나는 소스라치게 놀랐다. 그가 건드린 비밀은 내 마음속에 웅크린 채 고통스럽게 몸부림치면서 도무지 밖으로 나오려 하지 않았다.

"누구 말이야? 나 말고는 아무도 없었는데."

그가 웃음을 터뜨렸다.

"어서 말해!" 그는 웃으며 말했다. "그 애 이름이 뭐지?"

나는 속삭였다. "프란츠 크로머 말이야?"

그는 만족한 듯 내게 고개를 끄덕였다.

"좋았어! 넌 영리한 녀석이야. 우린 친구가 될 거야. 하지만 한 가지 해둘 말이 있어. 그 크로머인지 뭔지 하는 녀석은 나쁜 놈이야. 그놈 얼굴에 악당이라고 쓰여 있지! 네 생각은 어때?"

"정말 그래." 나는 한숨을 내쉬었다. "나쁜 자식이야, 악마 같아! 하지만 그 애가 이 일을 알아서는 안 돼! 이런 맙소사! 너 그 애를 알아? 걔도 널 아니?"

"안심해! 그 녀석은 갔어. 그리고 날 몰라. 아직은 말이야. 하지만 난 녀석에 대해 꼭 알고 싶어. 그 녀석, 공립 학교 다니지?"

"그래."

"몇 학년이지?"

"5학년. 그렇지만 그 애한테 아무 말도 하지 마! 부탁이야, 제발 아무 말도 말아 줘!"

"걱정 마. 너한텐 아무 일도 없을 거야. 혹시 그 크로머란 놈에 대해 좀 더 이야기해 줄 생각은 없겠지?"

"난 못 해! 아니, 날 가만 내버려 둬!"

그는 한동안 말이 없었다.

"유감인데." 그는 말문을 열었다. "우린 실험을 더 진행할 수도 있었는데. 하지만 널 괴롭힐 생각은 없어. 아무튼 그 녀석을 두려워하는 게 옳지 않다는 건 너도 알지, 그렇지? 그런 두려움은 우리를 완전히 망쳐 놓지. 그런 건 떨쳐 버려야 해. 진짜 사나이가 되려면 그런 것쯤은 떨쳐 버려야 한다고. 알겠니?"

"물론이지. 네 말이 맞아. 하지만 그게 안 돼. 넌 잘 몰라……."

"나는 네 생각보다 많은 걸 알고 있어, 너도 알잖아. 너 그놈에게 빚진 거라도 있니?"

"그래, 그렇기도 해. 그렇지만 그건 중요하지 않아. 난 말 못 해. 말할 수 없다고!"

"그럼 그 녀석에게 빚진 만큼 네게 돈을 준대도 소용없겠니? 그 정도는 네게 줄 수 있어."

"아냐, 아냐. 그런 게 아냐. 제발 부탁이니 아무한테도 이야기하지 말아 줘! 아무 말도! 나를 불행하게 만든다고!"

"날 믿어, 싱클레어. 언젠가 넌 나한테 너희들의 비밀을 털어놓게 될 거야."

"절대로, 절대로 안 할 거야!" 나는 격하게 소리쳤다.

"네 마음대로 해. 내 말은 그냥, 네가 나중에 내게 더 자세히 말할 수도 있다는 뜻이야. 그것도 자발적으로 말이야. 너 설마 내가 크로머처럼 할 거라고 생각하는 건 아니겠지?"

"물론 아니야. 하지만 넌 그 일에 대해 아무것도 모르잖아!"

"전혀 모르지. 다만 그 일에 대해 곰곰히 생각해 보고 있을 뿐이야. 그리고 난 절대 크로머처럼 굴지 않을 거야. 내 말 믿어. 넌 나한테 빚진 것도 없잖아."

우리는 한동안 침묵에 빠졌고, 그러는 사이 내 마음도 점차 안정을 되찾았다. 하지만 데미안이 그 일을 알고 있다는 사실이 점점 수수께끼처럼 다가왔다.

"이제 집에 가야겠다." 그가 말했다. 그는 비를 맞으며 모직 코트를 단단히 여몄다. "기왕 여기까지 왔으니 한 마디만 더 하자. 넌 그 녀석에게서 벗어나야 해. 다른 수가 없다면 때려죽여 버려! 그렇게만 한다면 나는 아주 감탄하고 기뻐할 거야. 널 도와줄 수도 있어."

나는 새로운 불안에 휩싸였다. 갑자기 카인의 이야기가 다시 떠올랐다. 섬뜩한 기분이 들어 나는 조금 훌쩍이기 시작했다. 너무나 무서운 일들이 내 주변을 가득 맴돌고 있었다.

"이제 됐어." 데미안은 미소를 지었다. "집으로 가! 우린 분명히 해낼 거야. 때려죽이면 가장 간단한데 말이야. 그런 문제에서는 언제나 가장 단순한 게 가장 좋은 방법이야. 네 친구 크로머 옆에 있어 봤자 결코 좋을 게 없을 거야."

나는 집으로 돌아왔다. 마치 한 1년쯤 집을 떠나 있었던 것 같았다. 모든 것이 달라 보였다. 나와 크로머 사이에 뭔가 미래 같은 것, 희망 같은 것이 생겼다. 난 이제 혼자가 아니었다! 이제야 비로소 내가 지난 몇 주 동안 나만의 비밀을 안고 얼마나 끔찍하게 외로워했는지를 깨달았다. 그리고 그동안 내가 여러 번 고민했던 일이 곧바로 떠올랐다. 부모님에게 다 털어놓으면 마음은 홀가분해지겠지만 그것으로 완전히 구원받을 수는 없으리라는 생각이었다. 이제 난 거의 고백을 한 셈이다. 그것도 다른 사람에게, 낯선 사람에게. 그리고 구원의 예감이 짙은 향기처럼 내게 날아왔다!

그 후에도 한동안 나의 두려움은 극복되지 않았다. 나는 적과의 길고도 끔찍한 대결을 각오하고 있었다. 그럴수록 모든 일이 그토록 조용하게, 그토록 은밀하고 무사하게 지나가는 것이 이상하기만 했다.

우리 집 앞에서 들려오던 크로머의 휘파람 소리가 하루, 이틀, 사흘, 일주일이 지나도 들리지 않았다. 나는 이런 사실을 전혀 믿을 수 없었고, 별안간 전혀 예기치 않은 순간에 다시 휘파람 소리가 들려오지 않을까 내심 긴장하고 있었다. 하지만 그는 나타나지 않았다! 나는 새로운 자유를 의심하면서, 마침내 프란츠 크로머와 마주치게 된 그날까지 여전히 그 사실을 믿지 못했다. 그는 자일러 가세를 따라 내려오면서 내가 있는 쪽으로 곧장 다가오고 있었다. 나를 본 순간 그는 깜짝 놀라 몸을 움찔하더니, 얼굴을 심하게 찡그리고는 나와 마주치지 않으려는 듯 그대로 돌아서서 가버렸다.

나로서는 도저히 생각하지 못한 순간이었다! 적이 내 앞에서 달아나다니! 악마가 내게 겁을 먹다니! 기쁨과 놀라움이 내 몸을 뚫고 지나갔다.

그 무렵 데미안이 다시 나타났다. 그는 학교 앞에서 나를 기다리고 있었다.

"안녕." 내가 말했다.

"안녕, 싱클레어. 그냥 어떻게 지내는지 좀 듣고 싶어서. 이제 크로머란 놈이 더 이상 너를 괴롭히지 않지, 그렇지?"

"네가 그랬어? 하지만 어떻게? 도대체 어떻게? 정말 모르겠어. 그 녀석이 아주 사라졌다고."

"잘됐네. 언제고 그 녀석이 다시 나타나거든, ─ 그렇게까지는 못할 거라 생각하지만, 워낙 뻔뻔한 놈이라 말이야. ─ 그놈에게 데미안을 기억하라고만 말해."

"그게 무슨 상관이야? 너 그 녀석이랑 붙어서 실컷 패주기라도 했니?"

"아니, 난 그런 짓은 좋아하지 않아. 너랑 한 것처럼 그냥 이야기만 했을 뿐이야. 녀석에게 너를 그냥 내버려 두는 게 좋을 거라고 분명히 말해주었을 뿐이지."

"너 설마 그 녀석에게 돈을 준 건 아니겠지?"

"아니야, 친구. 그건 이미 네가 한 번 써먹은 방법이잖아."

좀 더 자세히 물어보려 했지만 데미안은 그냥 가버렸다. 나는 그에 대해 느꼈던 옛날의 그 답답한 심정을 간직한 채 그 자리에 그대로 남아 있었다. 고마움과 어려움, 경탄과 두려움, 애정과 반항심이 기묘하게 뒤섞인 느낌이었다.

나는 곧 그를 다시 만나리라 마음먹었다. 또 그와 함께 이 모든 일에 대해, 카인의 문제까지도 이야기를 나눠 보았으면 했다.

하지만 그런 일은 일어나지 않았다.

고마움이란 결코 내가 믿는 미덕이 아니다. 또한 그런 마음을 아이에게 요구하는 것은 잘못된 일 같다. 그러니 내가 막스 데미안에게 보인 배은망덕이 나로서는 하나도 이상하지 않았다. 지금도 나는 데미안이 나를 저 크로머의 손아귀에서 빼내 주지 않았다면 평생 병들고 타락했을 것이라고 확신한다. 그 당시에 이미 나는 이 구원이 내 어린 시절 삶에서 가장 큰 체험이라고 느꼈다. 하지만 구원자가 나를 구해 주는 기적을 행하자마자, 나는 그를 의도적으로 무시하고 말았다.

이미 말한 바와 같이 배은망덕이란 내게 이상한 일이 아니었다. 내가 큰 호기심을 갖지 않았다는 게 더 묘했다. 단 하루라도 데미안이 연결해 준 그 비밀에 가까이 다가가지 않고 편안히 살아가는 일이 어떻게 가능했을까? 카인과 크로머, 독심술에 대해 더 많은 것을 듣고 싶다는 욕망을 어떻게 억누를 수 있었단 말인가?

이해되지 않지만 정말로 그랬다. 갑자기 악마가 쳐놓은 그물에서 풀려난 것 같았고, 세상이 다시 밝고 즐거운 모습으로 내 앞에 놓여 있는 것 같았다. 더는 두려움의 발작이나 숨넘어갈 듯한 두근거림을 겪지 않았다. 나를 옭아매던 마력이 깨졌고, 이제 나는 더 이상 고문과 저주에 시달리는 사람이 아닌 예전과 똑같은 학생이었다. 나의 본성은 가능한 빨리 균형을 회복하고 안정을 찾으려 했다. 그래서 우선 온갖 추하고 위협적인 것을 떨쳐 내고 잊어버리려 노력했다. 죄를 짓고 그로 인해 두려움을 느끼며 살았던 그 기나긴 이야기가 놀랄 정도로 빠르게 내 기억에서 사라졌다. 겉으로 보기에는 어떤 흉터나 인상도 남기지 않은 채.

나를 도와주고 구원해 준 사람까지도 그렇게 빨리 잊으려 했었다는 것도 오늘날에 와서는 이해할 수 있다. 나는 상처 입은 영혼의 모든 욕망과 힘을 다해 내 저주의 골짜기에서, 크로머에게 예속된 끔찍한 종살이에서 도망쳐 예전의 행복하고 만족스럽던 상태로 돌아왔던 것이다. 다시 문이 열린 잃어버린 낙원으로, 아버지와 어머니의 밝은 세계로, 누이들에게로, 순수함의 향기로, 아벨이 신의 총애를 받는 곳으로.

데미안과 짧은 대화를 나누었던 그날, 내가 자유를 되찾았음을 완전히 확신하고 더 이상 예전의 상태로 되돌아갈 염려를 하지 않게 된 그날, 나는 그동안 그렇게도 쉼 없이 갈망하고 소망했던 일을 행동에 옮겼다. 고백을 한 것이다. 나는 자물쇠가 깨지고 진짜 돈 대신 장난감 돈으로 채워진 저금통을 어머니에게 보여 드렸다. 그리고 내가 내 잘못으로 인해 얼마나 오랫동안 사악한 학대자에게 매여 있었는지도 말씀드렸다. 어머니는 모든 것을 다 이해하시지는 못했다. 하지만 저금통을 보고는, 변한 눈빛을 읽고 달라진 목소리를 듣고는 내가 다 나았음을, 다시 당신에게로 돌아왔음을 느끼셨다.

이제 나는 흥분된 마음으로 내가 가족의 품으로 돌아왔다는 사실을, 탕아의 귀향을 축하하는 의식을 치렀다. 어머니는 나를 아버지에게 데려가셨고, 어머니에게 털어놓았던 이야기가 되풀이되었으며, 질문과 놀라움의 외침이 터져 나왔다. 두 분은 내 머리를 쓰다듬으며 오랜 답답함에서 벗어나 안도의 한숨을 내쉬었다. 모든 것이 훌륭했다. 모든 것이 소설 속에나 나올 법한 일이 되어 멋진 조화를 이루며 해결되었다.

나는 그야말로 열정을 다해 이 조화 속으로 도망쳤다. 마음의 평화와 부모님의 신뢰를 회복하는 일은 아무리 해도 싫증 나지 않았다. 나는 집안의 모범적인 아들이 되었다. 누이들과 옛날보다 더 많이 놀았고, 기도를 드릴 때는 구원받고 개심(改心)한 사람의 마음을 담아 좋아하는 옛 찬송가를 함께 불렀다. 모든 것이 진심이었고 거짓은 없었다.

그럼에도 아직 전부 다 정상은 아니었다! 그리고 바로 이 부분에서 내가 데미안을 쉽게 잊어버릴 수 있었던 유일한 이유가 제대로 설명된다. 나는 그에게 모든 것을 털어놓았어야 했다! 그 고백은 덜 화려하고 덜 감동적이었을지는 몰라도 내가 더 풍성한 결실을 맺도록 도와주었을 것이다. 나는 나의 모든 뿌리를 내려 이전의 낙원 같은 세계를 꽉 붙들었고, 집으로 돌아와 자비롭게 받아들여졌다. 하지만 데미안은 결코 이 세계에 속한 사람이 아니었던 데다 이곳과 어울리지도 않았다. 크로머와는 달랐지만, 그도 또한 유혹하는 자였다. 그 역시 나를 악하고 어두운 이 두 번째 세계와 연결해 주는 자였다. 나는 그 세계에 대해 아무것도 알고 싶지 않았다. 스스로 다시 아벨이 된 지금, 나는 아벨을 포기하고 카인을 찬미하는 일을 도울 수 없었고 그럴 마음도 없었다.

　외적 맥락은 그러했다. 하지만 속사정은 이랬다. 내가 사악한 크로머의 손아귀에서 해방되긴 했지만, 나 자신의 힘과 능력으로 이룬 것은 아니었다. 나는 세상의 오솔길을 걸어 보려 했으나 그 길은 내게 너무 미끄러웠다. 그때 친절한 손길이 나를 붙잡아 구원해 놓자 나는 곁눈질 한 번 하지 않고 곧바로 어머니의 품으로, 유순하고 천진난만하던 어린 시절의 애정 가득한 그 안전한 공간으로 되돌아가 버렸다. 나는 실제보다 더 어리게, 더 의존적으로, 더 아이같이 굴었다. 혼자 힘으로 걸을 능력이 없었기에 나는 크로머에게 예속되었던 삶을 새로운 예속 관계로 대체해야 했다. 그래서 나는 그것이 유일한 세계가 아니라는 것을 이미 잘 알고 있으면서도 맹목적으로 아버지와 어머니에게, 옛날의 그 사랑스러운 '밝은' 세계에 의존하는 삶을 선택했다. 만약 그러지 않았더라면 나는 데미안을 붙들고 그에게 비밀을 털어놓아야 했을 것이다. 그 당시에는 그렇게 하지 않은 것이 데미안의 낯선 사상에 대한 정당한 불신 때문이라고 생각했다. 하지만 사실은 불안 때문이었을 뿐 아무것도 아니었다. 데미안은 내게 부모님보다 더 많은 요구를 했을 것이다. 자극과 경고, 조롱과 반어를 통해 나를 좀 더 독립적으로 만들려고 했을 것이다. 아, 지금에서야 알게 되었다. 온전히 자기 자신에게 이르는 길을 가는 것보다 사람들이 싫어하는 일이란 이 세상에 없다는 사실을!

그럼에도 불구하고 약 반년이 지난 어느 날, 나는 산책을 하던 중에 유혹을 이기지 못하고 아버지에게 질문을 했다. 아벨보다 카인이 더 낫다고 하는 사람들이 있는데 어떻게 생각하시느냐고.

아버지는 깜짝 놀라더니 그것은 새로울 것도 없는 해석이라고 설명하셨다. 그런 해석은 이미 초기 기독교 시대에 등장해 여러 교파에서 가르쳐 왔으며, 그중 하나가 '카인교파'로 불렸다는 것이었다. 하지만 물론 그런 미친 교리는 우리 신앙을 파괴하려는 악마의 시도에 지나지 않는다고도 하셨다. 만일 우리가 카인이 옳고 아벨이 틀렸다고 믿는다면 신이 잘못을 저지른 것이 되고, 성경의 하느님은 유일하고 올바른 존재가 아니라 그릇된 존재라는 결론이 나오기 때문이다. 실제로 카인교파는 이와 비슷한 것을 가르치고 설교했다. 하지만 이런 이단은 이미 오래전에 사라졌다. 아버지는 다만 나의 학교 친구라는 아이가 그런 걸 알고 있다는 사실이 놀라울 뿐이라고 하셨다. 덧붙여 어쨌든 그런 생각을 하면 안 된다고 엄하게 경고하셨다.

3장

Der Schächer

예수와 함께 십자가에 매달린 도둑

　내 어린 시절에 대해, 아버지와 어머니 곁에서의 안전함에 대해, 부모님에 대한 사랑과 온화하고 밝으며 애정 어린 환경에서 넉넉하고 즐겁게 보낸 삶에 대해 이야기하는 것은 정겹고 매력적인 일이 될 것이다. 하지만 내 관심은 오로지 내가 나 자신에게 이르기 위해 일생 동안 걸어온 삶의 발자국들에 쏠려 있다. 멋진 휴식의 공간, 행복의 섬과 낙원의 매력을 모르는 바는 아니지만, 이 모든 것을 그저 먼 곳에서 반짝이는 빛으로 내버려 두고자 할 뿐 그곳으로 다시 발을 들여 놓을 마음은 없다.

　그러니 내 어린 시절의 체험에 관한 한 내게 새로웠던 일, 나를 궁지로 내몰았거나 억지로 떼어 냈던 일들만을 이야기하겠다.

　이런 자극은 늘 '다른 세계'에서 왔고, 언제나 두려움과 강박, 양심의 가책이 함께 따라왔다. 늘 혁명적이었고 내가 기꺼이 머물고자 했던 곳의 평화를 위협했다.

　허용된 밝은 세계에서는 바짝 엎드려 숨어 있어야만 하는 원초적 충동이 내 안에도 깃들어 있다는 사실을 새롭게 깨닫게 되는 시절이 찾아왔다. 모든 사람들이 그렇듯 나 역시 성(性)에 대해 서서히 눈뜨기 시작하면서 이것을 적이자 파괴자로, 금기로, 유혹과 죄악으로 느끼기 시작했다. 내 호기심이 찾아 나선 것, 내게 꿈과 쾌락과 두려움을 안겨 준 것, 사춘기의 그 거대한 비밀. 이런 모든 것들은 아늑한 보살핌을 받았던 어린 시절의 평화로운 행복에는 도무지 어울리지 않았다. 나는 다른 아이들처럼 행동했다. 더 이상 어린아이가 아니면서도 그런 척 이중생활을 했다. 내 의식은 친근하고 허용된 세계 안에 살면서 어렴풋이 솟아오르는 이 새로운 세계를 부인했다. 하지만 그와 동시에 지하 세계에 숨어 있는 소망, 충동, 꿈속에서도 살았다. 그 세계 위로 내 의식적 삶이 걸어 놓은 다리는 점점 위태로워졌다. 내면에서 어린 시절의 세계가 붕괴되었기 때문이다. 보통의 부모들처럼 나의 부모님도 깨어나는 생명의 충동을 도와주지 않았고, 이에 대해 언급조차 하지 않았다. 그들은 그저 현실을 부인하면서 점점 더 비현실적이고 허구가 되어 가는 어린이의 세계에 계속 머물고자 하는 내 절망적인 노력을 한없는 세심함으로 도와주었을 따름이다. 이런 문제에서 부모들이 그다지 도움이 될 수 있다고 생각하지 않으니 부모님을 원망하지는 않는다. 나를 마음대로 다스리고, 내 길을 찾는 일은 결국 나 자신의 문제였다. 하지만 곱게 자란 아이들이 대개 그렇듯 나도 내 일을 제대로 해내지 못했다.

　인간은 누구나 이런 난관을 겪게 마련이다. 보통 사람들에게 이것은 자신만의 고유한 삶을 살아야 한다는 요구가 주변 환경과 가장 치열하

게 투쟁을 벌이는 지점, 아주 힘들게 싸워서 길을 찾아야만 앞으로 나아
갈 수 있는 인생의 지점이다. 많은 사람들이 일생에서 단 한 번, 유년기
가 부식해 가며 서서히 붕괴될 때 우리의 운명인 죽음과 재탄생을 경험
하게 된다. 사랑하는 모든 것들이 우리를 떠나려 하고, 갑자기 주위로부
터 몰려드는 우주의 고독과 치명적 냉기를 느끼게 되는 순간이다. 수없
이 많은 사람들이 영원히 이 벼랑에 매달린 채 다시 돌이킬 수 없는 과거
에, 모든 꿈 중에서 가장 고약하고 치명적인 잃어버린 낙원의 꿈에 고통
스럽게 집착한다.

다시 우리 이야기로 돌아가자. 내 유년 시절에 종말을 고한 감정과 꿈
들은 여기서 이야기할 만큼 중요하지 않다. 중요한 것은 '어둠의 세계',
'다른 세계'가 다시 나타났다는 사실이다. 예전에 프란츠 크로머였던 것
이 이제는 바로 나 자신에게 박혀 있었다. 이로써 밖에서 온 '다른 세계'
가 다시 나를 지배하게 된 것이다.

크로머와의 사건 이후 여러 해가 지났다. 내 삶을 죄로 가득 채웠던 이
극적인 시절은 이미 내 인생에서 아주 멀어졌고, 짧은 악몽처럼 아무것
도 아닌 일로 소멸해 버린 듯했다. 프란츠 크로머는 오래전에 내 인생에
서 사라졌으며 설령 다시 그와 만나게 되더라도 전혀 신경조차 쓰이지
않을 정도였다. 하지만 내 비극의 또 다른 주요 인물인 막스 데미안은 주
위에서 완전히 사라지지 않았다. 다만 눈에 띄기는 해도 아무런 영향을
미치지 않는 저 멀리 가장자리에 오랫동안 머물러 있었다. 그런데 마침
내 그가 서서히 다가오더니, 다시 힘과 영향력을 발휘했다.

그 시절 내가 데미안에 대해 무엇을 알고 있었는지 곰곰이 생각해 본
다. 아마 1년 또는 그 이상의 기간 동안 그와 단 한 번도 대화를 나누지
않았던 것 같다. 나는 그를 피했으며, 그도 억지로 강요하지 않았다. 언

젠가 한 번 마주쳤을 때 그는 내게 고개만 끄덕 움직여 보였다. 그런 친밀함 속에는 조소나 묘한 비난의 소리가 울리고 있는 것 같았지만, 그냥 내 상상이었는지도 모른다. 내가 그와 함께 경험한 사건과 그 당시 그가 내게 미친 영향력을 그도 나처럼 잊어버린 것 같았다.

그의 모습을 떠올려 본다. 지금 곰곰이 생각해 보면 그는 그때 그곳에 있었고 나의 관심을 끌었다는 것을 알게 된다. 그가 혼자 또는 다른 상급생들 사이에 끼어 학교에 간다. 그는 자신만의 공기에 둘러싸여 있고 자신만의 고유한 법칙에 따라 살면서, 학생들 사이에서 마치 고독한 별처럼 낯설고 조용하게 걸어간다. 아무도 그를 좋아하지 않았고, 아무도 그와 친하게 지내지 않는다. 그는 오로지 어머니하고만 가까웠는데, 어머니와도 부모 자식 간이 아닌 어른 대 어른의 관계로 지내는 것 같았다. 선생님들은 가능하면 그를 내버려 두었다. 그는 좋은 학생이긴 했지만 굳이 누구의 마음에 들려고 애쓰지 않았다. 간혹 우리는 소문을 통해 그가 선생님에게 했다는 비꼬는 말이나 반박의 말들을 들었다. 쌀쌀맞은 도발이거나 반어적 표현이었다는 점에서 더 바랄 나위 없었다.

눈을 감고 생각해 보면 그의 모습이 떠오른다. 그게 어디였던가? 그래, 다시 그곳이었다. 우리 집 앞 골목길. 어느 날 나는 그가 손에 공책을 들고 거기에 서서 그림을 그리는 모습을 보았다. 그는 우리 집 대문 위, 새가 새겨진 문장을 그리고 있었다. 나는 창가의 커튼 뒤에 숨어서 그를 지켜보았다. 나는 문장을 향하고 있는 주의 깊고 차가우면서도 환한 그의 얼굴을 경탄 속에 바라보았다. 그것은 어른의 얼굴, 연구자나 예술가의 얼굴이었다. 우월하면서 의지로 가득 찬 얼굴, 이상할 정도로 밝고 냉담한 얼굴이었고 모든 것을 다 아는 눈빛이었다.

그리고 그가 다시 보인다. 며칠 후 거리에서였다. 우리 모두는 학교에서 돌아오는 길에 쓰러진 말 주위를 빙 둘러싸고 서 있었다. 말은 끌채를 그대로 맨 채 농부의 마차 앞에 쓰러져 있었고, 뭔가를 찾는 듯 하늘을 향해 코를 벌름거리며 헐떡이고 있었다. 보이지는 않지만 어딘가에 상처가 났는지, 흘러나온 피가 말의 옆구리 쪽에 닿은 하얀 흙길을 점점 검게 물들였다. 속이 메스꺼워 눈길을 돌렸는데 데미안의 얼굴이 보였다. 그는 앞으로 밀치고 나오지 않고, 그답게 맨 뒤쪽에서 꽤나 점잖은 모습으로 편안하게 서 있었다. 시선은 말 머리 쪽을 향한 듯했는데, 그의 눈에서 다시금 깊고도 고요하며 거의 광적이면서도 냉정을 잃지 않는 주의력이 보였다. 그때 나는 오랫동안 그를 지켜보았던 것 같다. 그러면서 어렴풋한 의식 저 멀리서부터 아주 특이한 무언가를 느꼈다. 나는 데미안의 얼굴을 보았다. 어린아이의 얼굴이 아니라 어른의 얼굴이었다. 아니, 그 이상의 것도 보았다. 어른의 얼굴도 아니었고 뭔가 좀 다른 무언가를 보았거나 아니면 감지했다고 믿었다. 그 속에는 여자의 얼굴도 조금 들어 있는 듯했다. 말하자면 그 얼굴은 내게 일순간 남자나 어린아이도 아니고, 늙거나 젊지도 않으며, 천 살쯤 된 듯한, 시간을 초월한 듯한, 우리가 살고 있는 것과는 다른 시간대의 낙인이 찍힌 듯한 모습으로 보였다. 짐승이나 나무, 별들이라면 그렇게 보일 수 있었을 것이다. 그때 나는 그걸 몰랐고, 지금 성인이 되어서야 말하고 있는 이 사실을 당시에는 명확하게 깨닫지도 못했다. 다만 비슷하게 느꼈을 뿐이다. 어쩌면 그는 아름다웠을지도 모르고, 어쩌면 내 마음에 들었을지도 모른다. 아니면 내가 싫어했을 수도 있다. 어느 쪽이라고 결정할 수도 없었다. 다만 내가 알 수 있었던 사실은 그가 우리와는 다르다는 것, 짐승 같았거나 유령 아니면 그림 같았다는 것이다. 그때 진짜 어떤 모습이었는지는 모르겠지만, 하여간 그는 달랐다. 도무지 상상할 수 없을 정도로 우리 모두와 달랐다.

더는 기억이 나지 않는다. 어쩌면 이만큼도 일부분은 나중에 떠오른 인상들로 창조해 낸 것인지도 모른다.

나이를 몇 살 더 먹고 나서야 나는 다시 그와 조금 가까워졌다. 데미안은 또래 아이들이 당시 관습에 따라 교회에서 받던 견진 성사도 치르지 않은 상태였다. 이를 두고도 곧바로 소문이 퍼졌다. 학교에서는 그가 원래 유대인이라느니, 이교도라느니 하는 말들이 떠돌았다. 혹자는 그가 어머니와 마찬가지로 아무런 종교가 없거나 아니면 아주 질이 나쁜 사교(邪敎)를 믿는다고 생각했다. 이런 맥락 속에서 그가 어머니하고 연인처럼 살고 있다는 의혹을 받기도 했던 것 같다. 짐작건대 그때까지 그는 아무 종교도 없이 자랐으며, 이 때문에 그의 장래에 어떤 불이익이 생길지도 모른다는 우려가 생겼던 것 같다. 어쨌든 그의 어머니는 또래 아이들보다 2년이나 늦어서야 아들에게 견진 성사를 받게 하기로 결심했다. 그래서 그는 몇 달 동안 나와 함께 견진 성사 수업을 듣게 되었다.

한동안 나는 그를 멀리했다. 그와 관계를 맺고 싶지 않았다. 그는 너무나 많은 소문과 비밀에 휩싸여 있던 존재였다. 특히 크로머와의 사건 이후 내게 남아 있던 마음의 빚이 방해가 되었다. 게다가 바로 그때 나는 내 자신의 비밀만으로도 충분히 고통스러운 상태였다. 견진 성사 수업이 성적인 문제에서 중요한 것들을 알아 가던 시기와 일치했던 것이다. 그 때문에 선한 의도를 갖고 있었음에도, 경건한 가르침에 대한 나의 관심은 형편없이 약화되었다. 신부님이 말씀하시는 내용들은 내게서 멀리 떨어진, 조용하고 성스러운 허상 속에 있었다. 아주 훌륭하고 가치 있는 일일지언정 결코 당장의 문제도, 나를 자극할 만한 일도 아니었다. 반면에 성의 문제들은 극도로 시급했고 나를 흥분시키는 문제였다.

이런 상황 덕분에 수업에 무관심해질수록 내 관심은 더욱더 막스 데미안에게로 쏠렸다. 무언가가 우리를 묶어 주는 것 같았다. 될 수 있는 대로 정확하게 이 실마리를 따라가 보겠다. 내가 기억하는 한, 그 일은 어느 이른 아침 수업 시간에 시작되었다. 교실에는 아직 불이 켜져 있었다. 우리 신부님은 카인과 아벨의 이야기를 하고 있는 중이었다. 나는 그 소리에 거의 신경 쓰지 못했다. 졸음이 몰려와 집중할 수 없었다. 그때 신부님이 카인의 표적에 대해 목소리를 높여 강조하며 이야기하기 시작했다. 그 순간 마치 뭔가가 나를 살짝 건드리며 경고하는 느낌이 들었다. 눈을 들어 보니 앞줄에 앉아 있던 데미안이 고개를 돌려 나를 바라보고 있었다. 뭔가를 말하고 있는 듯한 그의 눈은 맑았고, 그의 표정에는 비웃음과 진지함이 동시에 깃들어 있는 것 같았다. 그가 딱 한 순간 나를 바라보았을 뿐인데도, 나는 갑자기 긴장하며 신부님의 말씀에 귀를 기울이게 되었다. 카인과 그 표적에 대해 이야기하는 것을 들으면서 내 마음 깊숙한 곳에서는 신부님이 가르치는 내용과 일치하지 않는 사실이 있음을, 저 가르침을 다르게 볼 수도 있고 비판할 수도 있음을 감지했다!

이 몇 분 사이에 데미안과 나는 다시 연결되었다. 그리고 이상하게도 이러한 영혼의 연대감 같은 것이 생기자마자 그 느낌이 마술처럼 공간적으로도 전이되었다. 그가 직접 그렇게 만든 것인지, 아니면 순전히 우연인지는 — 당시에는 우연이라고 굳게 믿었다. — 알 수 없었다. 며칠 후 종교 수업 시간에 데미안이 갑자기 자리를 바꿔 내 자리 바로 앞에 앉았다. (아침이면 학생들로 *빽빽한* 교실은 형편없는 빈민 구호소처럼 공기가 아주 나빴다. 갑갑한 공기 속에서 그의 목덜미에서 풍기는 신선한 비누 향을 나는 얼마나 기꺼이 들이마셨던가!) 다시 며칠 뒤 그가 또 자리를 바꾸어 이번에는 내 옆에 앉았다. 그는 겨우내 그리고 봄이 다 가도록 그 자리에 그대로 앉았다.

아침 수업 시간이 완전히 달라졌다. 이젠 졸리지도 않았고, 지루하지도 않았다. 심지어 그 시간을 기다리기까지 했다. 때때로 우리 둘은 신부님의 말씀을 아주 집중해서 들었다. 내가 묘한 이야기나 이상한 격언에 주목하는 데에는 옆자리에서 날아오는 눈길 하나면 충분했다. 또 내게 경고를 주고 내 마음속 비판과 의심을 자극하는 데에는 그와는 다른 눈길, 아주 단호한 눈길 하나면 충분했다.

하지만 우리는 불량 학생이 되어 수업 내용을 전혀 듣지 않을 때가 많았다. 데미안은 선생님이나 다른 동료 학생들에게 늘 예의 바르게 행동했다. 나는 그가 또래 학생들이 쉽게 저지르는 어리석은 행동을 하는 모습을 본 적이 결코 없으며, 크게 웃거나 지껄이는 소리를 들은 적도 없었다. 선생님의 꾸중을 듣는 일도 없었다. 하지만 그는 아주 조용히, 속삭이기보다는 오히려 신호나 눈길로 자기가 몰입하고 있는 문제에 나를 끌어들일 줄 알았다. 그리고 이런 일들은 종종 아주 이상하게 이루어졌다.

이를테면 그는 내게 자신이 어떤 학생들에게 관심이 있는지, 어떻게 그 학생들을 연구하고 있는지 말해 주었다. 그는 몇몇 아이들을 아주 정확하게 파악하고 있었다. 한번은 수업 시간 전에 그가 "내가 엄지손가락으로 네게 신호를 보내면 저 애하고 저 애가 우리 쪽을 돌아보거나 목덜미를 긁을 거야."라고 말했다. 그러다 수업 중에 내가 그 이야기를 거의 잊어버릴 때쯤 갑자기 눈에 띄는 동작으로 나를 향해 엄지손가락을 움직여 보였다. 나는 얼른 그가 지목했던 학생을 쳐다보았다. 그때마다 그 애는 철사에 매여 당겨지기라도 하는 것처럼 정해진 몸짓을 해보였다. 나는 선생님에게도 똑같이 해보라고 졸랐지만, 데미안은 하지 않았다. 하지만 언젠가 내가 수업에 들어가면서 오늘은 숙제를 해오지 않았으니 신부님이 내게 아무것도 묻지 않았으면 좋겠다고 말하자, 그가 도움을 주었다. 신부님은 교리 문답서의 한 단락을 암송할 학생을 찾고 있었는데, 두리번거리던 그의 시선이 죄의식을 띤 내 얼굴에 와 멈추었다. 신부님은 천천히 다가와 나를 향해 손가락을 뻗으며 내 이름을 입에 막 올리려다, 갑자기 신경이 흐트러졌거나 어딘가 불안해지기라도 한 것처럼 옷깃을 만지작거렸다. 그러다가 자기 얼굴을 똑바로 응시하고 있는 데미안에게로 다가가 무언가를 질문하려는 듯하더니, 갑자기 다시 몸을 돌려 잠깐 기침을 한 다음 다른 학생을 지목했다.

나는 이런 장난을 재미있어하다가, 차츰 데미안이 내게도 자주 이런 장난을 친다는 사실을 알아차리게 되었다. 학교 가는 길에 갑자기 데미안이 약간 떨어진 곳에서 내 뒤를 따라오고 있다는 느낌이 들어 돌아보면, 정말 그가 거기에 있었다.

"정말 다른 사람이 네 뜻대로 생각하도록 만들 수 있는 거야?" 나는 그에게 물었다.

그는 특유의 어른스러운 태도로, 조리 있으면서도 침착하게 선뜻 답을 해주었다.

"아니." 그가 말했다. "그렇게 할 수는 없지. 신부님이 아무리 주장하신다 해도 자유 의지란 없어. 다른 사람이 내가 원하는 대로 생각할 수도 없거니와 그렇게 생각하도록 만들 수도 없어. 하지만 누군가를 관찰할 수는 있을 거야. 그렇게 하면 그가 무슨 생각을 하고 있는지, 혹은 어떻게 느끼고 있는지 가끔은 꽤 정확하게 말할 수 있지. 그럼 그 사람이 다음에 무엇을 할지도 대부분 예견할 수 있어. 아주 간단한 일이야. 사람들이 그걸 모르고 있을 뿐이지. 물론 연습이 필요하긴 해. 예를 들어 나비들 중에는 암컷이 수컷보다 개체 수가 훨씬 적은 종이 있지. 이 나비들도 다른 동물들과 마찬가지 방법으로 번식을 해. 수컷이 수정시키면 암컷이 알을 낳는 거지. 만약 지금 여기에 암나비 한 마리가 있다면 — 이 것은 자연 과학자들이 자주 하는 실험이기도 해. — 밤에 수컷들이 이 암 컷에게로 날아오지. 몇 시간 떨어진 먼 곳에서도 말이야. 몇 시간씩 걸리 는 먼 곳이라고. 한번 생각해 봐! 수 킬로미터를 날아오면서 수컷들이 모 두 그 지역에 사는 이 암컷 단 한 마리를 감지하는 거야. 이건 설명하려 고 해도 쉽지 않아. 어떤 후각 같은 것, 훌륭한 사냥개가 눈에 보이지 않 는 흔적을 찾아내 추적할 수 있는 것과 같은 그 무언가가 있을 거야. 알 겠니? 이것도 똑같은 이치야. 자연에는 그런 일들이 넘쳐 나지. 또한 아 무도 그것을 설명하지 못해. 이제 이렇게는 말할 수 있겠지. 이 암컷의 개체 수가 수컷만큼 되었더라면, 수컷은 결코 예민한 후각을 갖지 못했 을 거라고 말이야. 수컷들이 그런 후각을 가질 수 있었던 이유는 오로지 그렇게 훈련되었기 때문이야. 동물이든 사람이든 어떤 특정한 일에 자기 의 모든 주의력과 의지를 집중하면 거기에 도달하는 거야. 이게 다야. 네 가 말한 것도 바로 그렇지. 어떤 사람을 아주 자세히 관찰해 봐. 그러면 그에 대해 그 자신보다 더 잘 알게 돼."

하마터면 '독심술'이라는 말을 꺼내어 이미 오랫동안 잊고 있었던 크로 머와의 장면을 그에게 떠올리게 할 뻔했다. 하지만 그 일은 이제 우리 둘 사이의 미묘한 문제이기도 했다. 그와 나 두 사람 모두, 몇 년 전에 한 번 그가 내 삶에 진지하게 개입한 적이 있음을 조금이라도 암시하는 발언 은 결코 입 밖에 내지 않았다. 마치 우리 사이에 그런 일이 일어난 적이 없거나, 아니면 우리들 각자가 상대방이 그 일을 잊어버렸다고 확신하 는 것 같았다. 심지어 둘이 함께 거리를 지나가다가 프란츠 크로머와 마 주친 적도 한두 번 있었지만, 우리는 서로 눈길을 피했고 그에 대해 아무 말도 하지 않았다.

"그러면 의지는 어떻게 되는 거지?" 내가 물었다. "넌 자유 의지란 없다고 말하잖아. 그런데 그다음엔 사람이 어떤 일에 다시 의지를 확실히 집중시키기만 하면 된다고 말해. 그러면 목적을 달성할 수 있다고 말이야. 그럼 네 말에 모순이 있는 것 아니니? 내가 내 의지의 주인이 아니라면 의지를 내 마음대로 이런저런 데에 집중하게 할 수 없는 거잖아."

그는 내 어깨를 토닥였다. 내가 그를 기쁘게 하면 그는 언제나 이렇게 했다.

"좋아, 네가 질문을 다 하다니!" 그는 웃으며 말했다. "사람은 언제나 물어야 해, 언제나 의심해야 하고. 그 문제는 아주 간단해. 예를 들어 그런 나비가 자기 의지를 별이나 다른 어떤 곳에 집중하려 했다면, 그건 이룰 수 없는 일이겠지. 물론 나비는 절대 그런 시도는 하지 않겠지만. 나비는 자기에게 의미가 있고 가치가 있는 것, 자기에게 필요한 것, 무조건 가져야 하는 것만을 찾지. 그리고 바로 그렇기 때문에 믿을 수 없는 일도 해낸 거야. 나비는 다른 동물들에게는 없는 마법 같은 여섯 번째 감각을 발달시킨 거지. 우리 같은 사람은 동물보다 활동 영역도 넓고 관심 분야도 더 많아. 하지만 우리도 비교적 좁은 테두리에 매여 거기에서 벗어나지 못해. 물론 이런저런 환상을 꿈꿀 수는 있지. 무조건 북극에 가야겠다거나 하는 상상 말이야. 하지만 그 소원이 내 안에 온전히 있고, 정말로 내 존재가 그것으로 완전히 채워져 있을 때만 그걸 강하게 원하고 실천할 수도 있는 거야. 정말 그런 경우라면, 너의 내면이 명령한 것을 시도하기만 하면 뜻은 이루어지지. 너는 네 의지를 순한 말 부리듯이 다룰 수 있어. 예를 들어 내가 지금 우리 신부님이 앞으로는 안경을 쓰지 않도록 해야겠다고 계획하고 실현하려고 한다면, 그런 소원은 이루어지지 않아. 그건 그냥 장난일 뿐이잖아. 하지만 내가 지난가을 저 앞쪽에서 다른 곳으로 자리를 옮겨야겠다는 확고한 의지를 가지니까 그 일은 정말 제대로 이루어졌지. 알파벳순으로 하면 내 앞에 앉아야 했던 어떤 애가 여태껏 아파서 못 나오다가 그때 갑자기 출석한 거야. 그래서 누군가 그에게 자리를 내줘야 했는데, 물론 내가 그렇게 했지. 그때 내 의지는 기회가 오면 곧바로 붙잡을 준비가 되어 있었으니까.

"그래." 내가 말했다. "그때 정말 이상하다고 생각했어. 우리가 서로 관심을 가진 순간부터 너는 점점 내 가까이로 다가왔지. 그런데 도대체 어떻게 그렇게 한 거야? 너는 처음부터 바로 내 옆자리에 앉은 게 아니라 몇 번은 내 앞쪽 자리에 앉았잖아, 안 그래? 그건 어떻게 된 거니?"

"그건 이런 거야. 처음에 자리를 바꾸고 싶었을 때는 나도 내가 어디로 가고 싶어 하는 건지 정확하게 몰랐어. 그냥 훨씬 뒤에 앉고 싶다는 마음뿐이었지. 네 옆으로 가고 싶다는 것이 내 의지였지만, 그때는 나 자신도 제대로 의식하지 못했던 거야. 동시에 네 의지가 함께 작용하면서 도움을 주었어. 내가 네 앞에 앉았을 때 비로소 내 소원이 겨우 절반쯤 이루어졌다는 생각이 들었지. 내가 처음부터 원했던 것은 바로 네 옆자리였다는 사실을 깨달은 거야."

"하지만 그때는 새로 들어온 애도 없었는데."

"그래, 하지만 그때 난 내가 하고 싶은 대로 한 거야. 그냥 얼른 네 옆에 앉았지. 나하고 자리가 바뀐 애는 조금 의아해했지만 그냥 내버려 두었고. 신부님은 뭔가 변화가 일어났다는 걸 눈치채기는 하셨지. 나를 대할 때마다 뭔가 마음에 걸렸던 거야. 내 이름이 데미안인데, 이름이 D로 시작하는 내가 제일 뒤쪽 S로 시작하는 이름들 사이에 앉아 있다는 게 온당치 않다는 걸 알고 계셨던 거야! 하지만 이 사실이 신부님의 의식으로까지 도달하지는 못했어. 내 의지가 거기에 반대하면서 계속 그렇게 하지 못하도록 방해했으니까. 신부님은 거듭 뭔가 잘못되었다는 것을 느낀 다음부터 내 얼굴을 쳐다보며 원인이 무엇인지 곰곰이 생각하기 시작했지. 그 좋으신 분이 말이야. 하지만 나는 그럴 때 간단하게 대처할 방법을 알고 있었어. 매번 신부님의 눈을 아주 뚫어져라 쳐다보는 거야. 사람들은 대부분 그걸 못 견디지. 그러면 모두 불안해지거든. 네가 누군가에게서 뭔가를 얻어 내고 싶을 때는 그의 눈을 별안간 아주 똑바로 쳐다보도록 해. 그런데도 그 사람이 전혀 불안해하지 않으면 그 일을 포기해! 그 사람에게서는 아무것도 얻어 낼 수 없을 테니까, 절대로 말이야. 하지만 그런 경우는 아주 드물어. 내가 아는 사람 가운데 이 방법이 통하지 않는 사람은 단 한 명뿐이었어."

"그게 누군데?" 내가 재빨리 물었다.

그는 눈을 가늘게 뜨고 나를 바라보았다. 생각에 잠길 때면 그는 그렇게 눈을 떴다. 그러더니 눈길을 돌리고는 아무 대답도 하지 않았다. 나는 몹시 궁금했지만 계속 물어볼 수는 없었다.

하지만 나는 그때 데미안이 자기 어머니를 두고 말한 것이라 믿는다. 그는 어머니와 친밀하게 지내는 듯했지만 내게 한 번도 어머니 이야기를 하지 않았고, 나를 집으로 데려간 적도 없었다. 나는 그의 어머니가 어떻게 생겼는지조차 몰랐다.

그 당시 나는 이따금 데미안을 따라 내가 이루어야만 할 일에 내 의지를 집중해 보려고 시도했다. 내게 충분히 절박하게 여겨지는 소망들이 있었던 것이다. 하지만 아무런 소용이 없었고, 제대로 이루어지지도 않았다. 그렇다고 데미안과 그 일에 대해 이야기할 만한 용기도 나지 않았다. 내가 바라고 있는 것을 그에게 털어놓을 수 없었기 때문이다. 그리고 그도 묻지 않았다.

그사이 종교 문제에 있어 내 신앙심에는 여기저기 구멍이 생겼다. 그렇지만 전적으로 데미안의 영향을 받은 나의 생각은 종교에 대해 완전히 불신하는 몇몇 학생들의 생각과는 확실히 달랐다. 이런 생각을 가진 애들이 실제로 몇 명 있었다. 그들은 신을 믿는 일은 우스꽝스럽고 인간으로서의 자격을 떨어뜨리는 짓이라고 했다. 삼위일체라든가 예수가 동정녀에게서 태어났다는 이야기는 그저 웃기는 소리일 뿐이고, 오늘날까지도 이런 잡다한 이야기를 이곳저곳에 퍼뜨리는 일이 창피하다는 말을 기회가 있을 때마다 꺼냈다. 나는 결코 그렇게 생각하지 않았다. 물론 의혹을 품긴 했지만 내 어린 시절의 체험 속에서 부모님이 영위하신 것과 같은 경건한 삶이 실제로 존재하며, 이런 삶이 품위가 없다거나 위선적인 일이 아님을 잘 알고 있었다. 오히려 나는 종교에 대해 전과 다름없이 깊은 경외심을 품고 있었다. 다만 데미안이 성경의 이야기나 교리들을 더욱 자유롭고 개인적으로, 더욱 유희적이고 환상적으로 바라보고 해석하는 데 익숙해지도록 해주었을 따름이다. 적어도 나는 그가 권한 해석들을 언제나 기꺼이 따라갔다. 물론 많은 부분이 내게는 너무 과격하기도 했다. 카인에 관한 문제도 그러했다. 한번은 그가 견진 성사 수업 중에 더욱 대담한 해석으로 날 놀라게 한 적도 있었다. 그때 선생님은 골고다 이야기를 하고 있었다. 예수 그리스도의 수난과 죽음에 대한 성경의 보고는 아주 어린 시절부터 내게 깊은 인상을 남겼다. 소년 시절, 수난의 금요일 같은 날에 가끔씩 아버지가 예수의 수난사를 읽어 주신 다음이면 나는 거기에 진심으로 감동하여 겟세마네와 골고다의 세계에서 살았다. 고통으로 가득하고 아름다우며, 창백하고 유령 같지만 아주 생생한 세계였다. 그리고 바흐의 〈마태 수난곡〉을 들을 때면 비밀로 가득 찬 이 세계의 음울하면서도 강력한 고난의 광채가 신비로운 전율을 일으키며 나를 뒤덮었다. 오늘날에도 나는 이 음악과 〈죽음의 칸타타〉[4]에서 모든 시와 모든 예술적 표현의 정수(精髓)를 본다.

그런데 그 시간이 끝날 무렵 데미안이 생각에 잠겨 말했다. "싱클레어, 여기 마음에 안 드는 부분이 있어. 이 이야기를 다시 한 번 자세히 읽어 보고 음미해 봐. 뭔가 김빠진 듯한 맛이 나. 그러니까 예수와 함께 십자가에 매달린 두 도둑에 대한 이야기 말이야. 언덕 위에 십자가 세 개를 나란히 세우다니 대단한 일이야! 그렇지만 이것은 감상적인 복음서에나 나올 법한 우직한 도둑놈 이야기 같아! 애초에 그는 범죄자였고, 파렴치한 짓을 저질렀어. 하느님은 그 모든 것을 알고 계시지. 그런데 이런 그가 이제 악한 마음을 녹여 없애고 눈물을 흘리며 개심과 참회의 의식을 올리다니! 무덤을 두 걸음 앞두고 하는 이런 회개가 무슨 의미가 있지? 그렇지 않니? 이건 정말 그야말로 성직자들이 설교하기에 딱 맞는 이야기일 뿐이야. 극도로 교화적인 배경에 감동의 기름으로 범벅을 한, 달콤하긴 하지만 정직하지 못한 이야기일 뿐이란 말이야. 만약 네가 오늘 이 두 강도 중에 한 명을 친구로 선택해야 한다든지 아니면 둘 중 누구를 더 믿을지 결정해야 한다면 틀림없이 이 훌쩍이는 개종자 쪽은 아닐 거야. 그래, 다른 사람일 거야. 그 사람이야말로 진짜 사나이인 데다가 지조도 있잖아. 자신의 처지에서 보면 달콤한 잡담일 뿐인 개종 따위는 무시하고 끝까지 자기 길을 간 거니까. 그는 끝까지 자신을 도와준 악마한테서 등을 돌리는 비겁한 짓은 하지 않은 거지. 그는 지조가 있는 사람이야. 그런데 지조가 있는 사람은 성경에서 늘 손해를 봐. 아마 그도 카인의 후

---

4) Actus Tragicus. '비극적 행동'이라는 뜻의 라틴어로, 〈죽음의 칸타타〉, 〈하느님의 세상이 최상의 시간(Gottes Zeit ist die allerbeste Zeit)〉이라는 제목으로 알려진 바흐(Bach, 1685~1750)의 칸타타 BWV 106을 말한다. '예수의 수난'에 대한 비유적 표현으로 해석하기도 한다.

손일지 몰라. 그렇게 생각하지 않니?"

나는 몹시 당황했다. 그동안 십자가에 못 박힌 이야기는 아주 잘 알고 있다고 생각해 왔는데, 그제야 비로소 내가 이 이야기를 얼마나 나만의 생각 없이, 얼마나 상상력이나 환상 없이 듣고 읽었는지를 깨달았다. 그럼에도 데미안의 새로운 생각은 내게 치명적으로 다가와 내가 계속 고수해야 한다고 여겼던 개념들을 마음속에서 뒤집어 버리겠다고 위협했다. 안 돼, 모든 것을 이렇게 함부로 다룰 수는 없어, 더없이 거룩한 성인의 이야기까지도 말이야.

언제나 그렇듯이 그는 내가 말을 꺼내기도 전에 바로 나의 거부감을 알아차렸다.

"나도 알아." 그는 체념한 듯 말했다. "그것은 오래된 이야기지. 심각할 것 없어. 하지만 내가 너에게 말하고자 하는 것은 이 종교의 결함을 분명하게 볼 수 있는 부분이 여기에 드러난다는 거야. 문제는 구약과 신약의 완전한 신은 훌륭한 모습이긴 하지만 그건 마땅히 나타나야 할 원래 모습은 아니라는 거지. 그 신은 선하고 고귀하며 아버지 같은 존재, 아름다우며 숭고하고도 다정다감한 존재야. 맞아! 하지만 세계는 다른 것으로도 이루어져 있어. 그런데 이것들은 모조리 악마의 것이 되어 버렸단 말이지. 세계의 이 부분, 이 반쪽이 통째로 은폐되고 묵살되는 거야. 구약과 신약은 신이 모든 생명의 아버지라고 찬양하면서도 생명의 토대가 되는 성생활에 대해서는 전부 묵살하고 그것을 악마의 일이며 죄악이라고 말하고 있어! 나는 신 여호와를 경배하는 일에 반대하지 않아. 결코 아니야. 하지만 나는 우리가 모든 것을 경배하고 신성시해야 한다고 생각해. 온 세계를 말이야, 인위적으로 가른 다음 공식적으로 인정한 절반의 세계만이 아니라 말이야. 그러니까 신에 대한 예배와 더불어 악마에 대한 예배도 드려야 한다는 거지. 그게 옳다고 생각해. 아니면 자신 안에 악마도 포함하고 있는 신을 창조해 내든가. 세상에서 가장 자연스러운 일이 일어날 때 그 앞에서 눈을 감을 필요가 없도록 말이지."

평소답지 않게 그는 매우 흥분해 있었다. 그렇지만 이내 다시 미소를 짓고는 더 이상 나를 몰아붙이지 않았다.

하지만 데미안이 한 말은 어린 시절 내가 마음속에 품고 있었던 수수께끼의 정곡을 찔렀다. 내가 늘 속에 지니고 다녔지만 그 누구에게도 꺼내 놓은 적 없는 수수께끼였다. 데미안이 신과 악마에 대해, 신적이고 공식적인 세계와 완전히 묵살된 악마의 세계에 대해 한 말은 정확하게 나만의 고유한 생각이었고, 나만의 고유한 신화였다. 두 개의 세계 혹은 절반으로 나누어진 세계 — 밝은 세계와 어두운 세계에 대한 생각 말이다. 내 문제가 모든 인간의 문제이고 모든 삶이나 사유의 문제라는 깨달음이 갑자기 거룩한 그림자가 되어 나를 스쳐 갔다. 그리고 나만의 고유하고 개인적인 삶과 사유가 위대한 이념이라는 영원의 흐름에 얼마나 깊이 관여하고 있는지 깨닫고 느끼게 되자, 두려움과 경외심이 나를 엄습했다. 이런 깨달음은 내 생각이 옳음을 증명해 주며 나를 행복하게 했지만, 그리 반가운 것만은 아니었다. 그것은 가혹했고, 살벌한 맛이 났다. 그 안에는 책임감의 울림이, 이제 더 이상 어린아이일 수 없으며 홀로 서야 한다는 울림이 요동치고 있었기 때문이다.

나는 생전 처음으로 마음속 깊은 곳에 숨겨 놓았던 비밀을 털어놓으며 아주 어린 시절부터 품어 온 '두 세계'에 대한 내 생각을 친구에게 이야기했다. 이로써 그는 내가 심정적으로 그의 의견에 깊이 동의하며, 그가 옳다고 인정하고 있음을 곧바로 알아차렸다. 하지만 그런 비밀을 악용하는 것은 그의 방식이 아니었다. 그가 여느 때보다 더욱 주의 깊게 내 말에 귀를 기울이고 내 눈을 똑바로 응시하는 바람에 나는 시선을 피하지 않을 수 없었다. 그의 눈빛에서 또다시 그 기묘하고 동물적인 초시간성과 가늠할 수 없이 아득한 나이를 보았기 때문이다.

"그 문제에 대해서는 다음에 다시 이야기하자." 그는 조심스럽게 말했다. "내가 보기에 넌 말로 표현할 수 있는 것보다 더 많은 걸 생각하고 있어. 그렇다면 너는 이제껏 네가 생각한 대로 한 번도 살아 보지 못했다는 얘기야. 너 스스로도 알고 있을 거야. 하지만 그것은 좋지 않아. 우리가 그대로 따라서 살아갈 수 있는 생각만이 가치 있는 거야. 넌 너에게 '허용된 세계'는 단지 절반의 세계일 뿐이라는 것을 알고 있었어. 그리고 신부님이나 선생님들이 그러했듯 두 번째 절반을 감추려 했어. 하지만 넌 그럴 수 없을 거야! 일단 그런 생각을 하기 시작했다면 그 누구도 감출 수 없어."

그 말이 내게 깊숙하게 와닿았다.

"하지만," 나는 거의 소리 지르다시피 말했다. "하지만 추악한 금기의 일들은 실제로 있어. 너도 그건 부인하지 못할 거야! 그런 일들은 확실히 금지되어 있고, 우린 그것을 포기해야 돼. 세상에 살인이나 별별 악들이 존재하고 있다는 건 알고 있어. 하지만 이런 것들이 존재한다는 이유만으로 나더러 거기에 휘말려 범죄자가 되라는 말이니?"

"이 문제를 오늘 다 이야기할 수는 없어." 데미안이 내 마음을 가라앉혔다. "물론 넌 사람을 죽인다거나, 여자를 강간하고 살해해서는 안 돼. 안 되지. 하지만 넌 '허락된 것'과 '금지된 것'이 무슨 뜻인지 깨닫는 경지까지는 아직 이르지 못했어. 넌 이제 겨우 진리의 일부분만을 감지했을 뿐이야. 다른 부분들도 점차 알게 될 거야. 내 말 믿어! 예를 들어 넌 대략 1년 전부터 마음속으로 다른 어떤 것들보다 더 강한 충동 하나를 느끼고 있어. 그런데 그 충동은 '금지된 것'이지. 하지만 반대로 그리스인들이나 그 밖의 다른 많은 민족들은 그 충동을 신성한 것으로 여겨 큰 축제를 올리며 숭배했지. 그러니까 '금지된 것'은 영원하지 않아. 바뀔 수 있는 거지. 오늘날에도 우리는 누구든 여자를 데리고 신부님 앞에서 결혼만 하면 그 여자와 잠을 잘 수 있어. 하지만 다른 민족들은 사정이 달라. 그건 현재도 마찬가지야. 그래서 우리들은 각자 무엇이 허락되고 무엇이 금지되어 있는지 스스로 찾아야 해. 즉 자신에게 금지되어 있는 것이 무엇인지 알아서 찾아야 한다는 말이야. 금지된 행위를 전혀 하지 않고도 대단한 악당이 될 수 있어. 그 반대의 경우도 가능하고 말이야. 사실 그것은 그냥 편안함의 문제거든! 편안함만을 추구해 스스로 생각하고 스스로에게 재판관이 되지 못하는 사람은 지금까지의 금지를 마냥 따르지. 그에게는 그것이 편하니까. 하지만 어떤 사람들은 자기 안에 스스로의 계율이 있다고 느끼지. 이런 사람들에게는 정직한 신사들이 매일 하는 일이 금지되기도 하고, 보통 금지되어 있는 일이 허용되기도 해. 그러니 각자 스스로 홀로 서야 하는 거야."

갑자기 말을 너무 많이 한 것이 후회되었는지, 그는 이야기를 멈추었다. 이미 나는 그때 그가 어떤 기분이었는지 어느 정도 알 수 있었다. 겉보기에는 아주 편하게, 떠오른 생각을 적당히 얼버무려 말하는 것 같았지만, 언젠가 말했듯이 그는 '단순히 지껄이기 위한' 대화를 죽도록 견디기 힘들어했다. 그런데 그는 내게서 진짜 관심사에 대한 대화 외에도 재치 있는 잡담에 대한 과도한 기쁨 같은 것을, 간단히 말해서 완벽한 진지함의 결여를 느꼈던 것이다.

내가 앞에 쓴 마지막 말 — 완벽한 진지함 — 을 다시 읽자니 갑자기 다른 장면 하나가 떠오른다. 내가 아직 절반은 어린아이였던 시절, 막스 데미안과 함께 체험한 가장 강렬한 장면이다.

우리의 견진 성사 날이 다가왔다. 수업의 마지막 몇 시간에는 〈최후의 만찬〉을 다루었다. 신부님에게는 중요한 일이었기에 열성을 다했고, 무언가 신성한 분위기마저 느낄 수 있었다. 그러나 바로 이 마지막 종교 수업 시간에 내 생각은 전혀 다른 쪽에 가 있었다. 그러니까 내 친구라는 인물에게 온통 쏠려 있었다. 우리가 교회 공동체에 엄숙하게 받아들여졌음을 의미하는 견진 성사의 날을 기다리며, 약 반년 동안 받은 종교 수업의 가치는 여기서 배운 것에 있는 게 아니라 데미안과 가까워진 것, 그리고 그에게서 받은 영향에 있다는 생각이 피할 길 없이 밀려왔다. 이제 나는 교회가 아니라 전혀 다른 것, 사색과 개성이라는 교단(敎團)에 가입할 준비가 되었다. 어쨌든 이 교단은 지상 어딘가에 분명히 있을 것이고, 그 교단의 대표이자 사도는 바로 내 친구일 거라고 느꼈다.

나는 이런 생각을 물리치려고 애썼다. 어쨌거나 견진 성사의 의식만은 확실히 품위를 갖춰 치르려던 것이 나의 진심이었지만, 그런 품위가 나의 새로운 생각과는 딱히 어울리지 않아 보였다. 하지만 나는 내가 원했던 대로 하고 싶었다. 나름의 생각이 이미 서 있었고, 그 생각이 다가오는 교회 행사에 대한 생각과 차츰 연결되었다. 나는 이 행사를 다른 아이들과는 다르게 치를 각오가 되어 있었다. 내게 그 의식은 데미안에게 배운 사유 세계로 받아들여지는 행사여야 했다.

그 무렵 나는 한 번 더 그와 열띤 논쟁을 벌였다. 종교 수업이 시작되기 바로 직전이었다. 친구는 단추를 채운 듯 입을 굳게 닫았고, 상당히 건방지고 거드름을 피우는 듯한 내 이야기를 별로 달가워하지 않았다.

"우린 말이 너무 많은 것 같아." 그는 평소와 달리 진지하게 말했다.

"현명한 척 내뱉는 말들은 아무 가치가 없어. 전혀 없지. 자기 자신에게서 멀어져 갈 뿐이야. 스스로에게서 멀어지는 것은 죄악이야. 우린 거북이처럼 자기 자신 속으로 완전히 기어들어 갈 수 있어야 해."

그 후 우리는 곧바로 교실로 들어갔다. 수업이 시작되자 나는 집중하려고 노력했고 데미안도 그런 나를 방해하지 않았다. 잠시 후 나는 그가 앉아 있는 옆자리로부터 이상한 느낌을 받기 시작했다. 텅 빈 느낌, 차갑거나 그와 비슷한 느낌, 마치 그 자리가 돌연히 비어 버린 느낌이었다. 그런 느낌이 차츰 내 마음을 조여 오기 시작했을 때, 나는 고개를 돌려 보았다.

거기에는 내 친구가 여느 때와 똑같이 꼿꼿하고 바른 자세로 앉아 있었다. 하지만 평소와는 완전히 달라 보였다. 내가 모르는 무언가가 흘러나와 그를 에워싸고 있었다. 나는 그가 눈을 감고 있다고 생각했지만, 실제로는 그렇지 않았다. 다만 그 눈은 아무 곳에도 시선을 주지 않았고, 어디에도 주의를 기울이지 않았다. 멍하니 내면을 향해 있거나 아득히 먼 곳을 바라볼 뿐이었다. 그는 꼼짝달싹하지 않고 그곳에 앉아 있었다. 숨조차 쉬지 않는 것 같았다. 입은 돌이나 나무로 깎아 놓은 듯했다. 얼굴은 핏기가 없고 돌처럼 창백했다. 갈색 머리카락만이 그나마 생기를 띠고 있었다. 앞자리 긴 의자에 놓은 두 손은 마치 돌이나 과일 같은 물건처럼 고요하고 생기가 없었다. 창백하고 미동도 없었지만 그저 맥없이 늘어져 있지만은 않아서, 마치 숨어 있는 강인한 생명력을 단단히 감싸고 있는 좋은 껍질 같았다.

이 모습을 보고 내 몸이 부르르 떨렸다. 그가 죽었구나! 나는 하마터면 이 생각을 큰 소리로 내지를 뻔했다. 하지만 그가 죽지 않았다는 것을 알고 있었다. 내 눈길은 홀린 듯이 그의 얼굴에, 창백하고 돌처럼 굳어 있는 이 가면에 걸려 있었다. 그리고 나는 느꼈다. 바로 저것이 데미안이라는 것을! 평소 나와 함께 걸으며 이야기를 할 때의 그는 단지 반쪽의 데미안이었다. 이따금 어떤 역할을 수행하고, 적당히 순응하며, 호의로 함께 행동해 준 반쪽이었다. 하지만 진짜 데미안은 지금 이 모습이었다. 돌로 만들어진 것 같고, 태곳적의 것 같고, 짐승 같고, 돌 같고, 아름답지만 냉혹하고, 죽은 것 같지만 전대미문의 생명력이 은밀하게 가득 찬 모습이었다. 그를 둘러싸고 있는 것은 고요한 공허, 창공(蒼空)과 우주 공간, 그리고 고독한 죽음이었다!

이제 그가 완전히 자기 속으로 들어가 있다는 것을 느끼며 나는 오싹한 기분을 느꼈다. 나는 이제껏 저렇게 고독해 본 적이 없었다. 그와 함께할 수 없었다. 그는 내가 도저히 도달할 수 없는 사람이었다. 그는 세상과 가장 멀리 떨어진 섬보다 더 아득하게 나와 떨어져 있었다.

나 말고 아무도 그 모습을 보지 못했다는 것을 이해할 수 없었다! 모두가 보아야 하고, 모두가 전율해야 했다! 하지만 아무도 그에게 주의를 기울이지 않았다. 그는 그림처럼, 내 생각으로는 마치 우상과도 같이 꼿꼿하게 앉아 있었다. 파리 한 마리가 그의 이마에 날아와 앉더니 천천히 코와 입술 위를 기어갔다. 하지만 데미안은 주름살 하나 까딱하지 않았다.

그는 지금 어디에, 어디에 있는 걸까? 무엇을 생각하고 무엇을 느끼는 걸까? 천국에 있는 걸까, 지옥에 있는 걸까?

그에게 물어볼 수는 없었다. 수업이 끝날 때쯤 그가 다시 살아나서 숨 쉬고 있는 것을 보았을 때, 그의 눈이 내 눈길과 마주쳤을 때, 그는 예전 모습으로 돌아와 있었다. 그는 어디에서 왔을까? 어디로 갔었을까? 그는 지쳐 보였다. 얼굴에는 다시 혈색이 돌아왔고, 두 손도 다시 움직였다. 하지만 갈색 머리카락은 지친 듯 윤기가 없었다.

그 후로 며칠 동안 나는 침실에서 몇 번이나 새로운 연습에 몰두했다. 의자에 똑바로 앉아 시선을 고정시키고 꼼짝하지 않은 채 내가 얼마나 오래 견디는지, 또 무엇을 느끼는지 기다려 보았다. 하지만 그저 피곤해지기만 하고 눈꺼풀이 심하게 떨릴 뿐이었다.

얼마 되지 않아 견진 성사가 열렸지만, 그 일에 대해서는 이렇다 할 만한 기억이 남아 있지 않다.

이제 모든 것이 달라졌다. 유년이 내 주변에서 산산이 부서졌다. 부모님은 조금 당황스러운 눈길로 나를 바라보았다. 누이들은 완전히 낯설어졌다. 새로운 세계에 눈뜨게 되자 그동안 내게 익숙했던 감정과 기쁨들은 변질되고 빛이 바랬다. 정원에서는 향기가 나지 않고, 숲도 더 이상 나를 유혹하지 못했다. 세계는 떨이로 파는 낡은 재고품처럼 김빠지고 흥미 없게 내 주위를 지키고 있었다. 책들은 그저 종잇조각이었고 음악은 소음처럼 들렸다. 가을 나무 주변으로 낙엽이 지고 있지만, 나무는 그것을 느끼지 못한다. 비가 나무 위에 내리고, 햇빛이나 서리도 흘러내린다. 그리고 나무의 생명력은 서서히, 가장 내밀하고 깊은 내면으로 움츠러든다. 나무는 죽은 게 아니다. 기다리고 있다.

방학이 끝나면 나는 다른 학교로 가기로, 난생처음 집을 떠나기로 정해져 있었다. 어머니는 이따금 지극히 다정하게 다가와 미리 이별을 고하면서 사랑과 향수, 잊지 못할 추억들을 내 마음속에 불어넣으려 했다. 데미안은 여행을 떠났다. 나는 혼자였다.

4장

Beatrice

베아트리체

방학이 끝날 무렵 나는 친구를 다시 만나지도 못한 채 성(聖) ○○시로 갔다. 부모님이 두 분 다 오셔서 온갖 세심함을 다해 김나지움 선생님이 관리하는 남학생 기숙사에 넣어 주셨다. 그때 만일 나를 어떤 일들 속으로 몰아넣은 것인지 알았다면, 아마 두 분은 깜짝 놀라서 몸이 얼음처럼 굳어 버리셨을 것이다.

나중에 내가 좋은 아들이자 쓸 만한 시민이 될지 아니면 내 본성에 따라 다른 길로 밀려가게 될지는 여전히 의문이었다. 아버지의 집과 정신의 그늘 아래서 행복하게 지내보려는 나의 마지막 노력은 오랫동안 지속되었고, 가끔은 거의 성공을 거두는 듯도 했지만 결국 완전히 실패로 끝나고 말았다.

견진 성사 후 방학 동안 처음으로 느껴 보았던 묘한 공허함과 고독은 (이런 공허감, 이런 희박한 공기를 나는 후에도 얼마나 더 많이 맛보았던 가!) 좀처럼 가시지 않았다. 고향과 작별하는 일은 이상하리만치 쉬웠다. 슬프지 않아 민망할 정도였다. 누이들은 한없이 우는데 나는 그럴 수 없 었다. 이런 나 자신이 놀라웠다. 예전에 나는 늘 감정이 풍부하고 바탕이 착한 아이였다. 그런데 이제는 완전히 변해 있었다. 외부 세계에 완전히 무관심했고, 며칠을 내면에만 귀를 기울이며 마음속 깊은 곳에서 흐르는 금지되고 어두운 강물 소리에 몰입했다. 지난 반년 동안 나는 아주 빨리 성장해서 훌쩍 큰 키에 마르고 미숙한 상태로 세상을 바라보았다. 소년 의 귀여움은 이제 완전히 자취를 감췄다. 나 스스로도 이런 식으로는 아 무도 나를 좋아하지 않을 거라고 느꼈으며, 나 자신조차 나를 사랑하지 않 았다. 가끔 막스 데미안이 지독하게 그리웠다. 하지만 그를 증오하는 일도 잦았고 몹쓸 병처럼 떠맡은 삶의 황폐함도 그의 탓으로 돌리곤 했다.

우리 기숙사에서 나는 사랑도 주목도 받지 못했다. 처음에 아이들은 나를 놀리더니 그다음에는 멀리 떨어져서 나를 음험하고 불쾌한 괴짜로 취급했다. 나는 그런 대접이 마음에 들어서 그 역할을 더 과장하며 고독 속으로 숨어들었다. 겉으로는 이 고독이 세계를 경멸하는 가장 남자다운 태도로 보였겠지만, 사실 나는 나 자신을 좀먹는 우울과 절망에 남몰래 시달리고 있었다. 학교에서는 고향에서 쌓아 놓았던 지식을 갉아먹으면 서 지내야 했다. 우리 반은 예전 학교에 비해 수준이 떨어졌고, 나는 동 급생들을 어린아이 취급하며 약간 경멸하는 습관이 생겼다.

한 해가 넘는 시간을 그렇게 보냈다. 첫 번째 방학을 맞아 고향에 왔을 때도 새로운 느낌이 들지 않았고, 나는 기꺼이 다시 집을 떠났다.

11월 초순이었다. 그 당시 나는 날씨와 상관없이 짧은 산책을 하며 생각에 잠기는 습관이 있었다. 그러면서 나는 종종 일종의 환희를 맛보았다. 우울과 세계 경멸, 자기 멸시로 가득 찬 환희였다. 어느 날, 축축하고 안개가 낀 어스름한 저녁에 도시 변두리를 천천히 걷고 있을 때였다. 어느 공원의 드넓은 가로수 길이 완전히 텅 빈 모습으로 나를 초대하고 있었다. 길에는 낙엽이 두껍게 쌓여 있었고, 나는 음울한 쾌감을 느끼며 낙엽을 발로 헤집었다. 축축하고 쓴 냄새가 올라왔다. 멀리 떨어진 나무들이 안개를 뚫고 유령처럼 커다랗고 희미하게 나타났다.

그 가로수 길 끝에서 나는 마음을 정하지 못하고 멈춰 서서, 검게 변한 나뭇잎을 응시하며 풍화와 사멸의 냄새를 탐욕스럽게 들이마셨다. 내 마음속의 무언가가 그 냄새에 응답하고 반겼던 것이다. 오, 삶은 얼마나 김빠진 맛이던가!

옆길에서 누군가가 깃 달린 외투를 바람에 날리며 다가왔다. 가던 길을 계속 가려고 하는데 그가 나를 불렀다.

"안녕, 싱클레어!"

그가 다가왔다. 우리 기숙사에서 가장 나이가 많은 알폰스 베크였다. 나는 그를 보면 늘 즐거웠고, 그가 다른 아이들한테 하듯 내게도 빈정거리며 어른처럼 가르치려 드는 것만 빼고는 별다른 반감도 없었다. 그는 곰처럼 힘이 세다고 알려져 있었는데, 기숙사 사감 선생님마저 꼼짝 못하게 만든다는 말도 있었다. 하여간 그는 김나지움 학생들 사이에서 떠도는 수많은 소문의 주인공이었다.

"대체 여기서 뭐하고 있니?" 상급생이 이따금 우리 같은 애들에게 말을 걸 때 쓰는 상냥한 말투었다. "자, 어디 내기라도 해볼까, 너 시를 짓고 있었지?"

"천만에." 나는 무뚝뚝하게 부인했다.

그는 크게 웃더니 나와 나란히 걸으면서 내게는 전혀 익숙하지 않은 방식으로 이런저런 이야기를 늘어놓았다.

"싱클레어, 내가 이해하지 못할까 봐 걱정할 필요 없어. 이 저녁에 안개 속을 걷는다면, 그것도 가을날의 사색에 잠겨 걷고 있다면, 그럼 뭔가 있는 거야. 그럴 때면 시라도 짓고 싶어지지. 나도 알아. 물론 사멸해 가는 자연이라든가 또 그런 자연을 닮아 사라져 가는 청춘에 대해서 말이야. 하인리히 하이네를 봐."

"난 그렇게 감상적이지 않아." 나는 항변했다.

"그래, 아무래도 좋아! 그런데 이런 날씨에는 포도주나 뭐 그런 비슷한 것이 있는 조용한 장소를 찾아가는 게 최곤데. 나랑 같이 한잔하지 않을래? 마침 나도 혼자니까. 내키지 않니? 네가 모범생이 되어야겠다면, 굳이 꼬드길 마음은 없어."

우리는 곧 교외의 작은 주점에 앉아 미심쩍은 포도주를 마시며 두툼한 잔을 부딪쳤다. 처음에는 별로 내키지 않았지만 어쨌든 새로운 경험이기는 했다. 포도주에 익숙하지 않았던 터라 나는 곧 말이 많아지기 시작했다. 마치 내 마음의 창이 열려 세계가 그 안으로 들어온 듯했다. 얼마나 오랫동안, 얼마나 끔찍하게 오랫동안 영혼에서 우러나오는 이야기를 하지 못했던가! 나는 상상의 나래를 폈고 그 한가운데서 카인과 아벨 이야기를 제일 멋지게 풀어냈다.

베크는 기꺼이 내 이야기에 귀를 기울였다. 마침내 내가 뭔가를 줄 사람을 만난 것이다! 그는 내 어깨를 두드리며 나를 멋진 놈이라고 불렀다. 내 가슴은 환희로 한껏 부풀어 올랐다. 뭔가를 이야기하고 싶고 전하고 싶었지만 그동안 막아 왔던 욕망을 실컷 분출함과 동시에 상급생에게도 내 얘기가 통한다는 것과 그에게 인정받았다는 데서 오는 환희였다. 그가 나를 천재적인 녀석이라고 불렀을 때, 그 말은 달콤하고 독한 포도주처럼 내 영혼에 스며들었다. 세계는 새로운 색으로 불타올랐고, 수백 개의 샘에서 대담한 생각들이 흘러나왔다. 정신과 불빛이 내 마음속에서 활활 타올랐다. 우리는 선생님과 친구에 대해 이야기를 나누었는데, 나는 우리가 서로를 너무나 잘 이해하고 있다고 느꼈다. 우리는 그리스인과 이교도에 대해서 이야기했다. 베크는 내게서 어떻게든 사랑의 모험담을 털어놓게 하려고 애를 썼다. 하지만 내게는 함께 나눌 게 없었다. 경험이 없으니 이야깃거리가 있을 리 없었다. 그동안 마음속으로 꾸며 내고 공상했던 것들이 내면에서 불타오르고 있었지만, 포도주의 힘을 빌려도 이야기로 풀어내기에는 역부족이었다. 여자에 대해서는 베크가 훨씬 많이 알고 있었다. 나는 술기운이 오른 상태로 그가 하는 동화 같은 이야기에 귀를 기울였다. 그리고 도저히 믿을 수 없는 말들도 듣게 되었다. 절대로 가능할 수 없다고 여겼던 일들이 그의 말 속에서는 평범한 현실이 되고 당연하게 들렸다. 알폰스 베크는 아마 열여덟 살 정도였을 텐데도 이미 이런저런 경험이 많았다. 그중에는 여자애들과 얽힌 경험도 있었다. 여자애들은 상냥하고 예의 바른 태도를 바라는데, 그것이 물론 근사한 일이지만 진짜는 따로 있다고 했다. 차라리 성숙한 부인들 쪽에서 성공을 거둘 가능성이 더 높다는 것이었다. 이런 부인들이 훨씬 똑똑하니까. 예를 들어 가게에서 공책이나 연필을 파는 야겔트 부인은 대화가 통하는 사람이고, 그 가게 계산대 뒤에서 일어나는 모든 일들은 책에서도 절대 찾아볼 수 없는 것들이라고 말했다.

　나는 이야기에 완전히 매료되어 멍하니 앉아 있었다. 물론 솔직히 나라면 야겔트 부인 같은 여자를 사랑하지 못할 것이다. 하지만 어쨌든 지금껏 들어보지 못한 이야기였다. 거기에는, 적어도 어른들에게는 내가 꿈도 꾸어 본 적 없는 샘물이 흐르는 것 같았다. 물론 거짓된 울림도 있었다. 모든 이야기가 내가 생각했던 사랑의 맛보다 보잘것없고 평범했다. 하지만 어쨌든 그게 현실이고 삶이며 모험이었다. 그리고 그런 것을 체험하고도 당연하게 생각하는 사람이 내 옆에 앉아 있었다.

우리의 대화는 약간 가라앉았고 활기를 잃었다. 이제 나는 천재적인 녀석이 아니라 그냥 어른의 말을 듣고 있는 소년일 뿐이었다. 하지만 그렇다고 해도 몇 달 전부터 이어져 온 내 삶에 비하면 몹시 훌륭했고 낙원과도 같은 순간이었다. 그것 말고도 우리가 술집에 앉아 있다는 사실부터 주고받은 이야기까지 모든 것이 엄격하게 금지되어 있음을 나는 그제야 조금씩 느끼기 시작했다. 아무튼 나는 그 속에서 정신을 맛보고, 혁명을 맛보았다.

나는 그날 저녁을 아주 분명하게 기억한다. 우리 둘이 흐릿하게 타오르는 가스등을 지나 차갑고 축축한 한밤중의 길을 걸으며 집으로 돌아가던 그때, 나는 생전 처음 취해 있었다. 즐겁지도 않고 오히려 몹시 괴로웠지만, 어딘가 매력적이고 달콤한 느낌이었다. 그것은 반란이자 광란이었고, 생명력이자 정신이었다. 베크는 새파란 애송이라고 욕을 해대면서도 의젓하게 나를 보살펴 주었다. 그는 나를 반쯤 업고 기숙사로 데려갔다. 그리고 열린 복도 창문으로 나를 밀어 넣고 자기도 몰래 들어왔다.

아주 잠깐 죽은 듯이 잠들었지만, 나는 곧 고통 속에서 깨어났다. 술이 깨고 보니 미칠 듯한 괴로움이 밀려 왔다. 나는 침대에 일어나 앉았다. 아직도 낮에 입었던 셔츠를 그대로 입고 있었다. 옷이며 신발이 방바닥에 이리저리 나뒹굴고 있었고 담배 냄새와 토사물 냄새가 코를 찔렀다. 두통과 메스꺼움, 심한 갈증 사이로 오랫동안 보이지 않았던 모습이 내 마음에 떠올랐다. 고향과 부모님의 집이 보이고, 아버지와 어머니, 누이들과 정원이 보였다. 고향 집의 조용한 내 침실이, 학교와 시장 광장이 보였다. 데미안과 견진 성사 수업 장면들도 보였다. 그 모든 것이 밝게 빛났고, 모든 것이 광채로 둘러싸였으며, 모든 것이 경이롭고 신성하고 깨끗했다. 이 모든 것이 — 이제 비로소 알게 되었지만 — 어제까지만 해도, 아니 몇 시간 전까지만 해도 내 것이었고 나를 기다리고 있었지만 지금은, 지금 이 시간에는, 몰락하고 저주받았다. 더 이상 내 것이 아니었다. 그 모든 것이 나를 밀어내고 역겹다는 듯 쳐다보았다! 아득히 멀고 가장 행복했던 유년 시절의 정원에서 부모님에게 느꼈던 사랑과 친밀함, 어머니의 입맞춤, 크리스마스, 경건하고 밝았던 일요일 아침의 우리 집, 정원에 핀 꽃 — 이 모든 것들이 이제 황폐해졌다. 내가 이 모든 것을 발로 짓밟은 것이다! 이제 추적자가 나타나 나를 포박한 다음 인간쓰레기로, 신전을 모독한 자로 교수대에 끌고 간다 해도 나는 동의하며 기꺼이 따라갔을 것이며, 그게 올바르고 합당한 일이라고 여겼을 것이다.

나의 내면은 이런 모습이었다! 사방을 돌아다니며 세상을 경멸했던 나! 자부심 넘치는 마음으로 데미안과 생각을 함께했던 나! 그런 내가 이런 꼴이 되다니! 쓰레기처럼 불결하고 부도덕한 놈, 술주정뱅이에다 더럽고 역겨운 저질, 야비한 충동에 빠져 버린 방종한 짐승! 순수함과 찬란한 빛, 그리고 사랑스러운 애정이 넘치는 정원에서 온 내가, 바흐의 음악과 아름다운 시를 좋아했던 내가 이런 꼴이 되다니! 나는 역겨움과 분노를 느끼며 나 자신의 웃음소리를 들었다. 술에 취해 자제력을 잃고 비틀거리며 이따금씩 우둔한 웃음을 터뜨리는 놈, 그것이 바로 나였다!

하지만 이 모든 것에도 불구하고, 고통을 견디는 일은 환희에 가까웠다. 그토록 오랫동안 나는 눈을 감은 채 무감각하게 기어 다녔고, 그토록 오랫동안 내 마음은 침묵 속에 황폐해진 채 구석에 틀어박혀 있었기에 자책과 전율과 영혼의 이 추악한 감정마저 반가웠다. 어쨌든 그것은 감정이었기에, 불꽃이 타오르고 심장이 움찔했다! 나는 비참함의 한가운데서 해방감이나 봄기운 같은 무언가를 느끼며 매우 혼란스러워했다.

그사이 겉으로 보자면 내 상태는 분명히 내리막길을 걷고 있었다. 처음 취한 일은 곧 처음으로 끝나지 않았다. 우리 학교에는 술집을 찾아다니며 법석을 떠는 아이들이 꽤나 많았다. 나는 그 무리에 끼는 친구들 가운데 가장 어렸다. 하지만 머지않아 나는 '끼워 주는' 애송이 수준을 넘어 무리의 주동자가 되고 스타가 되었으며, 유명하고 무모한 술꾼이 되었다. 나는 또 한 번 어두운 세계에, 악마의 편에 속하게 되었고 이 세계에서 소문난 놈이 되었다.

그러면서도 마음은 참담했다. 나는 스스로를 파멸시키는 방종한 삶을 살았다. 친구들 사이에서는 대장으로, 멋진 놈으로, 꽤나 단호하고 재치 있는 놈으로 통한 반면 마음속 깊은 곳에서는 두려움으로 가득 찬 영혼이 불안하게 떨고 있었다. 언젠가 어느 일요일 오전 술집을 나서다가, 길에서 머리를 말끔히 빗고 나들이옷 차림을 한 아이들이 즐겁게 노는 밝은 모습을 보며 눈물을 흘렸던 일을 아직도 기억하고 있다. 허름한 술집에서 맥주 얼룩으로 더러워진 탁자에 앉아 신랄한 냉소로 친구들을 즐겁게 만들고 때로는 놀라 뒤로 넘어가게 만드는 동안에도, 마음 한편으로는 몰래 내가 비웃었던 모든 것에 경외심을 품었고, 눈물을 흘리며 나의 영혼, 나의 과거, 나의 어머니, 나의 신 앞에 무릎을 꿇고 있었다.

내가 술친구들과 하나가 되지 못하고 그들 사이에 앉아 있어도 늘 고독해하며 괴로워했던 데에는 사실 그만한 이유가 있었다. 나는 술집에서 영웅이었고, 가장 거칠다고 하는 녀석들도 좋아하는 조롱꾼이었다. 선생님들이나 학교, 부모님, 교회에 대한 생각을 말할 때는 재치와 용기가 넘쳤다. — 음담패설도 아무렇지 않게 듣고 직접 한두 마디 거들기까지 했지만 — 친구들이 여자를 찾아갈 때면 한 번도 거기에 끼지 않았다. 내가 떠든 얘기대로라면 나는 낯 두껍게 향락을 누리고 있는 놈이어야 했건만 사실 나는 외로웠고 사랑에 대한 뜨거운 갈망, 그 희망 없는 갈망에 사로잡혀 있었다. 나만큼 쉽게 상처받고 수줍어하는 사람도 없었다. 이따금 말쑥하고 명랑하고 단아한 아가씨가 내 앞을 지나가는 모습을 볼 때면, 그들은 경이롭고 순수한 꿈 자체였으며 나보다 수천 배는 더 착하고 순결해 보였다. 한동안 나는 야겔트 부인의 문구점에 갈 수 없었다. 그녀를 볼 때마다 알폰스 베크가 그녀에 대해 한 이야기가 떠올라 얼굴이 빨개졌기 때문이었다.

새로운 모임에서도 내가 계속 외롭고 남들과 다르다는 사실을 느끼면 느낄수록 나는 그 모임에서 빠져나오지 못했다. 사실 그렇게 술을 퍼마시고 허풍을 치면서 내가 한 번이라도 만족했는지도 이제는 정말 모르겠다. 게다가 술은 결코 후유증을 겪지 않아도 될 만큼 습관이 되지 않았다. 모든 일이 다 강요된 것만 같았다. 그것 말고는 나 자신을 어떻게 해야 할지 도무지 몰랐기에 그냥 할 수밖에 없는 일을 했다. 나는 오랜 시간 혼자 있는 것이 무서웠고, 나를 계속 끌어당기는 그 수많은 부드럽고, 부끄럽고, 은밀한 기분에 겁이 났다. 달콤한 사랑에 대한 생각이 시도 때도 없이 엄습한다는 사실이 두려웠다.

내게 가장 부족한 것은 친구였다. 마음에 드는 친구가 두셋 있기는 했다. 하지만 그들은 착한 모범생이었고, 내가 못된 짓을 한다는 것은 이미 모두가 다 알고 있었다. 그들은 나를 피했다. 모든 아이들에게 나는 위험한 처지에 놓인, 가망 없는 문제아로 통했다. 선생님들도 나에 대해 많은 것을 알고 있었고, 나는 몇 차례 엄한 처벌을 받았다. 모두들 내가 결국 퇴학당할 것이라 생각했다. 나조차도 그렇게 알고 있었다. 나는 이미 오래전부터 착한 학생이 아니었고, 이런 상태도 더 오래 지속할 수 없으리라는 느낌에 짓눌리면서 가까스로 어려움을 헤쳐 가고 있었다.

신이 우리를 고독하게 만들어 우리 자신에게로 인도하도록 이끄는 길은 많다. 그 당시 신은 나와 함께 그 길을 걸었다. 그것은 악몽과도 같았다. 불결함과 끈적끈적함 너머로, 깨진 맥주잔과 냉소적인 잡담으로 보낸 밤 너머로 추방당한 몽상가인 내가 쉴 새 없이 고통받으며 추악하고 더러운 길을 기어가는 모습을 본다. 공주를 찾아가는 도중 진흙탕에, 악취와 오물이 넘쳐 나는 뒷골목에 처박히는 꿈들도 있다. 당시 내 처지가 그랬다. 그다지 세련되지 못한 이런 방식으로 나는 고독해지도록, 무자비한 눈초리를 번득이는 파숫꾼들이 지키는 에덴동산의 닫힌 문이 나와 나의 유년기 사이를 가로막도록 정해진 것이다. 그것은 나 자신을 향한 그리움의 시작이자 깨어남이었다.

사감 선생님의 경고 편지를 받고 아버지가 처음으로 성 ○○시로 달려와 느닷없이 내 앞에 나타나셨을 때 나는 깜짝 놀라 경련을 일으키고 말았다. 그해 겨울이 끝날 무렵 아버지가 두 번째로 오셨을 때는 무뚝뚝하고 무관심하게 대했다. 아버지가 나를 꾸중하고, 내게 간청하고, 어머니를 생각해 보라고 달래도 모른 척했다. 결국 아버지는 격분해서 내가 달라지지 않는다면 모욕과 창피를 무릅쓰더라도 나를 퇴학시켜 감화원에 처넣겠다고 하셨다. 그렇게 하시던가! 그렇게 아버지가 떠난 뒤 나는 마음이 아팠다. 아버지는 아무것도 이루지 못했고, 내게로 닿는 그 어떤 길도 찾지 못했다. 그리고 잠시 동안 나는 아버지가 그렇게 된 것이 당연하다고 느꼈다.

장차 내가 무엇이 될지는 상관없었다. 특이하고 별로 곱지 못한 방식으로, 술집에 앉아 기고만장하게 떠들면서 나는 세상과 싸우고 있었다. 이것이 내가 세상에 저항하는 나만의 방식이었다. 그러면서 나는 나 자신을 망치고 있었고, 이따금 이 상황을 이렇게까지 생각했다. 세상이 나 같은 인간들을 필요로 하지 않고 세상이 이들에게 더 좋은 자리 또는 더 높은 과업을 주지 못하니, 나 같은 인간들은 망가지게 마련이다. 손해는 세상이 입는 거지 뭐.

그해 크리스마스 방학은 정말로 즐겁지 않았다. 어머니는 나를 보고 깜짝 놀라셨다. 나는 키가 훌쩍 자랐고, 축 늘어지고 눈언저리에 염증까지 생긴 나의 야윈 얼굴은 잿빛으로 황폐해 보였다. 코밑수염이 거뭇거뭇 나기 시작한 데다가 얼마 전부터 안경까지 쓰기 시작해 어머니에게는 내가 더욱 낯설어 보였다. 누이들은 뒤로 물러나 낄낄 웃었다. 모든 것이 불쾌했다. 서재에서 아버지와 나눈 대화도 씁쓸하고 불쾌했고, 몇몇 친척들과 나눈 인사도 불쾌했으며, 무엇보다 크리스마스이브가 불쾌했다. 이날은 내가 태어난 이래 우리 집에서 가장 성대한 날이었다. 축제 분위기와 사랑과 감사가 충만한 저녁이었고, 부모님과 나 사이의 유대를 새로 다지는 저녁이었다. 하지만 이번에는 모든 것이 침울하고 당혹스럽기만 했다. 늘 그랬던 것처럼 아버지는 '그들은 그곳에서 양떼를 지키고 있었노라.'라고 하는, 들판의 양치기에 대한 복음서를 읽으셨다. 언제나처럼 누이들도 눈을 반짝이며 선물 탁자 앞에 서 있었다. 하지만 아버지의 목소리는 즐겁게 들리지 않았고, 얼굴은 늙고 옹색해 보였다. 어머니도 슬픈 표정이었다. 선물과 축복, 복음서와 크리스마스트리, 이 모든 것들이 나는 고통스러웠고 달갑지도 않았다. 렙쿠헨[5]이 달콤한 냄새를 풍기

---

5) Lebkuchen. 꿀과 다양한 향료로 만든 독일의 크리스마스 과자이다.

며 감미로운 추억의 뭉게구름을 짙게 내뿜었다. 전나무는 향기를 풍기며 이제 더 이상 존재하지 않는 지난 일들을 이야기하고 있었다. 나는 이 저녁과 크리스마스 축제가 어서 끝나기만을 바랐다.

겨울을 온통 그렇게 보냈다. 얼마 후 나는 교무 회의에서 강력한 경고와 함께 퇴학의 위협을 받았다. 퇴학 처분까지는 그리 오래 걸리지 않을 것 같았다. 하지만 무슨 상관이겠어.

막스 데미안이 특히 원망스러웠다. 그를 그동안 한 번도 보지 못했다. 성 ○○시에서 공부를 막 시작했을 때 두 번이나 편지를 했지만 답장을 받지 못했다. 그래서 나도 방학 동안 그를 찾아가지 않았다.

지난가을 알폰스 베크를 만났던 공원의 가시나무 울타리가 초록으로 물들기 시작한 이른 봄, 한 소녀가 내 눈에 띄었다. 나는 온갖 불쾌한 생각과 근심에 싸여 혼자 산책하는 길이었다. 건강이 나빠진 데다가 계속해서 돈에 쪼들리고 있었다. 친구들에게 빚을 지고 있었고, 집에서도 돈을 더 타내기 위해 적당한 핑곗거리를 궁리해야 했다. 가게 이곳저곳에서 담배나 그 비슷한 것들을 사느라고 진 외상값마저 불어나고 있었다. 하지만 이런 근심거리들이 지극히 심각하다고 할 수는 없었다. 머지않아 이곳 생활이 끝나고 내가 물에 뛰어들거나 감화원에 들어가게 되면, 이따위 사소한 일들은 전혀 문제도 아니었다. 하지만 나는 줄곧 이런 달갑지 않은 문제들을 대면하고 살면서 끝없이 시달리고 있었다.

그 봄날 공원에서 만난 소녀는 내 눈길을 몹시 끌었다. 그녀는 키가 크고 날씬했으며, 우아한 옷차림에 영리한 소년 같은 얼굴을 하고 있었다. 나는 첫눈에 그녀에게 반했다. 내가 좋아하는 유형으로, 온갖 상상력을 동원해 몰두하게 만들었다. 나보다 나이가 많은 것 같지는 않았지만 훨씬 성숙했고, 우아하고 뚜렷한 윤곽에는 이미 거의 완연한 숙녀 티가 났다. 그러면서도 얼굴에는 오만함과 소년 같은 모습이 엿보였는데, 나는 그 점이 무엇보다 마음에 들었다.

나는 그때까지 내가 반한 소녀와 가까워지는 데 성공한 적이 한 번도 없었다. 이 소녀도 마찬가지였다. 하지만 이번에는 이전의 경우보다 훨씬 더 깊은 인상을 받은 데다가, 이 사랑이 내 인생에 미친 영향은 지극히 강렬했다.

갑자기 내 앞에 하나의 모습이, 고귀하고 존경스러운 모습이 다시 나타났다. 아, 내 안의 어떤 욕망이나 충동도 이 외경과 숭배의 소망보다 깊고 격렬하지는 않았다. 나는 그녀에게 베아트리체라는 이름을 붙여 주었다. 단테를 읽은 적은 없지만 어떤 영국 그림을 보고 그 여자를 알게 되었다. 나는 이 그림의 복사본을 간직하고 있었는데, 영국 라파엘 전파 (前派) 화풍의 소녀 그림이었다. 그림 속 여인은 팔다리가 매우 길었고 날씬한 몸매에 얼굴이 갸름했다. 영혼이 깃든 듯한 표정과 두 손이 돋보였다. 나의 젊고 아름다운 아가씨 역시 내가 좋아하는 날씬한 자태와 소년 같은 면모가 보였고 얼굴에 영혼이 깃들어 있긴 했지만, 이 그림의 모습과 똑같지는 않았다.

나는 베아트리체와 단 한 번도 말을 나눈 적이 없다. 그렇지만 그녀는 당시 내게 큰 영향을 미쳤다. 그녀는 내 앞에 모습을 드러냈고, 성스러운 신전의 문을 열어 주었고, 나를 신전의 기도자로 만들었다. 나는 그날로 당장 술집에 드나들고 밤거리를 배회하는 일을 그만두었다. 다시 혼자 있을 수 있게 되었고, 다시 책을 읽거나 산책을 즐길 수 있게 되었다.

갑작스러운 변화에 나는 숱한 조롱의 대상이 되었다. 하지만 이제 내게는 사랑하고 숭배할 대상이 생겼다. 이상을 품게 된 것이다. 삶은 다시

다채로운 비밀을 머금은 여명과 예감으로 가득 찼다. 그 덕분에 나는 조롱을 무덤덤하게 넘길 수 있었다. 비록 숭배하는 대상을 섬기는 노예이자 하인이 되긴 했지만, 나는 나 자신으로 다시 돌아왔다.

그 시절을 아무런 감동 없이 회상할 수는 없다. 나는 내 삶에서 산산조각 난 폐허의 한 시기로부터 다시 '밝은 세계'를 건설하고자 온 힘을 다해 노력했으며, 내 안에 깃든 어둠과 악을 떨쳐 내고 신들 앞에 무릎을 꿇은 채 온전히 밝은 세계 안에 머물겠다는 단 하나의 욕망에 완벽하게 파묻혀 살았다. 그렇다 해도 지금의 이 '밝은 세계'는 어느 정도 내가 만든 창조물이었다. 그것은 더 이상 어머니에게로, 아무것도 책임지지 않는 안전한 곳으로 도망치고 숨어들어 가는 것이 아니었다. 그것은 내가 스스로 만들어 내고 요구한, 책임감과 자제력이 필요한 봉사였다. 내게 고통을 안겨 언제나 회피해야 했던 성적 욕구는 이제 성스러운 불길을 통해 정신과 경건함으로 승화되어야 했다. 더 이상 어둠과 추악함이 있어서는 안 되었다. 신음하며 지새운 밤도, 외설스러운 그림 앞에서의 두근거림도, 금지된 문 앞에서 엿듣는 일도, 음탕함도 없어져야 했다. 이 모든 것을 대신해 나는 베아트리체의 모습을 이용해 나의 제단을 세웠다. 나 자신을 베아트리체에게 바침으로써 다시 나 자신을 영혼과 신들에게 바쳤다. 어두운 힘들에서 빼낸 삶의 부분들을 밝은 힘들에게 제물로 바쳤다. 내 목적은 쾌락이 아니라 순결함이었고, 행복이 아니라 아름다움과 정신성이었다.

베아트리체를 향한 숭배는 내 삶을 송두리째 바꾸어 놓았다. 어제까지만 하더라도 조숙한 냉소주의자였던 내가 이제 성인(聖人)이 되겠다는 목표를 가진 신전 관리인이 된 것이다. 나는 익숙해질 대로 익숙해진 사악한 생활을 청산했을 뿐만 아니라 모든 것을 바꾸고자 했다. 모든 일에 순결함과 고귀함, 품위를 불어넣으려 했고, 먹고 마시고 말하고 옷을 입을 때도 늘 그런 생각을 했다. 찬물로 목욕을 하며 아침을 시작했는데, 처음에는 엄청난 노력을 기울여야 했다. 나는 진지하고 품위 있게 처신했다. 자세를 똑바로 하고, 좀 더 느리고 우아하게 걸었다. 아마 보는 이에게는 우습게 여겨졌을지 모른다. 하지만 그것은 내 마음이 순수하게 올리는 예배였다.

새로운 신념을 표현하기 위한 여러 가지 새로운 연습 가운데 한 가지가 내게 중요해졌다. 나는 그림을 그리기 시작했다. 내가 갖고 있던 영국의 베아트리체 그림이 그 소녀와 충분히 닮지 않아서 시작한 일이었다. 나는 나 자신을 위해 그녀를 그려 보기로 했다. 아주 새로운 기쁨과 희망을 안고서 나는 내 방에 — 얼마 전부터 혼자 방을 쓰게 되었다. — 근사한 종이와 물감, 붓을 모아 놓았고 팔레트, 유리잔, 도자기 접시, 연필을 마련했다. 새로 산 고급 템페라 물감 튜브도 나를 매혹시켰다. 그중에는 광채가 도는 크로뮴산(酸) 녹색도 있었는데, 조그맣고 하얀 접시에서 처음으로 빛나던 그 색깔이 지금도 눈에 선하다.

나는 조심스럽게 시작했다. 얼굴은 그리기가 너무 어려워서 우선 다른 것으로 연습해 보기로 했다. 장식 무늬, 꽃, 상상 속의 작은 풍경, 예배당 근처의 나무, 사이프러스 나무가 서 있는 로마의 다리를 그렸다. 때때로 나는 재미 삼아 해보는 이 연습에 완전히 몰입해서 크레파스를 쥔 아이마냥 행복해했다. 그리고 마침내 베아트리체를 그리기 시작했다.

몇 장은 완전히 망쳐서 내버렸다. 가끔씩 거리에서 마주쳤던 소녀의 얼굴을 떠올리려고 하면 할수록 더 생각나지 않았다. 결국에는 이런 노력을 포기하고 상상에 따라, 일단 시작한 뒤부터는 물감과 붓이 가는 대로 그냥 얼굴을 그리기 시작했다. 그렇게 그린 얼굴은 꿈속의 모습 같아서 그다지 불만족스럽지 않았다. 그래도 나는 그림을 계속 그려 나갔다. 새로 그릴 때마다 그림은 더욱 분명하게 무언가를 말했고, 소녀의 실제 얼굴에 가깝지는 않아도 그 유형에는 점점 더 가까워졌다.

나는 점차 꿈을 꾸듯 붓을 놀려 선을 긋고 면을 채우는 데 익숙해졌다. 대상도 없이 장난스러운 손길과 무의식에서 생겨나는 것들이었다. 그러던 어느 날 마침내 거의 의식도 없는 상태에서 이전의 것들보다 더욱 강하게 말을 걸어오는 얼굴을 완성했다. 그것은 소녀의 얼굴이 아니었고, 결코 그래서도 안 되었다. 무언가 다른 것이고 어딘가 비현실적인 것이었지만 그렇다고 가치가 덜하지 않았다. 소녀라기보다는 오히려 소년의 얼굴로 보였다. 머리카락은 나의 예쁜 소녀처럼 연한 금발이 아니라 붉은 색조가 도는 갈색이었고, 턱은 강하고 단단했지만 입은 붉은 꽃이 피어난 것 같았다. 전체적으로 약간 뻣뻣하고 가면 같은 느낌이 들기도 했지만 인상적이었고 신비로운 생명력이 가득했다.

완성된 그림 앞에 앉으니 좀 묘한 인상을 받았다. 그것은 어떤 신의 모습이거나 신성한 가면 같아 보였다. 절반은 남자, 절반은 여자에 나이도 먹지 않고, 의지력이 강해 보이면서도 몽환적이고, 뻣뻣해 보이면서도 은밀하게 생기가 넘쳐 보였다. 이 얼굴은 내게 무언가를 말하고 있었다. 그것은 내 것이었고 내게 무언가를 요구하고 있었다. 누군가와 닮은 것 같은데, 누구인지는 알 수 없었다.

이 그림은 한동안 나의 모든 생각을 따라다니며 나와 함께했다. 누군가 그것을 훔쳐보고 놀리지 못하도록 나는 그림을 서랍에 숨겨 두었다. 하지만 내 작은 방에 혼자 있을 때면 나는 곧바로 그림을 꺼내서 들여다보곤 했다. 저녁이면 침대 위 맞은편 벽에 핀으로 꽂아 놓고는 잠들 때까지 쳐다보았고, 아침에 눈뜨면 맨 먼저 눈길을 던졌다.

그 무렵 나는 어린 시절 늘 그랬던 것처럼 다시 꿈을 많이 꾸기 시작했다. 몇 년 동안이나 꾸지 않았던 것 같은데 이제 전혀 새로운 모습으로 돌아온 것이다. 그런데 내가 그린 그림이 이 꿈속에 자주 등장했다. 생생하게 말을 걸기도 하고, 아주 우호적이거나 반대로 적대적인 태도를 보이기도 했다. 때로는 얼굴을 찌푸리다가 또 어떤 때는 아주 아름답고 조화롭고 고귀한 모습으로 나타났다.

그리고 어느 날 아침, 그런 꿈에서 깨어났을 때 나는 문득 깨닫게 되었다. 그림이 믿기지 않을 정도로 친숙하게 나를 바라보며 내 이름을 부르고 있는 것 같았다. 어머니처럼 나를 잘 알고 있는 것 같았고, 그 긴 시간 내내 나를 향하고 있었던 것 같았다. 두근거리는 가슴으로 나는 그 그림을, 숱 많은 갈색 머리카락을, 반쯤은 여자 같은 입술을, 유난히 밝고 (그림이 마르면서 저절로 그렇게 되었다.) 강인한 이마를 바라보았다. 그리고 점차 나는 마음속으로 그가 누구인지 깨닫고, 그를 다시 발견하고, 그를 알 것 같다고 느꼈다.

나는 침대에서 벌떡 일어나 그 얼굴 앞에 최대한 가까이 다가서서, 어딘가를 멍하게 응시하고 있는 듯 부릅뜬 녹색 눈을 들여다보았다. 오른쪽 눈이 왼쪽 눈보다 약간 올라가 있었다. 그런데 갑자기 그 오른쪽 눈이 살짝 움직였다. 미세하긴 하지만 분명했다. 이 미세한 움직임을 보고 나는 이 얼굴이 누구인지 알아차렸……

어떻게 이제야 그것을 알아볼 수 있단 말인가! 그것은 데미안의 얼굴이었다.

그 후로 나는 자주 그 그림을 내가 기억하고 있는 데미안의 실제 생김새와 비교해 보았다. 닮기는 했지만 똑같지는 않았다. 그래도 틀림없이 데미안이었다.

어느 초여름 저녁, 서쪽으로 난 내 방 창문을 통해 태양이 비스듬하게 비쳐 들었다. 방 안은 어두워졌다. 그때 갑자기 베아트리체 혹은 데미안의 그림을 십자 창살에 핀으로 고정한 뒤 석양이 비출 때의 모습을 봐야겠다는 생각이 들었다. 얼굴은 윤곽도 없이 흐릿해졌지만 테두리가 붉게 물든 눈과 밝게 빛나는 이마, 유난히 빨간 입이 그림에서부터 깊고 거칠게 빛났다. 빛이 다 사라진 후에도 나는 오랫동안 그림과 마주 앉아 있었다. 그리고 차츰 이것이 베아트리체도 데미안도 아닌 바로 나 자신이라는 느낌이 들었다. 이 그림은 나를 닮지는 않았지만 ─ 그래서도 안 되었다. ─ 내 삶을 결정지은 것이었고 나의 내면, 운명 또는 나의 데몬[6]이었다. 내가 언젠가 친구를 사귀게 된다면 저런 모습일 것이다. 언젠가 애인이 생기게 된다면 저런 모습일 것이다. 내 삶이 저럴 것이고 내 죽음이 저럴 것이다. 그것은 내 운명의 울림이자 운율이었다.

그 몇 주간 나는 책을 한 권 읽기 시작했는데, 그때까지 내가 읽었던 그 어떤 책보다도 인상적이었다. 그 뒤로도 내게 그렇게 인상적인 체험을 안겨 주었던 책은 거의 없었다. 아마 있다면 니체 정도일 것이다. 그것은 바로 노발리스의 편지와 격언들을 모아 놓은 책으로, 그중 많은 것을 이해하지 못했지만 모든 내용이 이루 말할 수 없을 정도로 매혹적이었고 내 마음을 사로잡았다. 그때 격언 하나가 떠올랐다. 나는 펜을 들고 그림 밑에다 그 격언을 적었다. "운명과 마음은 한 개념을 칭하는 다른 이름이다." 나는 그제서야 그 말뜻을 이해했던 것이다.

내가 베아트리체라고 이름 붙인 소녀와는 여전히 자주 마주치곤 했다. 이제 더 이상 감정의 동요가 일지는 않았지만 여전히 그녀에게서 부드러

---

6) Dämon. 초자연적·영적 존재자를 나타내는 그리스어 '다이몬(daimon)'에서 유래한 말로, 귀신, 수호신, 악마 또는 신비한 능력·신성 등을 의미한다.

운 동질감과 예감 같은 것을 느꼈다. '너는 나와 연결되어 있어. 네가 아닌 너의 그림으로. 넌 내 운명의 일부야.'라는 예감이었다.

막스 데미안을 향한 그리움이 다시 강렬해졌다. 벌써 몇 년째 그의 소식을 듣지 못하고 있었다. 딱 한 번 방학 때 그를 만난 적이 있었다. 지금에야 나는 이 짧은 만남이 내 기록에서 빠졌다는 사실과 그것이 창피함과 허영심에서 비롯되었다는 점을 깨달았다. 그러니 이제 늦게나마 그 이야기를 해야겠다.

언젠가 방학 때 나는 술집을 전전하던 시절의 권태롭고 피곤한 얼굴로 고향 도시를 어슬렁거리며 돌아다녔다. 지팡이를 휘두르며 예전 그대로 경멸스러운 속물들의 얼굴을 바라보고 있을 때 옛 친구가 나를 향해 걸어 왔다. 그를 보자마자 나는 놀라 몸을 움찔했다. 프란츠 크로머에 대한 기억이 번개처럼 빠르게 스쳐 갔다. 제발 데미안이 그 이야기를 잊어버렸다면 좋으련만! 그에게 빚지고 있다는 사실이 매우 불쾌했다. 물론 그건 바보같이 어릴 때의 이야기였지만, 그래도 빚은 빚이었다⋯⋯.

데미안은 내가 인사할 마음이 있는지 지켜보는 눈치였다. 내가 최대한 태연하게 인사를 건네자 그는 내게 손을 내밀었다. 바로 그의 악수였다! 힘차고, 따뜻하면서도 차갑고 남자다웠다!

그는 내 얼굴을 유심히 보면서 말했다. "많이 컸구나, 싱클레어." 그는 하나도 변하지 않은 것 같았다. 예전과 마찬가지로 나이가 있어 보이는 동시에 젊어 보였다.

그의 합류로 우리는 함께 산책을 했다. 옛이야기는 하나도 하지 않고 사소한 이야기들만 오고갔다. 문득 전에 몇 번인가 그에게 편지를 보냈지만 답장을 받지 못했다는 생각이 들었다. 아, 그가 그것도 잊고 있으면 좋으련만, 그 바보 같고 바보 같은 편지를! 그는 그 편지에 대해서 아무 말도 하지 않았다!

당시에는 아직 베아트리체도 그림도 없었다. 내가 한창 방종하게 살던 시절이었다. 교외에 이르자 나는 그에게 한잔하자고 말했다. 우리는 함께 술집에 들어갔다. 나는 허세를 부리며 포도주 한 병을 시켜 잔에 따르고 그와 잔을 부딪쳤다. 그리고 대학생들이 술 마시는 방법에 내가 아주 익숙하다는 걸 과시하듯 단숨에 첫 잔을 들이켰다.

"술집에 자주 오나 보지?" 그가 물었다.

"뭐, 그렇지." 나는 나른하게 대답했다. "달리 할 일도 없고, 결국 그게 제일 큰 낙이야."

"그렇게 생각해? 그럴 수도 있겠지. 거기에는 아주 멋진 구석도 있긴 하겠지. 도취나 바쿠스적인 것! 하지만 술집에 내내 앉아 있는 사람들에게는 대부분 그런 모습이 전혀 보이지 않아. 술집에 들락거리는 거야말로 정말 속물적인 것 같은데. 그래, 하룻밤 정도야 햇불처럼 자기를 불태우면서 진짜 화끈하게 취해 비틀거리는 것도 좋지. 하지만 계속 그렇게 한 잔 또 한 잔, 그게 참된 도취는 아닌 거 같은데? 이를테면 파우스트가 저녁마다 단골 술집에 앉아 있는 모습을 상상할 수 있겠니?"

나는 술을 들이키며 적의에 찬 눈으로 그를 바라보았다.

"그래. 하지만 모든 사람들이 다 파우스트 같지는 않잖아." 나는 짧게 답했다.

그가 약간 멈칫하며 나를 바라보았다.

그러다 곧 그는 예전의 활기와 우월함을 보이며 웃음을 터뜨렸다.

"그래, 뭐하러 그런 걸로 너랑 다투겠니? 어쨌든 술꾼이나 탕아의 삶이 흠잡을 데 없는 시민의 삶보다야 활기에 넘치겠지. 그리고 언젠가 책에서 읽은 건데, 방탕한 삶은 신비주의자가 되기 위한 최고의 준비 과정이라더라. 나중에 예언자가 된 성 아우구스티누스 같은 사람이야 늘 존재했지. 그도 한때는 향락을 즐기며 세속적인 삶을 살았잖아."

나는 불신에 가득 차 있었고 결코 그에게 지배당하지 않을 작정이었다. 그래서 거만하게 말했다. "그래, 각자 제 입맛대로 사는 거야! 솔직히 말해서 예언자나 뭐 그런 게 되는 데엔 전혀 관심 없으니까 말이야."

데미안은 눈을 살짝 가늘게 뜨고 뭔가 잘 알고 있다는 듯 나를 흘끗 바라보았다.

"이봐, 싱클레어." 그가 천천히 말을 이었다. "네게 불쾌한 이야기를 하려던 게 아니었어. 그렇지만 말이야, 네가 지금 무슨 목적으로 그 술을 들이켜는지 우리 둘 다 모르고 있어. 네 안에서 네 삶을 만들어 가는 것은 이미 알고 있지. 모든 것을 다 알고, 모든 것을 원하고, 모든 것을 우리 자신보다 더 잘 해내는 누군가가 우리 내면에 있음을 아는 건 좋은 일이야. 그런데 미안하다. 난 그만 집에 가야 돼."

우리는 짧게 작별 인사를 나누었다. 나는 몹시 언짢은 기분으로 그 자리에서 술병을 몽땅 비웠다. 그리고 술집을 나오면서 데미안이 이미 술값을 치렀음을 알았다. 이것이 내 화를 더욱 돋우었다.

내 생각은 이제 다시 사소한 사건에 멈추었다. 온통 데미안 생각뿐이었다. 그리고 그가 교외 술집에서 했던 말들이 이상하리만큼 생생하고 온전하게 떠올랐다. "모든 것을 다 알고 있는 누군가가 우리 내면에 있음을 아는 건 좋은 일이야."

나는 창가에 걸린 그림을 쳐다보았다. 이제 완전히 어둠 속으로 사라졌지만 두 눈은 여전히 빛나고 있었다. 그것은 데미안의 눈길이었다. 아니면 내 안에 있는 사람이었다. 모든 것을 알고 있는 그 사람.

데미안이 얼마나 그리웠던가! 데미안의 소식은 전혀 알 수 없었다. 그는 내가 닿지 않는 곳에 있었다. 다만 그가 어딘가에서 대학을 다니고 있으며, 그가 김나지움을 졸업한 후 그의 어머니도 우리 도시를 떠났다는 것만 알고 있었다.

크로머와의 사건까지 거슬러 올라가 나는 막스 데미안에 대한 모든 기억을 마음속에서 끄집어냈다. 예전에 그가 했던 말들이 다시금 얼마나 많이 울려 왔던가! 모든 말들이 여전히 의미 있었고, 눈앞의 문제이자 나와 연관된 문제였다! 지난번 별로 달갑지 않았던 마지막 만남에서 그가 탕아와 성자에 대해 했던 말조차도 별안간 떠올라 내 영혼을 환히 비추고 있었다. 나 자신에게도 그와 똑같은 일이 일어나지 않았던가? 나 또한 도취와 더러움 속에, 마비와 상실 속에 살지 않았던가? 그러다가 새로운 삶을 살아야겠다는 충동과 함께 정반대의 것이, 순결에 대한 욕망과 성스러움에 대한 동경이 내 안에서 생생하게 살아나지 않았던가?

그렇게 나는 계속 기억을 더듬어 갔다. 밤은 이미 깊었고, 밖에는 비까지 내렸다. 내 기억 속에서도 비 내리는 소리가 들렸다. 언젠가 밤나무 아래서 그가 프란츠 크로머의 일을 내게 캐묻고 나의 첫 비밀을 알아내던 시간이었다. 학교 가는 길에 나누었던 대화, 견진 성사 수업 등 그 시절의 추억들이 하나씩 차례대로 떠올랐다. 그리고 마침내 막스 데미안과 처음 만났던 때가 떠올랐다. 그때 무슨 이야기를 나누었더라? 금방 생각나지 않았지만 나는 여유를 가지고 천천히 기억 속에 몰두했다. 그러자 그 일도, 이제 다시 떠올랐다. 그가 내게 카인에 대한 의견을 말해 준 뒤 우리는 함께 우리 집 앞에 서 있었다. 그때 그는 우리 집 대문 위에 붙은 낡고 색이 바랜 문장에 대해 이야기했다. 아래에서부터 위로 점차 넓게 퍼져 가는 쐐기돌에 박힌 문장이었다. 그는 이 문장이 흥미롭다고, 그런 것들은 눈여겨봐야 한다고 말했다.

그날 밤 나는 데미안과 문장 꿈을 꾸었다. 문장은 모습을 계속 바꾸며 나타났고 데미안이 그것을 손에 들고 있었다. 문장은 때로는 작고 잿빛이었다가 때로는 엄청나게 크고 화려한 빛을 띠기도 했다. 그런데도 데미안은 그것이 하나이며 동일한 문장이라고 설명했다. 그러더니 마지막에는 내게 그 문장을 먹으라고 강요했다. 내가 그것을 삼키자, 아주 놀랍게도 문장에 조각되어 있던 새가 내 안에서 살아나 나를 가득 채우고는 안에서부터 나를 쪼아 먹기 시작했다. 나는 죽음의 공포에 사로잡힌 채로 잠에서 깨어나 벌떡 일어났다.

정신이 들었다. 한밤중이었다. 방 안으로 비가 들이치는 소리가 났다. 나는 창문을 닫으려고 일어나다가 바닥에 떨어진 희끄무레한 무언가를 밟았다. 아침에 살펴보니 바로 내가 그린 그림이었다. 축축한 방바닥에 떨어져 있던 탓에 불룩하게 부풀어 올라 있었다. 나는 그림이 마르도록 쫙 펼쳐서 압지 사이에 끼운 뒤 두꺼운 책 속에 넣어 두었다. 이튿날 아침에 다시 꺼내 보니 잘 말라 있었다. 하지만 그림은 변해 있었다. 붉은 입술은 색이 좀 바랬고, 약간 가늘어진 모습이었다. 이제 완전히 데미안의 입이었다.

나는 이제 새로운 그림을 그리기 시작했다. 문장에 조각된 새였다. 원래 어떻게 생겼었는지는 확실히 알 수 없었다. 내가 아는 한 문장의 일부는 가까이에서도 잘 보이지 않았다. 원래 워낙 오래된 데다가 여러 번 덧칠까지 한 상태였기 때문이다. 새는 어딘가의 위에 서 있거나 앉아 있었는데, 아마 꽃 아니면 바구니나 둥지, 또는 나무 꼭대기였을 것이다. 나는 그런 쪽에 신경 쓰지 않고 분명하게 떠오르는 것부터 그리기 시작했다. 알 수 없는 욕구에 이끌려 나는 곧장 강한 색을 쓰기 시작했는데, 내 그림에서 새의 머리는 황금빛이 되었다. 기분 내키는 대로 계속 그리다 보니 며칠 만에 그림을 완성했다.

완성된 그림은 날카롭고 대담한 매의 머리를 한 맹금류였다. 푸른 하늘을 배경으로 몸의 절반이 어두운 지구에 박혀 있었는데, 마치 거대한 알을 깨고 나오려는 모습처럼 보였다. 오래 바라보고 있을수록 그림은 점점 더 꿈에 나타났던 화려한 문장처럼 보였다.

내가 설령 주소를 알았다 해도 그에게 편지를 쓸 수는 없었을 것이다. 하지만 당시 내가 모든 일을 할 때마다 그랬듯이, 나는 꿈결 같은 예감에 기대어 매 그림을 그에게 보내기로 결정했다. 그에게 제대로 전달이 되든 말든 상관없었다. 그림에 아무것도 쓰지 않았고, 심지어 내 이름조차 쓰지 않았다. 나는 가장자리를 조심스럽게 오려 낸 다음 큰 종이봉투를 사서 내 친구의 옛 주소를 적었다. 그리고 그것을 부쳤다.

시험이 닥쳐와 나는 이전보다 학교 공부를 더 열심히 해야 했다. 내가 돌연 무례한 방황을 접은 후로 선생님들은 다시 나를 너그럽게 받아 주었다. 여전히 훌륭한 학생은 아니었지만, 반년 전만 해도 내가 퇴학 처분을 받아 학교에서 쫓겨날 뻔했던 학생이라는 사실을 나는 물론이고 어느 누구도 떠올리지 않았다.

아버지도 이제 다시 질책이나 협박 없이 옛날의 말투로 편지를 보냈다. 하지만 나는 아버지나 다른 누구에게도 어떻게 해서 내가 이렇게 달라졌는지 설명하고 싶지 않았다. 나의 변화가 부모님과 선생님들의 소망과 일치한 것은 우연이었다. 이런 변화는 나를 다른 사람들 곁으로 데려가지 않았고, 누구와도 가깝게 만들지 않았다. 그저 나는 더 고독했을 뿐이었다. 그것은 어딘가를, 데미안을, 먼 운명을 향했다. 물론 그것이 무엇인지 나 자신도 모르고 있었다. 변화의 한가운데에 내가 서 있었기 때문에. 변화는 베아트리체로부터 시작되었지만, 그 무렵부터 나는 내가 그린 그림들과 데미안에 대한 생각에 빠져 완전히 비현실적인 세계에서 살았다. 그래서 베아트리체마저 내 시야와 기억에서 완전히 사라지고 말았다. 설령 내가 원했다 할지라도 나는 누구에게도 내 꿈과 기대, 내면의 변화에 대해 아무런 말도 할 수 없었을 것이다.

그런데 내가 어떻게 그것을 바랄 수 있었겠는가?

5장

Der Vogel kämpft sich aus dem Ei

새는 투쟁하며 알을 깨고 나온다

내가 그린 꿈속의 새는 길을 떠나 내 친구를 찾아갔다. 그리고 아주 놀라운 방식으로 답장이 왔다.

언젠가 쉬는 시간이 끝난 다음, 나는 내 자리에서 책 사이에 끼어 있는 쪽지 한 장을 발견했다. 우리 반 학생들이 수업 시간에 몰래 쪽지를 주고받을 때 흔히 접는 방식과 똑같은 모양으로 접혀 있었다. 도대체 누가 내게 이런 쪽지를 보냈는지 궁금했다. 학교 친구 중에는 그 누구와도 이런 교류를 하지 않았기 때문이다. 보나마나 애들끼리 벌이는 장난을 같이 하자는 쪽지이겠거니 했다. 나는 그런 일에 끼어들 생각이 없었기에, 쪽지를 읽지도 않고 책 앞쪽에 그냥 꽂아 두었다. 그러다 수업 중에 우연히 그 쪽지가 다시 손에 잡혔다.

종이를 만지작거리다가 무심코 펼쳤더니 안에 몇 마디 문구가 적혀 있었다. 그 글을 흘깃 바라보던 시선이 어떤 단어 하나에 꽂혔다. 깜짝 놀라며 종이를 읽어 내려가는 동안 내 심장은 혹독한 추위를 만난 듯 운명 앞에서 움츠러들었다.

"새는 투쟁하며 알을 깨고 나온다. 알은 세계이다. 태어나고자 하는 자는 세계를 깨부수어야만 한다. 새는 신에게로 날아간다. 그 신의 이름은 아브락사스이다."

나는 이 글을 몇 번이고 읽은 다음 깊은 생각에 빠져들었다. 의심할 여지없이 그것은 데미안의 답장이었다. 나와 그 말고 그 새에 대해서 아는 사람이 있을 리 없었다. 그가 내 그림을 받아 의미를 이해하고, 내가 그 뜻을 해석하도록 도운 것이다. 하지만 이 모든 것이 서로 어떤 연관이 있는 걸까? 그리고 — 무엇보다 이 부분이 나를 괴롭혔는데 — 아브락사스란 무엇인가? 나는 그 말을 들어 본 적도, 읽어 본 적도 없었다. "그 신의 이름은 아브락사스이다."

내용은 거의 듣지도 못한 채 수업 시간이 끝났다. 다음 시간이 시작되었다. 오전의 마지막 수업이었다. 대학을 갓 졸업한 젊은 보조 교사의 수업이었는데, 그 선생님은 매우 젊은 데다 우리에게 괜한 위엄을 부리지 않았기 때문에 모두가 좋아했다.

우리는 폴렌 선생님의 지도하에 헤로도토스를 읽었다. 이 강독 시간은 내가 흥미를 느끼는 몇 안 되는 과목 중 하나였다. 그런데 이번 시간에 나는 수업에 집중하지 못했다. 기계적으로 책을 펼쳐 놓았지만, 번역을 따라가는 것이 아니라 생각에 잠겨 있었다. 어쨌든 예전 종교 수업 시간에 데미안이 했던 말이 정말 옳았다는 것을 나는 이미 여러 차례 경험했다. 무언가를 충분히 강렬하게 원하면 그것은 이루어졌다. 강독 시간에 아주 깊이 생각에 몰두해 있을 때면 나는 조용히 있을 수 있었고, 선생님도 나를 그대로 내버려 두었다. 그랬다, 하지만 조금이라도 정신이 산만해지거나 졸기라도 할 때면 어느새 선생님이 옆에 와 있는 것이었다. 이미 이런 일을 많이 겪어 보았다. 하지만 정말 몰입해 있으면 그때는 안전했다. 단호한 시선으로 응시하는 실험도 이미 끝냈고, 믿을 만하다는 사실을 알게 되었다. 예전에 데미안과 함께 보냈던 시절에는 되지 않던 일이었다. 그런데 이제는 눈빛과 생각만으로도 아주 많은 일을 할 수 있다는 사실을 자주 느꼈다.

그때도 나는 자리에 앉아 헤로도토스와 학교로부터 멀리 떨어져 있었다. 그런데 그때 뜻밖에도 선생님의 목소리가 내 의식 속으로 번개처럼 치고 들어왔다. 나는 깜짝 놀라 깨어났다. 선생님의 목소리가 들렸는데 어느새 그가 내 옆쪽에 딱 붙어 서 있었다. 나는 선생님이 내 이름을 불렀다고 생각했다. 하지만 그는 나를 보고 있지 않았다. 나는 안도의 한숨을 내쉬었다.

그때 나는 다시 한 번 선생님의 목소리를 들었다. 목소리는 커다랗게 '아브락사스'라고 말하고 있었다.

폴렌 선생님은 내가 놓친 앞부분에 이어 설명을 계속해 나갔다. "우리는 이 교파나 고대의 신비주의 종파들의 견해를 합리주의적 관점에서 보듯이 그저 단순하게 생각해서는 안 됩니다. 고대에는 오늘날 우리가 생각하는 의미의 학문 같은 건 있지도 않았습니다. 그 대신 철학적이고 신비주의적인 진리를 다루는 연구가 고도로 발전했습니다. 이 연구로부터 주술이나 진지함이 결여된 장난질이 일부 생겨나 종종 사기나 범죄 행위로 이어지기도 했습니다. 하지만 이런 주술에도 고귀한 유래와 심오한 사상이 들어 있습니다. 제가 앞에서 예로 든 아브락사스 학설이 그런 경우입니다. 사람들은 이 이름을 그리스의 마법 주문과 연계해서 부르며, 오늘날에도 여전히 마력을 지니고 야만족들의 숭배를 받는 어떤 악마의 이름으로 여깁니다. 하지만 아브락사스는 이보다 훨씬 더 많은 의미를 지니고 있는 것으로 보입니다. 우리는 이 이름을 신적인 것과 악마적인 것의 결합이라는 상징적 과제를 지닌 어떤 신성의 이름이라고 생각할 수 있을 것입니다."

키 작은 이 학자는 날카로우면서도 열정적으로 계속 설명을 이어 갔지만 아무도 그의 말에 주목하지 않았다. 그리고 아브락사스라는 이름이 더 이상 나오지 않자, 내 주의력도 다시 나 자신에게로 돌아와 내면으로 가라앉았다.

'신적인 것과 악마적인 것의 결합'이라는 말이 내 귀에 남아 계속 울렸다. 나는 이 말과 연계하여 생각할 게 있었다. 그것은 우리가 우정을 나누던 마지막 시절, 데미안과의 대화를 계기로 내게 친숙해진 말이었다. 그 당시 데미안은, 우리는 필시 신을 숭배하지만 그 신은 자의적으로 갈라놓은 세계의 반쪽만을 나타낼 뿐이라고 말했었다. (그것은 공식적으로 허락된 '밝은' 세계였다.) 하지만 우리는 세계 전체를 숭배할 수 있어야 한다고, 그러니까 악마이기도 한 신을 받들거나 아니면 신에게 드리는 예배를 동시에 악마에게도 드려야 한다고 했다. 그렇다면 아브락사스는 신이자 악마이기도 한 바로 그 신이었다.

한때 나는 무척 열심히 이 신의 흔적을 추적해 보았지만 아무런 진전이 없었다. 아브락사스를 찾느라 도서관 전체를 샅샅이 뒤져 보기도 했지만 성과는 없었다. 하지만 내 본성은 이런 직접적이고 의식적인 탐구 방법과는 그다지 맞지 않았다. 그렇게 찾은 진리는 대부분 그저 손에 쥔 돌덩이일 뿐이었다.

한동안 그토록 열정과 진심으로 몰두했던 베아트리체의 모습은 이제 서서히 가라앉아 버렸다. 아니, 그것은 내게서 서서히 떠나가 차츰 지평선에 가까워지더니 점점 더 희미해지고, 멀어지고, 불분명해졌다. 그 모습은 더 이상 내 영혼을 충족시켜 주지 못했다.

독특하게 내 자신 속으로만 빠져드는 삶, 마치 몽유병자처럼 지내던 내 삶에 이제 새로운 어떤 것이 생기기 시작했다. 삶을 향한 동경이 내 안에서 피어났다. 아니 그보다는 사랑에 대한 동경이 생겨났으며, 내가 한동안 베아트리체를 숭배하며 해소할 수 있었던 성적 충동이 새로운 모습과 목표를 요구하고 있었다. 욕망은 여전히 충족되지 않았고, 이 갈망을 기만하거나 내 친구들이 행복을 구했던 여자들에게서 무언가를 기대하는 일은 이전보다 더 힘들었다. 나는 또다시 꿈을 심하게 꾸기 시작했다. 오히려 밤보다 낮에 더 많이 꾸었다. 상상, 환영, 아니면 소망들이 내 마음속에서 솟아올라 나를 외부 세계에서 멀리 끌고 갔다. 나는 나를 둘러싸고 있는 현실보다 내 안의 이런 광경과 꿈들 또는 그림자들과 더 진짜처럼, 더 생생하게 교류했다.

어떤 특정한 꿈 혹은 계속 반복되는 어떤 환상의 유희가 내게 의미심장하게 다가왔다. 내 생애에서 가장 중요하고 지속적으로 영향을 미친 이 꿈은 대략 이런 내용이었다. 나는 부모님의 집으로 돌아갔고, 대문 위에는 문장에 조각된 새가 푸른 바탕 위에서 노랗게 빛나고 있었다. 집 안에서는 어머니가 마중을 나왔다. 하지만 내가 안으로 들어서며 어머니를 포옹하려 하자 그 사람은 더 이상 어머니가 아니었다. 이제껏 한 번도 본 적 없는 사람으로, 키가 크고 힘이 세보였으며, 막스 데미안이나 내가 그렸던 그림과 닮았지만 그러면서도 좀 달랐다. 억센 듯하면서도 지극히 여성적이었다. 그 사람이 나를 자기 쪽으로 끌어당겨 온몸을 전율케 하는 깊은 사랑의 포옹을 하는 것이었다. 환희와 공포가 뒤섞였으니 이 포옹은 신에 대한 예배이자 동시에 범죄였다. 나를 안은 이 사람에게는 내어머니에 대한 너무나 많은 기억이, 내 친구 데미안에 대한 너무나 많은 기억이 서려 있었다. 이 사람의 포옹은 모든 경외심에 반하는 것이었으나 동시에 더할 나위 없는 행복이기도 했다. 때때로 나는 깊은 행복에 젖어 꿈에서 깨어나기도 했지만, 또 때로는 끔찍한 죄를 지은 듯 죽을 것 같은 두려움과 고통스러운 양심의 가책을 느끼며 깨어나기도 했다.

다만 완전히 내 마음속에서만 그려지고 있는 모습과 내가 찾아야 할 신에 대한 외부의 암시 사이에 차츰 무의식적으로 어떤 관련성이 생겨났다. 이후 이 연계는 더 밀접하고 긴밀해졌다. 그리고 바로 이런 예감의 꿈속에서 내가 아브락사스를 불렀음을 깨닫기 시작했다. 환희와 두려움, 남자와 여자가 뒤섞여 있고, 가장 성스러운 것과 잔혹한 것이 뒤얽혀 있으며, 가장 깊은 죄악이 가장 여린 순진무구함을 뚫고 나온 상태 — 내가 꾼 사랑의 꿈은 이러했고, 아브락사스 또한 그러했다. 사랑은 내가 처음에 겁을 잔뜩 집어먹고 느꼈던 것처럼 지극히 어두운 충동은 아니었다. 또한 내가 베아트리체에게 바쳤던 것과 같은 경건하고 영적인 숭배도 아니었다. 그것은 둘 다였다. 아니 둘 다이자 그 이상이었다. 그것은 천사의 모습이자 악마였고, 한 사람에게 깃든 남자이자 여자였으며, 인간이자 동물, 최고의 선과 궁극의 악이었다. 나는 이렇게 살도록 정해진 것 같았고, 이런 경험을 맛보는 것이 내 운명인 듯했다. 나는 운명을 갈망하는 동시에 두려워했다. 그렇지만 운명은 늘 현존했고, 항상 내 위에 드리워져 있었다.

이듬해 봄 나는 김나지움을 졸업하고 대학에 진학할 예정이었지만 아직 어디에서 무엇을 공부해야 할지 모르고 있었다. 입술 위에는 콧수염이 조금씩 자랐다. 이제 성인이 되었는데도, 나는 여전히 어찌할 바를 몰랐고 아무런 목표도 세우지 못했다. 하지만 단 한 가지만은 분명했다. 내 안의 목소리, 꿈의 영상이었다. 나는 그것이 이끄는 대로 무조건 따라가야 한다는 사명감을 느꼈다. 하지만 쉽지 않은 일이었고 나는 날마다 반항했다. 혹시 내가 미친 것은 아닐까, 혹시 내가 다른 학생들과 같지 않은 걸까 하고 생각하기도 했다. 하지만 다른 학생들이 해내는 것을 나도 전부 다 할 수 있었다. 조금만 부지런하게 노력하면 플라톤을 읽을 수 있었고, 삼각법 문제를 풀거나 화학 분석을 따라갈 수도 있었다. 하지만 딱 하나만은 할 수 없었다. 다른 학생들이 하는 것처럼, 어두운 내면에 숨어 있는 목표를 끄집어내 눈앞에 그림처럼 펼쳐 보이는 일이었다. 다른 학생들은 자기가 교수, 판사, 의사, 예술가가 되고자 하며, 그러려면 얼마의 시간이 걸리고, 그렇게 되면 어떤 이점이 있는지 정확히 알고 있었다. 하지만 난 그렇게 할 수 없었다. 아마 나도 언젠가는 그런 무언가가 되겠지만, 내가 그것을 어찌 알겠는가. 아마 나 역시 몇 년 동안 찾고 또 찾을지 모른다. 하지만 아무것도 이룩하지 못하고 목표에 도달하지도 못할 것이다. 아니면 도달하긴 하지만 그 목표란 것이 사악하고 위험하며 끔찍할지도 모른다.

나는 오로지 내면에서 저절로 우러나오는 인생을 살고자 했을 따름이다. 그것이 왜 이렇게 어려웠던가?

때때로 나는 꿈속에서 본 강렬한 사랑을 그림으로 그려 보려고 했다. 하지만 한 번도 성공하지 못했다. 그것을 그렸다면 나는 그 그림을 데미안에게 보냈을 것이다. 그는 어디에 있는 것일까? 나는 그것을 알지 못했다. 다만 그가 나와 연결되어 있다는 것만 알았다. 언제쯤 그를 다시 보게 될까?

베아트리체 시절 그 몇 주, 몇 개월 동안 기분 좋게 누렸던 마음의 안정은 이미 사라진 지 오래였다. 그때 나는 어떤 섬에 도착해 평화를 찾은 느낌이었다. 하지만 늘 이런 식이었다. 어떤 상태가 내 마음에 들거나 어떤 꿈이 날 행복하게 해주면 그것들은 금방 시들고 보이지 않게 되었다. 뒤늦게 아쉬워하고 탄식하면 무엇하랴! 나는 이제 충족되지 않는 갈망과 긴장된 기대의 불길 속에서 살았다. 그리고 이것이 가끔 나를 사나운 미치광이로 만들었다. 나는 이따금 꿈속 애인의 모습을 내 눈앞에서 생생하게 보았다. 내 손보다 더 분명하고 또렷했다. 나는 그 모습과 이야기하고, 그 앞에서 울고, 저주를 퍼부었다. 나는 그 모습을 어머니라 부르고, 그 앞에서 눈물을 흘리며 무릎을 꿇었다. 나는 그 모습을 애인이라 부르고, 모든 욕망을 채워 줄 성숙한 키스를 예상하기도 했다. 나는 그 모습을 악마, 창녀, 흡혈귀, 살인자라 부르기도 했다. 그 모습은 나를 세상에서 가장 다정한 사랑의 꿈으로 이끄는가 하면, 아주 추악한 음탕함으로 유혹하기도 했다. 그 모습에는 너무 선하거나 훌륭한 것도 없고, 너무 악하거나 천박한 것도 없었다.

그해 겨울 나의 내면에서는 이루 말할 수 없는 폭풍이 끝없이 불어닥쳤다. 고독에도 익숙해진 지 오래라 그로 인해 우울해지지는 않았다. 나는 데미안과 매와 함께, 내 운명이자 애인이었던 꿈속의 그 거대한 모습과 함께 살았다. 그 속에 사는 것만으로도 충분했다. 모든 것이 크고 드넓은 것을 바라보고 있었고, 아브락사스를 가리키고 있었기 때문이다. 그러나 그 꿈들 중에 어느 것도, 내 생각들 중에 어느 것도 내 말을 듣지 않았다. 나는 아무것도 불러낼 수 없었고 어디에도 내 마음대로 색을 입힐 수 없었다. 그것들이 와서 나를 사로잡았을 뿐이다. 나는 그것들의 지배를 받고, 그것들에 의해 살았다.

겉으로는 내가 안정적으로 보였을 것이다. 나는 사람들을 두려워하지 않았다. 친구들도 그것을 알고 이따금 내게 은근한 존경의 눈길을 보내 나를 웃게 만들었다. 원하기만 하면 그들 대부분을 꿰뚫어 볼 수 있었고, 가끔 그렇게 해서 그들을 깜짝 놀라게 할 수도 있었다. 다만 그럴 마음이 거의, 아니 전혀 없었다. 나는 언제나 내게만 몰두했고, 나 자신과 함께 했다. 그리고 이제 한번 삶을 제대로 살아 보기를, 내 마음속에 우러나온 무언가를 세상에 내놓고, 세상과 관계하고 싸워 보기를 갈망했다. 이따금 저녁에 거리를 방황하다 불안감에 휩싸여 자정이 될 때까지 집에 들어가지 못할 때면, 이제 곧 애인을 만날 것 같다는 생각이 들었다. 그녀가 다음 길모퉁이를 지나 다음 창문에서 나를 부르리라 생각했다. 가끔 이 모든 일이 견디기 힘들 정도로 고통스러워 목숨을 끊으려 작정한 적도 있었다.

그때 나는 특이한 피난처를 찾아냈다. 흔히 말하듯 '우연'이었다. 하지만 세상에 그런 우연이란 없다. 무언가를 간절히 필요로 하는 사람이 자신에게 꼭 필요한 그것을 찾아낸다면, 그것은 우연이 아니라 그 자신이, 그 자신의 욕망과 필요가 그를 그리로 인도한 것이다.

시내를 걸어가다 작은 교회에서 흘러나오는 오르간 연주 소리를 두세 번 들은 적이 있다. 하지만 걸음을 멈추지는 않았다. 그다음에 그곳을 지나갈 때 다시 그 소리를 들었고, 연주되는 곡은 바흐였다. 문은 잠겨 있었다. 그 골목에는 행인이 거의 없었기 때문에 나는 교회 옆 갓돌 위에 앉아 외투 깃을 세워 목을 감싸고 음악에 귀를 기울였다. 크지는 않아도 좋은 오르간이었고 연주 솜씨도 훌륭했는데, 의지와 끈기를 독특하고도 아주 개성 있게 표현한 것이 마치 기도 소리처럼 울렸다. 저기서 연주하고 있는 사람은 그 음악 속에 보물이 숨어 있음을 알고, 마치 자신의 목숨이기라도 한 것처럼 이 보물을 얻기 위해 애쓰며 건반을 두드리고 있다는 느낌이 들었다. 나는 기교적인 측면에서는 음악을 잘 모르지만, 어릴 적부터 이런 영혼의 표현에 대해서는 본능적으로 이해하고 있었고 음악을 내 안의 자명한 무언가로 느끼고 있었다.

그 음악가는 곧이어 현대 음악도 연주했는데, 레거[7]의 곡인 듯했다. 교회는 거의 어둠에 싸였고, 아주 희미한 빛줄기 하나만이 바로 옆 창문을 통과해 흘러나왔다. 나는 음악이 끝나기를 기다렸다가 오르간 연주자가 밖으로 나오는 모습이 보일 때까지 이리저리 서성거렸다. 젊은 청년이었지만 나보다는 나이가 많아 보였고, 다부지고 작달막한 모습이었다. 그는 힘차면서도 화가 난 듯한 걸음으로 급히 걸어갔다.

그때부터 나는 가끔씩 저녁 무렵이 되면 그 교회 앞에 앉아 있거나 서성거리기 시작했다. 한번은 문이 열린 것을 보고는, 위층에서 오르간 연주자가 희미한 가스등 불빛 아래 연주를 계속하는 30분가량을 신도석에 앉아 있었다. 추위에 몸이 덜덜 떨렸지만 행복했다. 나는 그가 연주하는 음악에서 그 연주자만을 들은 게 아니었다. 그가 연주하는 모든 것이 서로 유사하고 저희들끼리 은밀한 관계를 맺고 있는 것 같았다. 그가 연주하는 모든 것이 신앙심에 차 있고 헌신적이고 경건했다. 그렇지만 교회에 다니는 신자나 목사들 같은 경건함이 아니라 중세의 탁발승이나 순례자들의 경건함이었고, 모든 종파를 초월하는 세계 감정에 무조건 헌신하는 경건함이었다. 그는 바흐 이전의 거장들과 옛날 이탈리아 작곡가의 곡을 부지런히 연주했다. 모든 곡들은 같은 것을 말하고 있었다. 바로 연주자가 영혼에 품고 있었던 말이었다. 동경, 세상 가장 내밀한 본질에 대

---

7) Reger. 독일의 클래식 작곡가 막스 레거(Max Reger, 1873~1916)를 말한다.

한 이해와 그 세상과의 가장 거친 재분리, 어두운 자기 영혼에 대한 열렬한 경청, 헌신에서 오는 도취감, 경이적인 것에 대한 깊은 호기심 같은 말들이었다.

한번은 연주자가 교회를 나서는 모습을 보고 은밀하게 그의 뒤를 밟은 적도 있었다. 그때 그가 멀리 도시 변두리에 있는 작은 술집으로 들어가는 모습이 보였다. 나는 참지 못하고 그를 따라 들어갔다. 그리고 거기서 처음으로 그를 똑똑히 보았다. 그는 검정 펠트 모자를 쓴 채 술집 한 구석 탁자에 포도주 한 잔을 두고 앉아 있었다. 그의 얼굴은 내가 예상한 그대로였다. 약간 못생겼고 거칠어 보였다. 뭔가를 찾아다니는 듯 완고하고 고집이 세보였으며, 의지로 가득 찬 얼굴이었지만 입가에는 온화하고 아이 같은 분위기도 풍겼다. 남성성이나 강인함은 모두 눈과 이마에 모여 있었다. 얼굴 아랫부분은 여리고 여물지 않은 모습으로 자제력이 없고 어딘가는 약해 보이기까지 했다. 우유부단함이 가득한 턱은 이마나 눈빛에 대항이라도 하듯 아이처럼 보였다. 자부심과 적대감으로 가득 찬 암갈색 눈이 내 마음에 들었다.

나는 아무 말 없이 그의 맞은편에 앉았다. 술집에는 우리 말고 아무도 없었다. 그는 나를 쫓아 버리기라도 할 것처럼 계속 노려보았다. 그래도 나는 버티고 앉아 그가 화가 나서 투덜거릴 때까지 계속 그쪽을 바라보았다. "빌어먹을, 도대체 왜 그렇게 나를 노려보는 거요? 내게 뭘 바라는 거냐고요?"

"바라는 건 없습니다." 나는 말했다. "하지만 당신에 대해 이미 많은 것을 알고 있습니다."

그는 이맛살을 찌푸렸다.

"그럼 당신은 음악광인가 보군요? 음악에 미치는 일 따위는 아주 구역질 난다고요."

나는 놀라지 않았다.

"당신의 연주를 자주 들었죠. 저쪽에 있는 교회에서 말이에요." 내가 말했다. "귀찮게 할 생각은 없습니다. 당신에게서 뭔가를, 뭔가 특별한 것을 발견한 것 같은데, 그게 무엇인지는 저도 정확히 모르겠습니다. 제 말을 귀담아 들으실 것까지는 없습니다. 저는 그냥 교회에서 당신 연주를 들으면 되니까요."

"하지만 난 늘 문을 잠그는데."

"최근에 그걸 잊으셨더군요. 그래서 교회 안에 들어가 앉아 있었지요. 다른 때는 밖에 서 있거나 갓돌에 앉아 있었고요."

"그래요? 다음엔 안으로 들어와요. 더 따뜻할 거요. 그냥 문만 두드리세요, 세게. 내가 연주할 때는 빼고 말입니다. 자, 이제 말해 보세요. 무슨 말을 하고 싶은 거요? 아직 어려 보이는데요, 아마 고등학생 아니면 대학생 정도. 음악을 하나요?"

"아뇨, 음악 듣는 것을 좋아하긴 합니다. 하지만 당신이 연주하는 그런 무조건적인 음악, 듣고 있으면 천국과 지옥의 경계를 흔들어 버릴 것 같은 음악만 좋아하지요. 내가 음악을 진심으로 좋아하는 이유는 음악이 별로 도덕적이지 않기 때문이지요. 다른 모든 것들은 도덕적이에요. 그런데 저는 도덕적이지 않은 것을 찾고 있어요. 늘 도덕적인 것 때문에 시달려 왔거든요. 뭐라고 적절히 표현할 수가 없군요. 신이자 동시에 악마인 신이 있어야 한다던데, 아세요? 그런 신이 있다는 이야기를 들었거든요."

음악가는 챙 넓은 모자를 뒤로 살짝 젖히고, 넓은 이마를 덮고 있던 짙은 머리카락을 쓸어 넘겼다. 그리고 나를 뚫어지게 쳐다보며 얼굴을 탁자 너머 내 쪽으로 기울였다.

그는 낮고 긴장된 목소리로 물었다. "지금 말한 그 신 이름이 뭐요?"

"유감스럽게도 그 신에 대해서는 아는 게 거의 없어요. 그저 이름만 알 뿐이죠. 아브락사스요."

음악가는 누군가 엿듣기라도 한다는 듯이 의심 섞인 눈초리로 주위를 둘러보았다. 그러고는 내게 다가와 속삭이듯 말했다. "내 그럴 줄 알았지. 당신 누구요?"

"김나지움 학생입니다."

"어디서 아브락사스를 알았죠?"

"우연히요."

그는 포도주 잔이 흘러넘칠 정도로 탁자를 내리쳤다.

"우연이라니! 이봐 젊은 친구, 그런 허튼소리는 그만 해! 아브락사스는 우연히 알 수 있는 게 아니야. 잘 기억해 두라고. 그것에 대해서 좀 더 말해 주도록 하지. 내가 그 신에 대해서 조금 아니까."

그는 입을 다물고 의자를 다시 뒤로 밀었다. 내가 잔뜩 기대에 찬 눈으로 쳐다보자 그는 얼굴을 찌푸렸다.

"여기서 말고! 다음 기회에. 자, 이거나 받아요!"

그는 입고 있던 외투 주머니를 뒤져 군밤 몇 개를 꺼내 내게 던졌다.

나는 아무 말 없이 그것을 받아먹었고, 아주 만족스러워했다.

"그래!" 그는 잠시 후 속삭이듯 말했다. "당신은 어디서 그 신에 대해 알았소?"

나는 주저하지 않고 말했다.

"저는 혼자였고, 어찌할 바를 모르고 있었죠." 나는 이야기를 시작했다. "그때 어린 시절 친구 하나가 떠올랐어요. 나는 그가 아는 게 많다고 믿었죠. 그 무렵 제가 무언가를 하나 그렸는데, 새 한 마리가 지구를 뚫고 나가는 그림이었죠. 전 그 그림을 친구에게 보냈어요. 얼마 후 그에 대해 아무것도 생각하지 않을 때쯤 쪽지 하나를 받게 되었는데 거기에 이렇게 적혀 있었죠. 새는 투쟁하며 알을 깨고 나온다. 알은 세계이다. 태어나고자 하는 자는 세계를 깨부수어야만 한다. 새는 신에게로 날아간다. 그 신의 이름은 아브락사스이다."

그는 아무 대답도 하지 않았다. 우리는 밤을 까서 술안주로 먹었다.

"한 잔 더 할래요?" 그가 물었다.

"아뇨, 됐습니다. 술을 좋아하지 않아서요."

그는 약간 실망한 듯 웃었다.

"좋을 대로! 나는 달라요. 난 좀 더 있을 테니, 먼저 가보시오!"

그다음 오르간 연주가 끝나고 그와 함께 걸을 때, 그는 별로 말을 하지 않았다. 그는 나를 오래된 골목에 있는 고색창연하고 위풍당당한 어느 집 위층으로 데리고 가서는, 크고 우중충하며 제대로 관리하지 않은 것 같은 방으로 안내했다. 거기엔 피아노 말고는 음악과 관련된 물건은 없었고, 대신 커다란 책장과 책상이 놓여 있어 학자가 쓰는 방 같은 분위기를 풍겼다.

"책이 참 많으시네요." 나는 감탄하며 말했다.

"일부는 아버지의 서재에서 가져온 책이오. 나는 아버지 집에서 살지요. 그래요, 젊은 친구. 난 부모님 집에서 살지만, 당신을 부모님에게 소개할 수는 없소. 나와 사귀는 사람들은 이 집에서 크게 대접받지 못하거든요. 보시다시피 내가 내놓은 자식이라서. 아버지는 정말 존경할 만한 분이지요. 이 도시에서 손꼽히는 목사이자 설교가이니까요. 그리고 알기 쉽게 말하자면, 나는 한때 그분의 재능 있고 장래가 촉망되는 아드님이었지만 탈선해서 약간 머리가 돌아 버린 거지. 원래 신학도였는데, 국가시험을 보기 직전에 이 고루한 학부를 포기해 버렸어요. 개인적으로는 아직도 계속 신학을 공부하고 있긴 하지만 말이오. 내가 아직도 가장 중요하게 여기고 관심을 가지고 있는 문제는 사람들이 때마다 어떤 신을 생각해 냈는가 하는 것이오. 어쨌든 난 지금은 음악가이고 하잘것없지만 조만간 오르간 연주자 자리를 하나 얻을 것 같소. 그렇게 되면 다시 교회로 돌아가는 거지요."

나는 책장에 꽂혀 있는 책들을 조그만 탁상 램프의 흐릿한 불빛이 비치는 데까지 훑어보았다. 그리스어, 라틴어, 히브리어 제목들이 있었다. 그동안 그는 컴컴한 벽 근처 바닥에 엎드려 바쁘게 뭔가를 하고 있었다.

"이리 와요." 잠시 후 그가 불렀다. "이제 철학을 좀 해봅시다. 입은 닫고 배를 깔고 생각해 보자는 거요."

그는 성냥을 켜서 앞에 있는 벽난로 속 종이와 장작에 불을 붙였다. 불꽃이 높이 솟아올랐다. 그는 아주 조심스럽게 불을 쑤셔서 일으키기도 하고, 땔감을 더 넣기도 했다. 나는 그의 곁으로 가서 올이 다 나간 낡은 양탄자에 엎드렸다. 그는 불꽃을 응시했고, 이 불은 내 마음도 매혹시켰다. 우리는 거의 한 시간쯤 펄럭거리는 장작불 앞에 엎드려 아무 말 없이 불꽃을 바라보았다. 불길은 바작거리며 활활 타오르고, 사그라들었다가 다시 꿈틀거리고, 가물가물하다가 바르르 떨고는 마침내 바닥에서 조용히 잦아들었다.

"불 숭배가 인간들이 생각해 낸 일들 가운데 제일 바보 같은 짓은 아니지." 그는 혼자 중얼거렸다. 그 외에는 둘 다 아무 말도 하지 않았다. 눈길을 불꽃에 고정하고 꿈과 정적 속에 잠긴 채, 나는 연기 속에서 나타나는 형상들과 재 속에서 떠도는 영상들을 바라보았다. 그러다 한번은 깜짝 놀라고 말았다. 같이 불을 보고 있던 그가 송진 한 조각을 이글거리는 불 속으로 던지자 작고 가느다란 불꽃이 솟아올랐는데, 그 속에서 노란 매의 머리를 한 그 새가 보였던 것이다. 꺼져 가는 벽난로의 불 속에서 금빛으로 타오르는 불꽃들이 실로 그물을 짜놓은 것처럼 모이더니 철자와 형상이 나타나며 여러 얼굴, 동물과 식물, 벌레나 뱀들에 대한 기억들이 떠올랐다. 정신을 차리고 옆을 바라보니 그는 주먹으로 턱을 괴고 완전히 몰두한 채 열정적으로 재를 응시하고 있었다.

"이제 가야겠는데요." 나는 나지막하게 말했다.

"그래요. 그럼 가보시오. 잘 가요!"

그는 일어나지도 않았다. 램프의 불이 꺼져 있었기 때문에, 나는 더듬거리며 어두운 방과 컴컴한 복도와 계단을 지나 마법에 걸린 듯한 이 낡은 집을 간신히 빠져나왔다. 나는 거리로 나와 발길을 멈추고 그 오래된 집을 쳐다보았다. 불 켜진 창문이 하나도 없었다. 놋쇠로 된 조그만 문패가 대문 앞 가스등 불빛 속에서 빛나고 있었다.

"피스토리우스, 주임 목사." 나는 문패를 따라 읽었다.

집에 돌아와 저녁을 먹고 조그만 방에 혼자 앉아 있게 되었을 때에야 비로소 나는 피스토리우스에게서 아브락사스나 그 밖의 것에 대해 들은 것이 없으며, 우리는 서로 채 열 마디도 나누지 않았음을 깨달았다. 하지만 나는 그날의 방문에 매우 만족했다. 게다가 다음번에는 그가 옛날 오르간 음악 중에서 가장 뛰어난 작품인 북스테후데의 〈파사칼리아〉를 들려주기로 약속했다.

내가 미처 깨닫지 못하는 사이에 오르간 연주자 피스토리우스는 그 음울한 은둔자의 방 벽난로 앞에 함께 엎드려 있었을 때 내게 첫 수업을 했던 것이다. 불을 들여다본 일은 내게 아주 유익하게 작용했다. 그 경험은 내 안에 늘 존재했지만 한 번도 돌보지 않았던 내면의 성향을 강화시키고 확인해 주었다. 나는 차츰 그것에 대해 일부나마 알게 되었다.

내게는 이미 꼬마 때부터 가끔씩 기이한 자연의 형상을 바라보는 성향이 있었다. 그냥 관찰하는 것이 아니라 고유한 마력, 그 얽히고설킨 깊은 언어에 푹 빠져 몰두했다. 나무처럼 드러난 긴 뿌리, 암석에 알록달록하게 물든 광맥(鑛脈), 물 위에 뜬 기름 자국, 유리에 난 금 — 이와 비슷한 모든 것이 이따금 내게 크나큰 마력을 발휘했다. 특별히 물과 불, 연기, 먼지, 그리고 특히 내가 눈을 감고 있을 때 보이는 빙빙 도는 온갖 빛깔의 무늬들이 그랬다. 피스토리우스를 처음 찾아간 후 며칠 동안 이런 것이 내 마음속에 다시 떠오르기 시작했다. 왜냐하면 그 이후로 내가 느낀 감정의 고양과 기쁨, 활력은 순전히 벽난로의 불길을 오랫동안 바라본 덕분이라는 것을 깨달았기 때문이다. 불을 응시하는 것은 이상하게도 편안하고 여유로운 기분이 들게 만들었다.

지금까지 나만의 고유한 인생 목표를 향해 가는 도중에 발견했던 몇 안 되는 경험에 이 경험도 새롭게 추가되었다. 그런 모습들을 바라보거나 비합리적으로 뒤엉킨 기이한 자연의 형상들에 몰두하다 보면, 우리 내면과 이런 모습이 되도록 만든 어떤 의지가 일치한다는 느낌이 들게 된다. 우리는 이런 모습이 우리 기분에 따라 만들어진 것으로, 우리의 창조물로 간주하고자 하는 유혹에 빠진다. 우리는 우리와 자연을 가르는 경계가 흔들리고 녹아내리는 것을 보며, 우리 망막에 맺힌 영상들이 외부의 인상에서 나온 것인지 아니면 우리 내면에서 나온 것인지 알지 못하는 상태에 이르게 된다. 우리가 얼마나 대단한 창조자인지, 우리 영혼이 얼마나 부단히 세계 창조에 관여하고 있는지를 이 연습에서처럼 쉽고 간단하게 알 수 있는 방법은 세상 어디에도 없다. 더 정확하게 말하면,

우리 내면에 잠재되어 있는 신성과 자연에서 활동하고 있는 신성은 나눌 수 없는 동일한 신이다. 그래서 만약 외부 세계가 몰락한다면, 우리들 중 누군가가 이 세계를 재건할 수 있을 것이다. 산과 강, 나무와 잎, 뿌리와 꽃 같은 자연의 모든 형상들은 우리 안에 이미 만들어져 있던 것이고 우리 영혼에서 나온 것이기 때문이다. 영혼의 본질은 영원성이고, 우리는 이 영혼의 본질을 알지 못하고 있지만 대개 사랑의 힘이나 창조의 힘으로 그것을 느낀다.

몇 년이 지난 후에야 비로소 나는 어떤 책에서 이런 관찰이 얼마나 의미 있는 일인지 입증해 주는 대목을 발견했다. 레오나르도 다빈치의 책이었는데, 그는 많은 사람들이 침을 뱉어 대는 담벼락을 바라보는 일이 얼마나 좋은지, 얼마나 깊은 감동을 주는지에 대해 말했다. 축축한 담벼락에 생긴 얼룩을 보며 다빈치는 피스토리우스와 내가 불 앞에서 느낀 것과 똑같은 감정을 느낀 것이다.

그다음에 만났을 때 피스토리우스는 내게 이렇게 설명했다.

"우리는 개성의 경계를 늘 너무 좁게 설정하곤 하지. 그저 개별적으로 차이가 나거나 서로 구분된다고 인식하는 것만 개성으로 치는 거야. 하지만 우리는, 우리들 각자는 세상 전체를 이루고 있는 성분으로 구성되어 있어. 우리 몸이 어류나 그보다 훨씬 이전 단계까지 거슬러 올라가는 진화의 계보를 지니고 있듯이, 우리 영혼에도 모든 인간의 영혼 속에 살았던 모든 것들이 깃들어 있거든. 이제까지 존재했던 모든 신과 악마는, 그것이 그리스인에게 있었건, 중국인에게 있었건, 아프리카 토인에게 있었건 간에 모두 우리 안에 함께 존재하지. 가능성이나 소망, 탈출구로서 말이야. 만일 어느 정도 재능은 있지만 아무런 교육을 받지 못한 평범한 아이 하나만 남겨 놓고 인류가 절멸해 버린다 해도, 그 아이는 지금까지 인류가 경험한 모든 과정을 다시 찾아낼 거야. 신과 악마들, 낙원, 계율, 금지, 구약과 신약을 다시 만들어 낼 수 있을 거란 이야기야."

"그래요, 좋아요!" 나는 이의를 제기했다. "그렇다면 개인의 가치는 어디에 있는 겁니까? 내면에 이미 모든 것이 완성되어 있는데, 무얼 위해 노력하는 것이죠?"

"잠깐!" 피스토리우스가 격하게 외쳤다. "단순히 세계를 자기 안에 지니고 있느냐, 아니면 그 사실을 알고도 있느냐 하는 것에는 큰 차이가 있지! 어떤 미친 사람이 플라톤을 떠올리게 만드는 사상을 내놓을 수도 있고, 헤른후트파 학교에 다니는 경건한 어린 학생이 그노시스파나 조로아스터교에서 나타나는 심오한 신화적 연관 관계에 대해 독창적으로 생각해 낼 수도 있지. 하지만 그는 자신이 그렇게 하고 있다는 걸 몰라! 그런 사실을 모르는 한 그는 나무나 돌, 기껏해야 짐승일 뿐이지. 그에게 인식의 빛이 희미하게나마 빛날 때 비로소 그는 인간이 되는 거야. 저기 거리를 걸어 다니는 두 발 달린 자들을 단지 똑바로 서서 걷고 자식을 열 달 동안 품고 다닌다는 이유로 모두 인간이라 생각하고 있지는 않겠지? 그들 가운데 얼마나 많은 이가 물고기나 양, 벌레, 거머리인지, 또 얼마나 많은 인간들이 개미인지, 얼마나 많은 부류가 꿀벌인지 당신도 잘 알고 있잖아. 그런데 그들 각자의 내면에는 인간이 될 가능성이 존재해. 하지만 그들이 그 가능성을 예감하고, 부분적으로나마 그것을 의식화하는 법을 알 때에야 비로소 진정한 가능성의 주인이 되는 거야."

우리의 대화는 대략 이런 식이었다. 이런 대화를 통해 내가 뭔가 새롭거나 놀랄 만한 사실을 얻는 경우는 드물었다. 하지만 모든 대화, 하다못해 지극히 일상적인 대화조차 내면의 동일한 지점을 조용하지만 지속적으로 망치질했다. 모든 대화가 나를 형성하는 데 도움을 주었고, 내가 허물을 벗고 알껍데기를 부수는 데 도움이 되었다. 그래서 나는 대화를 나눌수록 머리를 조금씩 더 높이, 조금씩 더 자유롭게 치켜들었다. 그리고 마침내 내 황금빛 새는 세계라는 껍질을 깨고 아름다운 맹금의 머리를 밖으로 내밀게 되었다.

종종 우리는 서로의 꿈 이야기를 했다. 피스토리우스는 꿈을 해석할 줄 알았다. 아주 놀라운 예 한 가지가 기억난다. 한번은 내가 꿈속에서 허공을 날았다. 크게 비약했지만 감당할 수 없는 속도에 그만 공중으로 내던져졌다. 날아오르는 기분은 상당히 좋았지만, 내 의지와는 무관하게 아주 높은 곳까지 끌려가는 순간 이 기분은 곧 두려움으로 바뀌었다. 그때 나는 숨을 멈추거나 내뱉으면 상승과 하강을 조종할 수 있다는 사실을 깨닫고 마음을 놓았다.

이 꿈에 대해 피스토리우스는 이렇게 말했다. "자네를 날게 만든 그 도약은 누구나 다 가지고 있는 인류의 위대한 재산이야. 그것은 모든 힘의 뿌리와 연관되어 있다는 기분이지. 하지만 그 순간 누구나 곧 두려움을 느끼게 돼! 지극히 위험한 일이니까! 그래서 사람들은 대부분 위험한 비행을 기꺼이 포기하고 법규의 도움을 받아 인도를 편하게 걸어가는 쪽을 택하지. 그런데 자네는 그렇게 하지 않고 있어. 유능한 청년답게, 계속 날고 있단 말이야. 그런데 보게나, 자네는 이제 점차 나는 것을 조종할 수 있게 된다네. 다시 말해 자네를 공중으로 낚아챈 저 거대하고 보편적인 힘을 제어할 수 있는 기관 또는 방향키로서의 어떤 불가사의한 힘을 발견한 거야! 그것은 작지만 섬세하고, 자네만이 가진 고유한 힘이라네. 아주 멋진 일이지. 그게 없다면 우리는 의지와 상관없이 공중을 떠다닐 걸세, 미친 사람들처럼 말이야. 광인들에게는 인도를 걸어 다니는 사람들보다 더 심오한 예감의 능력이 주어져 있지만, 그것을 조종할 열쇠

나 방향키가 없어서 바닥 모를 심연 속으로 곤두박질치는 거야. 하지만 자네, 싱클레어. 자네는 그 일을 해내고 있어. 어떻게 해내고 있냐고? 그걸 아직도 모르고 있나? 자네는 그것을 새로운 기관, 즉 호흡 조절기로 해내고 있어. 이제 자네의 저 깊은 차원에서는 자네 영혼이 얼마나 '개인적'이지 않은지 알고 있어! 이 조절기를 발명한 사람은 자네가 아니잖나! 그건 새로운 게 아니야! 그 조절기는 수천 년 전부터 내려온 걸 빌린 거야. 그건 물고기의 평형 기관, 그러니까 부레 같은 거라네. 그런데 이 부레가 동시에 허파이기도 해서 상황에 따라 숨 쉬는 데 이용되기도 하는, 그런 괴상하고 진화가 덜 된 어류가 오늘날에도 여전히 존재하고 있어. 자네가 꿈에서 날 때 비행용 부레로 사용한 허파와 똑같은 거지!"

그는 동물학 책까지 가져와 그 오래된 물고기의 그림과 이름을 보여 주기도 했다. 나는 내 몸속에 초기 진화 단계의 기능이 여전히 살아 있음을 깨닫고 이상한 전율을 느꼈다.

6장

Jakobs Kampf

야곱의 투쟁

내가 그 별난 음악가 피스토리우스에게서 아브락사스에 대해 들었던 것을 여기에서 다시 짧게 요약하여 이야기할 수는 없다. 하지만 그에게서 배운 가장 중요한 것은 나 자신을 찾아가는 길을 계속 걸어가라는 것이었다. 그 당시 나는 열여덟 살의 평범하지 않는 젊은이였다. 여러 면에서는 남들보다 조숙했지만, 또 다른 면에서는 매우 뒤처졌고 서툴렀다. 간혹 다른 사람들과 비교할 때면 자부심을 느끼고 의기양양해지는 경우도 많았지만, 또 그만큼 의기소침해지고 자존심에 상처를 입기도 했다. 어떨 때는 내가 천재 같다가도 또 가끔은 반쯤 미친 사람 같기도 했다. 나는 또래 친구들의 기쁨과 생활을 함께 누릴 수 없었다. 친구들과는 희망 없이 분리되어 있고 친구들이 누리는 삶이 내게는 닫혀 있는 것만 같아서, 나는 종종 자책과 근심 속에 기운을 다 빼버리기도 했다.

다 큰 기인(奇人) 피스토리우스는 내게 용기를 갖고 스스로를 존중하라고 가르쳤다. 그는 내 말과 꿈, 환상과 생각을 늘 귀중하게 생각했고, 그것들을 언제나 진지하게 받아들이고 논의함으로써 내게 모범을 보여주었다.

"자넨 내게 말했지." 그가 말했다. "음악은 도덕적이지 않아서 좋다고. 그래 좋아. 하지만 자네 자신도 마찬가지로 도덕주의자가 되어선 안 돼. 자신을 남과 비교하면 안 된단 말이야. 자연이 자네를 박쥐로 만들어 놓았다면 스스로 타조가 되고자 해서는 안 돼. 자네는 이따금 자신을 이상하다고 여기고 대부분의 사람들과는 다른 길을 가고 있다고 자책하지. 그런 생각을 버려야 해. 불을 들여다보고 구름을 들여다보게. 그러다 예감이 찾아오고 자네 영혼의 목소리가 말을 하기 시작하면, 바로 그 소리에 스스로를 맡기게. 그것이 선생님이나 아버지 혹은 어떤 신의 뜻에 맞는지, 그들의 마음에 들겠는지를 먼저 묻지 말게! 그렇게 묻게 되면 자신을 망치게 돼. 그렇게 묻게 되면 인도를 걷게 되고 화석이 되는 거야. 이봐, 싱클레어. 우리 신의 이름은 아브락사스라네. 신이자 동시에 악마이며, 자기 안에 밝은 세계와 어두운 세계를 지니고 있지. 아브락사스는 자네의 어떤 생각이나 꿈에도 이의를 제기하지 않아. 이 사실을 절대로 잊지 말게. 하지만 자네가 언젠가 흠잡을 데 없이 정상적인 사람이 되면 아브락사스는 자네를 떠날 거야. 자네를 떠나 자신의 생각을 담아 요리할 새로운 냄비를 찾을 거야."

내 꿈들 가운데 단골손님처럼 가장 자주 찾아오는 것은 저 어두운 사랑의 꿈이었다. 자주, 정말 자주 나는 그 꿈을 꾸었다. 문장에 새겨진 새를 지나 옛집으로 들어가 어머니를 끌어안으려 했는데, 어느새 어머니 대신 반은 남자이고 반은 어머니 같은 키 큰 여인을 껴안고 있었다. 나는 겁이 났지만 결국 불타는 욕망을 이기지 못해 그녀에게 다가갔다. 친구에게 이 꿈만은 이야기할 수 없었다. 다른 것은 모두 다 털어놓았지만 그 꿈만은 내 속에 간직했다. 그 꿈은 내가 숨을 수 있는 구석이자 나만의 비밀, 나만의 도피처였다.

기분이 울적해질 때면 나는 피스토리우스에게 북스테후데의 〈파사칼리아〉를 연주해 달라고 청했다. 그런 다음 저녁 무렵 어두운 교회에 앉아, 자기 자신에게 침잠하여 내면에서 울려나오는 목소리에 귀를 기울이는 듯한 이 기이하고 참된 음악에 푹 빠져 있었다. 이 음악은 늘 내게 행복을 안겨 주었고, 영혼의 목소리가 존재한다는 사실을 인정하도록 나를 이끌었다.

가끔씩 우리는 오르간 연주가 잦아든 후에도 한동안 교회에 남아 있었다. 우리는 자리에 앉아 약한 빛이 높다란 고딕식 창문을 통해 비쳐 들어오다 사라지는 모습을 바라보았다.

"우습지." 피스토리우스가 말했다. "내가 한때 신학도였고 거의 목사가 될 뻔했다는 사실 말이야. 하지만 그건 형식상의 실수였을 뿐이야. 사제가 된다는 것은 내 사명이자 인생의 목표야. 다만 내가 너무 일찍 만족했고, 아브락사스를 알기 전에 여호와에게 귀의해 버렸던 거야. 아, 모든 종교는 아름다워. 종교는 영혼이야. 기독교식 성찬을 들든, 메카로 성지 순례를 가든 마찬가지라고."

"그럼 당신은," 내가 말했다. "정말 목사가 될 수도 있었겠군요."

"아니, 싱클레어, 아니야. 그랬더라면 나는 거짓말을 해야 했을 거야. 우리 종교는 종교가 아닌 것처럼 행해지고 있지. 이성의 영역인 척한다는 거야. 정 부득이한 경우 나는 가톨릭 신자는 될 수 있을지 모르지만 개신교 목사는 — 그건 아니야! 내가 알고 있는 몇몇 진짜 기독교 신자들은 성경 글귀 하나하나에만 매달리지. 그런 이들에게 그리스도가 내게는 사람이 아니라 영웅이고 신화이며, 인류가 스스로를 영원의 벽에다 그려 놓은 거대한 그림자 상(像)이라고 말할 수 없어. 그리고 또 다른 신자들은 지혜의 말씀을 듣기 위해, 의무를 다하기 위해, 어떤 일에도 태만하지 않기 위해 교회에 오지. 이런 사람들에게 무슨 말을 할 수 있겠는가? 그들이 내 생각을 받아들일 것이라 생각하나? 나는 그러고 싶지도 않네. 목사는 그들의 마음을 바꾸고자 하지 않지. 그는 다만 신자들 사이에서, 즉 자기와 같은 사람들 사이에서 살고자 할 뿐이고, 우리가 우리의 신을 만들어 낼 때의 감정을 전달하고 표현하는 사람이 되려고 할 뿐이지."

그는 잠깐 멈추었다가 계속 다음 말을 이어갔다. "이봐, 우리의 새로운 신앙, 우리가 지금 아브락사스라는 이름으로 부른 신앙은 아름다워. 우리가 가진 가장 최고의 것이라네. 하지만 아직은 젖먹이에 불과해! 날개도 돋지 않았어. 아, 아직은 외로운 종교지. 그래서 아직 참된 것이라고는 할 수 없어. 종교라면 공유되어야 하고, 예배와 도취, 축일과 비밀스러운 의식이 있어야 하지……."

그는 자기 안으로 빠져들며 생각에 잠겼다.

"그 비밀 의식이라는 것은 혼자서 또는 극소수의 인원으로도 할 수 있는 것 아닙니까?" 나는 주저하며 물었다.

"할 수는 있지." 그는 고개를 끄덕였다. "나는 이미 오래전부터 그렇게 하고 있어. 다른 사람에게 들키면 적어도 몇 년 동안은 감옥살이를 해야 할 예배를 드리고 있어. 하지만 그게 아직 제대로 된 예배가 아니라는 걸 알고 있지."

그가 갑자기 내 어깨를 치는 바람에 나는 몸을 움찔했다. "이봐." 그가 힘을 주어 말했다. "자네도 비밀 의식을 행하고 있지. 내게 말하지 않는 꿈을 꾼다는 걸 알아. 굳이 알고 싶은 생각은 없어. 다만 자네에게 이 말만은 하겠네. 그 꿈대로 살고, 그 꿈이 일어나게 하고, 그 꿈을 위해 제단을 세우게! 아직 완전하지는 않지만, 그것은 하나의 길이네. 우리가, 자네와 나와 몇몇 다른 사람들이 세계를 쇄신하게 될지는 두고 보면 알 일이지. 하지만 마음속으로 우리는 날마다 세계를 새롭게 만들어야 하네. 그렇지 않으면 우린 아무것도 아닌 게 되니까. 이것을 잊지 말게나! 자네는 이제 열여덟 살이야, 싱클레어. 자네는 거리의 여자를 찾아가지도 않아. 자네는 사랑의 꿈, 사랑의 소망을 가지고 있는 게 분명해. 어쩌면 그것들은 자네가 두려워하는 모습일 수도 있겠군. 하지만 두려워하지 말게! 그것들은 자네가 가진 최고의 것이라네! 내 말을 믿어도 돼. 난 자네 나이에 내 사랑의 꿈을 억압해 버린 바람에 많은 것을 잃었지. 그래선 안 돼. 아브락사스를 안다면 그렇게 해서는 안 되지. 아무것도 두려워해서는 안 되고, 우리 내면에서 영혼이 바라고 있는 그 무엇도 금지된 것으로 여겨서는 안 되네."

너무 놀라 나는 이렇게 반박했다. "머리에 떠오른다고 다 행할 수는 없지요. 자기 마음에 들지 않는다고 아무나 죽여선 안 되잖아요."

그는 내게 바싹 다가섰다.

"상황에 따라서는 그래도 돼. 그런데 대부분 살인은 잘못된 생각에서 나온 일이야. 나 역시 자네가 떠올린 모든 것을 그냥 해버리라는 이야기가 아니야. 그건 아니야. 다만 좋은 의미를 가진 생각까지도 도덕적이지 않다는 이유로 몰아내고 못 쓰게 만들지는 말라는 말이야. 자신이나 다른 사람을 십자가에 못 박는 대신 엄숙한 사상이 담긴 잔으로 술을 마시며 희생의 제물을 바치는 비밀 의식을 생각할 수도 있지. 이렇게까지 하지 않아도 자신의 충동이나 유혹을 존중하고 사랑할 수 있다네. 그러면 그것들은 제 의미를 드러내지. 그것들은 저마다 의미를 지니고 있으니까. 싱클레어, 자네에게 다시 정말 미친 생각이나 죄스러운 생각이 떠오른다면, 그러니까 누군가를 죽이고 싶거나 어떤 추잡한 짓을 하고 싶어지거든 아브락사스가 자네 마음속에서 그런 공상을 펼치는 중이라고 잠시 생각하게나. 자네가 죽이고 싶어 하는 그 사람은 결코 누구누구 씨라고 특정된 존재가 아니라, 분명히 위장된 존재일 뿐이야. 우리가 어떤 사람을 미워한다면, 그건 그 사람의 모습에서 우리 자신 안에 있는 무언가를 미워한다는 뜻이야. 우리 자신 안에 없는 것은 결코 우리를 자극하지 못하니까."

피스토리우스가 내 마음 깊은 곳에 가장 은밀하게 감추고 있던 속마음을 이렇게 정확히 알아맞힌 말을 한 적은 없었다. 나는 아무 대답도 할 수 없었다. 하지만 나를 아주 강렬하고 기묘하게 감동시킨 점은 이 권고가 이미 여러 해 전부터 마음속에 지녀 왔던 데미안의 말과 같은 울림을 준다는 사실이었다. 그들 둘은 서로 모르는 사이인데 내게 똑같은 말을 한 것이다.

"우리가 보는 사물은," 피스토리우스가 조용히 말했다. "바로 우리 내면에 있는 것과 똑같은 거지. 우리가 내면에 지니고 있는 현실 이외의 현실이란 없어. 대부분의 사람들이 비현실적으로 사는 이유는 그들이 자기 밖에 있는 것들을 현실이라 여기고, 자기 안에 있는 본래의 세계에게는 말할 기회를 주지 않기 때문이지. 그렇게 해서 행복해질 수도 있겠지. 하지만 일단 다른 해석이 있다는 걸 알게 되면 대부분의 사람들이 가는 길을 선택하지는 않을 거야. 싱클레어, 그들이 가는 길은 쉽지만 우리가 가는 길은 어렵다네. 우리 그 길을 함께 가보도록 하지."

며칠 후 나는 두 번이나 그를 기다렸지만 허탕을 쳤고, 그러다 늦은 저녁 거리에서 그와 마주쳤다. 그는 차가운 밤바람을 맞으며 떠밀리듯 외롭게 모퉁이를 돌아오고 있었다. 완전히 취해 비틀거리는 모습이었다. 그를 부르고 싶지 않았다. 그는 나를 보지 못하고 지나쳐 갔다. 마치 알 수 없는 무언가의 어두운 부름을 따라가는 사람처럼 이글거리는 고독한 눈초리로 앞만 응시하고 있었다. 나는 거리 하나가 끝나는 지점까지 그의 뒤를 따라갔다. 그는 눈에 보이지 않는 철사 줄에 매여 끌려가는 듯, 광적이지만 흐트러진 걸음걸이로 유령처럼 움직였다. 나는 슬픔 속에서 집으로, 구원을 얻지 못한 내 꿈으로 돌아왔다.

"그는 저렇게 자기 내면에서 세계를 새롭게 개혁하고 있구나!" 이렇게 중얼거리며, 동시에 저속한 도덕적 생각을 했다고 느꼈다. 내가 그의 꿈에 대해 무엇을 안단 말인가? 그는 만취 상태에서도, 불안에 시달리며 걷는 나보다 더 확실한 길을 가고 있을 터인데.

그동안 내가 한 번도 주의 깊게 본 적 없는 반 아이 하나가 쉬는 시간 내내 주변을 서성거리는 모습이 눈에 띄었다. 키가 작은 그 소년은 연약해 보이는 깡마른 체구에다 숱이 적은 머리는 붉은 기가 도는 금발이었다. 눈빛이나 행동은 어딘가 독특한 구석이 엿보였다. 어느 날 저녁 집으로 가는 길에 그 애가 골목에서 나를 기다리고 있었다. 그는 내가 자기 앞을 지나갈 때까지 기다리더니, 다시 나를 뒤따라와서 우리 집 현관 앞에 멈춰 섰다.

"나한테 볼 일 있니?" 내가 물었다.

"그냥 너랑 이야기하고 싶은데." 그가 수줍게 말했다. "괜찮으면 나랑 좀 걸을래?"

나는 그를 따라가면서, 그가 몹시 흥분했고 기대에 가득 차 있음을 느꼈다. 손은 바르르 떨고 있었다.

"너 심령술사지?" 그가 불쑥 이렇게 물었다.

"아니야, 크나우어." 나는 웃으며 말했다. "전혀 아니야. 어떻게 그런 생각을 했지?"

"그럼 접신술사겠지?"

"그것도 아니야."

"야, 그렇게 감추려 들지 마! 네게 특별한 능력이 있다는 걸 확실히 느낄 수 있어. 네 눈이 그걸 말해 주고 있어. 나는 틀림없이 네가 영(靈)들과 통하고 있다고 믿어. 그냥 호기심에서 묻는 게 아니야, 싱클레어. 아니라고! 나도 구도자야, 이봐, 나도 혼자라고."

"그럼 어디 이야기해 봐!" 나는 그가 이야기를 계속하도록 북돋아 주었다. "난 영들에 대해 아는 게 거의 없지만, 내 꿈속에 살고 있지. 그걸 네가 느낀 모양이야. 다른 사람들도 역시 꿈속에 살긴 하지만 자기 자신의 꿈속에 살고 있지는 않지. 그게 차이야."

"그래, 그럴지도 몰라." 그가 속삭였다. "중요한 것은 사람들이 어떤 종류의 꿈에서 살고 있느냐 하는 것이지. 백마법(白魔法)에 대해서 들어본 적 있니?"

나는 아니라고 할 수밖에 없었다.

"그걸 배우면 자기 자신을 제어할 수 있게 되지. 죽지 않는 존재가 될 수도 있고, 마법을 부릴 수도 있지. 너는 그런 연습을 해본 적 없니?"

그런 연습이란 것에 내가 호기심을 가지고 질문하자, 처음에 그는 대단한 비밀이나 있는 것처럼 굴었다. 그러다 내가 가려고 돌아서자 그제야 속내를 털어놓기 시작했다.

"예를 들어 나는 잠들고 싶을 때나 집중하고 싶을 때 그런 연습을 해. 무언가를 생각하지. 이를테면 어떤 단어나 이름 혹은 기하학 도형 같은 것을 떠올려. 그다음 나는 할 수 있는 한 그것들을 내 안에다 집어넣는다고 생각하지. 그것들이 내 안에, 내 머릿속에 있다고 상상해 보는 거야. 정말 그렇게 느껴질 때까지 말이야. 그다음에는 목으로 끌어내린다고 생각하고. 이런 식으로 내 몸이 그것으로 가득 찰 때까지 계속 반복하는 거야. 그러고 나면 나는 아주 단단하게 굳어서 어떤 것도 내 평온함을 깨지 못해."

나는 그가 무슨 얘기를 하는지 대충 이해했다. 하지만 그는 더 하고 싶은 말을 가슴에 묻어 두고 있는 것 같았다. 그는 심하게 흥분한 상태였고 급하게 서두르고 있었다. 그가 쉽게 질문할 수 있도록 도와주자, 그는 곧 자기가 원래 품고 있던 관심사를 들고 나왔다.

"너도 금욕하고 있지?" 그는 불안해하며 물었다.

"그게 무슨 소리야? 성적인 것 말이야?"

"그래, 그래. 나는 2년 전에 그 교리를 알고 난 후부터 금욕하고 있지. 그 전엔 부도덕한 짓도 했어. 무슨 말인지 알겠지. 넌 여자하고 자본 적 없니?"

"없어." 내가 말했다. "내게 어울리는 사람을 못 찾았어."

"그럼 네 말대로 네게 어울리는 여자를 만난다면, 그 여자와 잘 거야?"

"그럼, 물론이지. 그 여자가 반대하지 않는다면 말이야." 나는 빈정대며 말했다.

"오, 그렇다면 넌 잘못하고 있는 거야. 내면의 힘은 완전히 금욕적인 생활을 할 때만 키울 수 있어. 나는 2년 동안 그렇게 했어. 2년하고도 한 달이 조금 더 넘었지! 정말 힘들어! 이따금 견디기 힘들 정도로!"

"이봐, 크나우어. 난 금욕이 그 정도로 엄청나게 중요하다고 생각하지는 않아."

"나도 알아." 그가 말을 가로막았다. "모두들 그렇게 말하지. 하지만 난 네가 그런 말을 할 줄은 몰랐어. 좀 더 숭고하고 정신적인 길을 가고자 하는 사람은 순결해야 해. 무조건 말이야!"

"그래, 그럼 그렇게 해! 하지만 난 이해가 안 돼. 자신의 성을 억압하는 사람이 왜 다른 사람보다 '순결한' 거지? 넌 너의 생각과 꿈에서 성적인 것을 완전히 몰아낼 수 있니?"

그는 절망적인 눈길로 나를 바라보았다.

"아니, 그건 안 돼! 맙소사, 그래도 그렇게 해야만 해. 밤마다 나는 나 자신에게도 차마 말할 수 없는 꿈을 꿔! 그건 정말 소름 돋는 꿈이야, 정말로!"

피스토리우스가 했던 말이 생각났다. 하지만 그 말이 아무리 옳다고 해도, 그대로 전할 수는 없었다. 나 자신의 체험에서 나온 것도 아니고, 그것을 따르기에 내 자신도 아직 충분히 성숙하지 못한 상태라고 느끼고 있었기에 그런 충고를 다른 사람에게 해줄 수 없었다. 나는 아무 말도 하지 못했다. 누군가가 내게 조언을 구했는데 그에게 아무 말도 해주지 못한다는 사실에 자존심이 상했다.

"모든 걸 다 해봤어." 옆에서 크나우어가 한탄했다. "할 수 있는 건 다 해봤어. 찬물로 씻고, 눈으로 몸을 비비고, 체조도 해보고, 달리기도 해봤지만 아무 소용없었어. 밤마다 생각도 해서는 안 되는 꿈을 꾸다가 깨어나곤 해. 끔찍한 건 그 때문에 내가 정신적으로 배웠던 모든 것을 차츰 다 잊어버린다는 거야. 이젠 거의 정신을 집중하지도, 잠을 잘 수도 없게 되었어. 종종 뜬눈으로 밤을 지새우기도 해. 이대로는 더 이상 견딜 수 없어. 이러다가 이 싸움에 더 이상 맞서지 못하고 굴복해서 내 몸을 더럽히게 될 것 같아. 그렇게 된다면 나는 애당초 이런 싸움을 시작하지도 않은 다른 사람들보다 더 나쁜 사람이 되는 거야. 무슨 말인지 알겠니?"

나는 고개를 끄덕였다. 하지만 아무런 말도 보탤 수 없었다. 점점 그가 지루해지기 시작했다. 그리고 이제 명백하게 알게 된 그의 곤경과 절망이 내게 그다지 큰 인상을 주지 않는 것에 스스로 놀랐다. 너를 도울 수 없어. 나는 다만 이렇게 느낄 뿐이었다.

"그럼 넌 내게 해줄 말이 전혀 없는 거니?" 마침내 그는 지치고 슬픈 목소리로 말했다. "전혀 없어? 그래도 뭔가 방법이 있을 텐데! 넌 어떻게 하니?"

"너에게 아무 말도 해줄 수 없어, 크나우어. 이런 문제는 서로 도울 수 없는 거야. 나 역시 누구의 도움도 받지 않았어. 너 자신에 대해 깊이 생각해 봐. 그런 다음 진짜 너의 본질에서 우러나오는 대로 행동해야 돼. 다른 방법은 없어. 네가 네 자신을 찾지 못하면, 넌 어떤 영도 발견할 수 없을 거야."

이 작은 녀석은 실망에 빠졌는지 말문을 닫고 나를 쳐다보았다. 그러더니 그의 눈초리가 갑자기 증오로 불타올랐다. 그는 내게 험악한 표정을 지으며 사납게 외쳤다. "야, 아주 고결한 성인군자로구나! 너도 부도덕한 짓을 해, 나도 다 알아! 현자처럼 굴고 있지만 뒤로는 나나 다른 모든 사람들과 똑같이 더러운 욕망에 집착하고 있지! 넌 돼지야, 나처럼 돼지란 말이야. 우리 모두는 돼지라고!"

나는 그를 세워 둔 채 그곳을 떠났다. 그는 두세 걸음 나를 따라오다가 그대로 멈추더니 곧 몸을 돌려 달려갔다. 동정심과 혐오감이 함께 밀려오며 속이 역겨워졌다. 집에 돌아와 내 작은 방에서 그림 몇 장을 세워 놓고 더없이 간절한 마음으로 내 꿈에 몰두할 때까지 나는 이런 기분을 떨쳐 버릴 수 없었다. 그제야 곧바로 꿈이 되살아났다. 집 대문과 문장, 어머니와 낯선 여인. 그리고 그 여인의 표정이 어찌나 뚜렷하던지 나는 당장 그날 저녁부터 그녀의 모습을 그리기 시작했다.

며칠 후, 15분간의 꿈처럼 무의식적으로 그린 그림이 완성되자 나는 그림을 벽에 걸고 탁상 램프를 그 앞에 밀어 놓고는, 승부가 갈릴 때까지 싸워야 하는 영과 맞서기라도 한 것처럼 그 앞에 섰다. 그것은 지난번에 내가 그렸던 얼굴과 비슷했고, 내 친구 데미안의 얼굴과도 비슷했다. 몇 군데는 나 자신과도 닮아 있었다. 한쪽 눈이 다른 쪽보다 눈에 띄게 올라가 있었고, 시선은 운명을 가득 담은 채 나를 넘어 어딘가를 골똘히 응시하고 있었다.

그 앞에 서 있는 나는 내면의 긴장 덕분에 가슴속까지 오싹해졌다. 그림을 향해 질문하고, 그것을 비난하고 애무하고, 그것에 기도도 드렸다. 나는 그 그림을 어머니라 불렀고 애인이라 불렀으며, 창녀요 매춘부라고도 불렀다. 아브락사스라고도 불렀다. 그러는 사이에 피스토리우스의 말이 — 아니 데미안이었던가? — 떠올랐다. 언제 들은 말인지는 기억할 수 없었지만, 그 말을 다시 듣고 있는 것 같았다. 그것은 야곱과 천사의 싸움에 대한 말이었다. '나를 축복하지 않으면 보내 주지 않겠다.'

램프 불빛에 비친 그림 속 얼굴은 내가 부를 때마다 변했다. 환하게 빛나다가 검게 어두워졌고, 생기 없는 눈 위로 창백한 눈꺼풀을 감았다가 다시 떠서 불타는 듯 번쩍이는 눈빛을 보내기도 했다. 그것은 여자이자 남자였고, 소녀였고 조그만 어린아이였으며, 동물이었다. 윤곽이 흐려져 얼룩처럼 보였다가 다시 커지고 분명해지기도 했다. 결국 나는 내면의 강력한 부름을 따라 눈을 감았고, 내면의 눈으로 그림을 보았다. 더 강렬하고 힘찬 모습이었다. 그 앞에 무릎을 꿇으려고 했으나, 그 그림이 내 마음속으로 너무나 깊숙이 들어와 마치 온전히 나 자신이 되어 버린 것 같아 더 이상 떼어 낼 수 없었다.

그때 봄날에 몰아치는 돌풍처럼 어둡고 묵직한 소리가 났고, 나는 불안과 체험이 뒤섞인 것 같은, 설명하기 어려운 새로운 느낌에 몸을 떨었다. 별들이 내 앞에서 번쩍이다 사라져 갔다. 까맣게 잊어버린 최초의 유년 시절까지, 아니 전생(前生)과 생명의 진화 초기 단계까지 거슬러 올라가는 기억들이 내 곁을 물밀듯이 지나갔다. 가장 은밀한 부분까지 내 인생 전부를 반복하는 것 같은 이 기억들은 어제와 오늘로 끝나는 것이 아니라 계속 나아가며 미래를 비추었고, 나를 오늘로부터 낚아채 새로운 삶의 형식 속으로 밀어 넣었다. 이 형식들은 엄청나게 밝고 눈부셨지만, 나중에는 어느 것도 제대로 기억나지 않았다.

한밤중에 깊은 잠에서 깨어나 보니, 나는 옷을 입은 채로 침대에 비스듬히 누워 있었다. 불을 켰다. 뭔가 중요한 것을 기억해야 한다는 기분이 들었지만, 몇 시간 전 일도 기억나지 않았다. 불을 켜자 차츰 기억이 되살아났다. 그림이 어디 있는지 찾았다. 벽에는 걸려 있지 않았고 책상 위에도 없었다. 어렴풋이 내가 태워 버린 것 같다는 생각이 들었다. 내 손으로 태워 재를 먹어 버린 것이 꿈이었던가?

불안이 치밀어 올라 나를 세차게 몰아댔다. 나는 모자를 쓰고 나와 무언가에 억지로 끌려가듯 집과 골목을 지나쳤고, 폭풍에 날리듯 거리를 통과하고 광장을 가로질러 달리고 또 달렸다. 친구의 컴컴한 교회 앞에서 귀를 기울여 보기도 하고, 어두운 충동 속에서 무엇을 원하는지도 모른 채 이리저리 찾아다니기도 했다. 매음굴이 있는 변두리를 지나갔다. 아직도 곳곳에 불이 켜져 있었다. 이보다 더 멀리 떨어진 변두리에는 새로 짓는 건물들과 벽돌 더미가 보였는데, 군데군데 회색 눈으로 뒤덮여 있었다. 몽유병자처럼 알 수 없는 강박에 쫓겨 삭막한 곳 여기저기를 떠돌다 보니, 예전에 박해자 크로머가 계산을 하자며 끌고 갔던 건물이 떠올랐다. 그때와 비슷한 건물이 이 밤 여기 내 앞에 있고, 시커먼 문구멍이 나를 보며 하품을 했다. 이 문구멍이 나를 안으로 끌어 잡아당겼다. 나는 피하려다가 모래와 벽돌 더미에 걸려 비틀거렸다. 끌어당기는 충동이 더 강해져서 나는 안으로 들어가지 않을 수 없었다.

널빤지와 부서진 벽돌에 걸려 나는 이 황량한 공간 안으로 비틀비틀 들어갔다. 축축한 냉기와 벽돌 냄새가 음울하게 피어올랐다. 모래 더미가 밝은 회색 얼룩처럼 놓여 있을 뿐 그 외에는 온통 캄캄했다.

그때 누군가 놀란 목소리로 나를 불렀다. "아니, 싱클레어, 어디서 나타난 거야?"

내 옆의 어둠 속에서 사람 하나가 일어섰다. 키가 작고 말라서 유령처럼 보였다. 순간 머리카락이 곤두섰지만, 곧 그가 친구 크나우어임을 알아차렸다.

"어떻게 여길 왔니?" 그가 흥분해서 넋이 나간 듯 물었다. "어떻게 날 찾아낸 거야?"

무슨 말인지 알 수 없었다.

"너를 찾아온 게 아닌데." 나는 약간 멍해져서 말했다. 말 한 마디 한 마디가 너무 힘들게, 죽은 듯이 무겁고 얼어붙은 입술을 타 넘어 간신히 흘러나왔다.

그는 나를 뚫어지게 쳐다보았다.

"나를 찾은 게 아니라고?"

"그래, 뭔가 모를 힘에 끌려온 거야. 네가 나를 불렀니? 네가 나를 부른 게 틀림없군. 도대체 여기서 뭐하고 있었어? 이 밤중에 말이야."

그는 야윈 두 팔로 있는 힘을 다해 나를 끌어안았다.

"그래, 밤이야. 곧 아침이 될 거고. 오, 싱클레어. 날 잊지 않았구나! 나를 용서해 줄 수 있지?"

"뭘 용서해?"

"아, 내가 너무 추하게 굴었어."

그제야 우리가 나누었던 대화가 기억났다. 그게 사오 일 전이었던가? 그 후로 한평생이 흘러간 것 같았다. 하지만 이제 불현듯 모든 것을 깨닫게 되었다. 우리 사이에 일어났던 일뿐만 아니라, 내가 왜 이곳에 왔으며 크나우어가 여기 이 변두리에서 무엇을 하고자 했는지까지 말이다.

"너 목숨을 끊으려고 했지, 크나우어?"

그는 추위와 공포에 바들바들 떨고 있었다.

"그래, 그러려고 했어. 정말 그렇게 할 수 있었을지는 모르겠지만. 아침이 올 때까지 기다리려고 했어."

나는 그를 끌고 밖으로 나왔다. 지평선을 따라 눈앞에 펼쳐진 그날의 첫 햇살이 뿌연 하늘 아래 이루 말할 수 없이 차갑고도 불쾌한 빛을 뿌리고 있었다.

나는 한동안 친구의 팔을 잡아끌고 걸어갔다. 내 쪽에서 이런 말이 튀어나왔다. "이제 집으로 가. 그리고 아무에게도 말하지 마! 넌 잘못된 길을 갔던 거야. 잘못된 길 말이야! 우리는 네가 말한 것처럼 돼지가 아니야. 우린 인간이라고. 우린 신들을 만들고 신들과 싸우고 있어. 그리고 그들은 우리를 축복하지."

우리는 말없이 좀 더 걷다가 헤어졌다. 집으로 돌아오자 날이 밝았다.

성 ○○시에서 보냈던 시절 중 가장 좋았던 때는 피스토리우스와 함께 오르간 옆에서, 아니면 벽난로 앞에서 보낸 시간이었다. 우리는 아브락사스에 대해 설명한 그리스어 서적을 함께 읽었다. 그는 《베다》[8]를 번역하여 몇 구절을 읽어 주었고, 신성한 '옴'[9]을 발음하는 법을 가르쳐 주기도 했다. 그사이에 내 내면을 키워 준 것은 그의 높은 학식이 아니라 그 정반대의 것이었다. 나를 기쁘게 한 것은 나의 내면이 발전하고 있음을 발견하는 과정이었고, 나의 꿈과 생각과 예감에 대한 신뢰가 점점 더 커가고 있으며 내면에 지니고 있는 힘에 대해 점점 더 많이 알게 되었다는 것이었다.

나는 어떤 식으로든 피스토리우스와 잘 통했다. 나는 그저 그를 강렬하게 상상할 뿐이었고 이렇게 하기만 하면 그 자신이나 그의 안부가 전해져 온다고 확신했다. 데미안에게 그랬듯, 나는 그가 곁에 없어도 그에게 무엇이든 물어볼 수 있었다. 그가 분명히 있다고 상상하고 생각을 집중해 그에게 질문을 던지기만 하면 되었다. 그러면 질문 속에 함께 넣어 보냈던 영혼의 힘이 대답이 되어 내 마음속으로 되돌아왔다. 다만 내가 상상했던 것은 피스토리우스라는 인물도, 데미안이라는 인물도 아니었다. 그것은 내가 꿈꾸고 그렸던 그림이었고, 내가 불러내야 했던 남자이자 여자인 내 데몬의 환영이었다. 그것은 이제 꿈속에서만 존재하거나 종이 위에 그려진 상태로 존재하지 않고 나의 이상이나 나 자신의 고양된 모습으로 내 안에 살고 있었다.

자살에 실패한 크나우어와 맺게 된 관계는 독특했고, 가끔은 웃기기도 했다. 내가 그에게 갔던 그날 밤 이후 크나우어는 충실한 하인이나 개

---

8) Veden. 고대 인도 브라만교 사상의 근본 성전이며 가장 오래된 경전이다. 기원전 2000년부터 기원전 1100년에 이루어졌으며, 인도의 종교·철학·문학의 근원을 이룬다.
9) Om. 힌두교와 불교 등 고대 인도의 종교에서 신성으로 여겨지던 음절이다.

처럼 내게 매달렸고, 자기 삶을 내 삶에 연결시키려고 애쓰면서 맹목적으로 나를 따라다녔다. 그는 기상천외한 질문과 소망을 들고 나를 찾아와 영들을 보고 싶어 했고 카발라[10]를 배우고 싶어 했다. 내가 그런 것은 모른다고 아무리 말을 해도 그는 도무지 믿으려 들지 않았다. 그는 내게 무엇이든 다 해낼 수 있는 힘이 있다고 믿었다. 하지만 정말 이상하게도 내가 어떤 문제의 꼬인 매듭을 풀어야 할 때마다 그가 놀랍고도 바보 같은 질문을 들고 나를 찾아왔고, 그의 변덕스러운 발상이나 관심사가 내게 문제를 해결하는 실마리나 계기가 되곤 했다. 때로는 귀찮게 느껴져서 고압적인 태도로 그를 쫓아 버리기도 했지만 그 또한 내게 보내진 사람임을 느끼고 있었다. 내가 그에게 준 것도 두 배가 되어 돌아왔고, 그도 내게 인도자이자 길이었다. 그가 내게 가져와 그 속에서 구원을 얻으려 했던 놀라운 책이나 글들은 당시에 내가 알고 있던 것보다 더 많은 것을 가르쳐 주었다.

나중에 크나우어는 내가 미처 깨닫지도 못한 사이에 내 눈앞에서 사라졌지만 나는 아무런 감정도 느끼지 못했다. 그와는 논쟁을 벌일 필요가 없었다. 하지만 피스토리우스는 달랐다. 성 ○○시에서의 학창 시절이 끝날 무렵 나는 그와 또 한 번 이상한 일을 체험했다.

아무리 순진한 사람이라도 살면서 한두 번쯤 경건함과 감사함이라는 미덕과 갈등을 겪기 마련이다. 누구나 한번은 아버지나 선생님과 헤어지는 첫발을 내디뎌야 한다. 비록 대부분 참지 못하고 금방 다시 숨을 곳을 찾지만 누구나 한번은 고독의 쓰라림을 맛보아야 한다. 나는 내 부모님과 그분들의 세계, 내 아름다운 유년기의 '밝은' 세계와 격렬하게 싸운

---

10) Kabbala. 유대교의 신비주의적 교파, 또는 그 가르침을 적은 책을 말한다. 중세부터 근세에 걸쳐서 확산되었다.

끝에 뛰쳐나온 게 아니었다. 그 세계는 거의 눈에 띄지 않게 서서히 멀어지고 낯설어졌다. 애석한 일이었고, 그래서 나는 고향 집에 갈 때면 꽤나 자주 괴로운 시간을 보내야 했다. 하지만 이런 감정이 마음 깊은 곳까지 파고들지는 못했다. 견딜 만했다.

하지만 우리가 습관이 아닌 내면의 고유한 충동으로 사랑하고 공경했던 곳, 우리가 진정으로 제자가 되고 친구가 되었던 곳 — 그곳에서 흐르는 우리 내면의 주된 물결이 갑자기 사랑하는 사람을 떠나려 한다는 것을 알았을 때, 그때는 참으로 씁쓸하고도 무서운 순간이다. 친구나 선생님을 거부하겠다는 생각 하나하나가 독침으로 변해 우리 자신의 심장을 겨누게 되고, 이것을 막으려고 후려친 손이 도리어 자신의 얼굴을 때리게 된다. 그럴 때면 자기가 정당한 도덕심을 지니고 있다고 여기던 사람에게 '배신'이나 '배은망덕'이라는 말이 치욕스러운 외침이나 낙인처럼 나타난다. 이때 그는 깜짝 놀라 두려움에 떨며 유년 시절의 미덕들이 지배하는 아늑한 골짜기로 도망쳐 들어가고, 이런 단절이 일어나야 하고 이런 유대가 끊어져야 한다는 것을 믿지 못하게 된다.

시간이 흐르면서 내 친구 피스토리우스를 무조건적인 인도자로 인정해야 한다는 데 거부감이 생겨났다. 청춘의 가장 중요한 몇 달간 나는 그와 우정을 나누고, 그의 조언을 들었으며, 그에게 위로를 받고, 그와 한껏 가까워졌다. 신은 그를 통해 내게 말을 했다. 내 꿈들은 그의 입을 통해 내게로 돌아와 해명되고 해석되었다. 그는 내가 나 자신을 찾아갈 수 있는 용기를 주었다. 아, 그런데 이제 그를 향한 반감이 서서히 자라나고 있다. 그의 말에는 너무 많은 훈계가 섞여 있었고, 그가 나의 일부분만을 제대로 이해한다고 느꼈다.

우리 사이에 다툼은 없었다. 요란한 언쟁도 벌어지지 않았다. 결별이

나 관계를 청산하는 일 따위는 더더욱 없었다. 내가 그에게 딱 한 마디, 악의라곤 전혀 없는 한 마디를 했을 뿐이었다. 하지만 그때가 바로 우리 사이의 환상이 오색찬란한 유리 조각으로 산산이 부서지는 순간이었다.

이미 얼마 전부터 막연한 예감이 나를 짓누르고 있었다. 이 예감은 어느 일요일 그의 낡은 서재에서 뚜렷한 감정으로 변했다. 우리는 벽난로를 앞에 두고 방바닥에 엎드려 있었다. 피스토리우스는 비밀 의식과 여러 종교 형태에 대해 이야기하고 있었다. 그는 이런 것들을 연구하고 깊이 생각하며, 이것들의 가능한 미래에 대해서도 몰두하고 있었다. 하지만 내 생각에는 이 모두가 살아가는 데 중요한 것이라기보다는 그저 특이하고 흥미로운 일일 뿐이었다. 내게는 그저 현학적인 이야기로, 이전 세계의 폐허를 탐색하는 고단한 소리로만 들렸다. 불현듯 이런 모든 방식, 신화 숭배, 전승된 종교 형태들을 짜 맞추는 모자이크 놀이에 대해 반감이 들었다.

"피스토리우스." 나는 나 자신도 당황스럽고 놀랄 만큼 독기가 가득한 목소리로 불쑥 입을 열었다. "꿈 이야기나 한 번 더 해주세요. 당신이 밤에 꾼 진짜 꿈 말이에요. 지금 하고 있는 말들은 정말……, 그러니까 너무나도 지독하게 케케묵은 것이에요!"

지금까지 그는 내가 이런 식으로 말하는 것을 한 번도 들어 본 적이 없었다. 그 말을 내뱉는 순간, 내가 그를 향해 날려 그의 심장에 명중시킨 화살이 바로 그의 무기고에서 가져온 것임을 깨닫게 되었다. 수치심과 놀라움이 번개처럼 나를 스쳐 갔다. 그가 이따금 반어적인 말투로 내뱉었던 자기비판의 화살을 내가 지금 악의적으로 더욱 날카롭게 다듬어 그에게 쏜 것이다.

그도 금방 그것을 느꼈다. 그리고 곧바로 말문을 닫았다. 나는 두려운 마음으로 그를 바라보았고 곧 그의 얼굴이 무서울 정도로 창백해지는 모습을 목격했다.

길고 무거운 침묵이 흐른 뒤 그가 새 장작을 불 위에 올려놓으며 조용히 말했다. "자네 말이 전적으로 옳아, 싱클레어. 자네는 영리한 친구야. 이젠 그런 케케묵은 이야기로 자네를 성가시게 하지 않겠네."

그는 아주 조용히 말했지만, 나는 그 목소리에서 그가 입은 상처의 고통을 충분히 들을 수 있었다. 도대체 내가 무슨 짓을 했단 말인가!

금방이라도 눈물이 쏟아질 것 같았다. 그에게 다가가 진심으로 용서를 빌고, 나의 사랑과 애틋한 고마움을 증명하고 싶었다. 그를 감동시킬 만한 말들도 떠올랐지만, 그 말을 차마 꺼낼 수가 없었다. 나는 엎드린 채 난롯불만 들여다보며 침묵했다. 그도 말이 없었다. 우리는 그렇게 엎드려 있었고, 불은 다 타서 천천히 꺼져 갔다. 불꽃이 하나하나 사그라질 때마다 다시는 돌이킬 수 없는 아름답고 친밀한 무언가도 함께 타서 날아가 버리는 것만 같았다.

"제 말을 오해했을까 봐 걱정입니다." 결국 나는 짓눌리고 메말라 쉰 듯한 목소리로 말을 꺼냈다. 어리석고 무의미한 말들이 신문 연재소설을 낭독하듯 기계적으로 내 입에서 흘러나왔다.

"난 자네 말을 정확히 이해했네." 피스토리우스는 나직이 말했다. "그리고 자네 말이 맞아." 그는 조금 기다렸다가 천천히 말을 이어나갔다. "한 사람이 다른 사람에 대해 옳을 수 있는 한도 내에서, 자네는 옳았네."

아니, 아니에요, 내가 틀렸어요! 내 마음속 무언가가 외쳤다. 하지만 아무 말도 할 수 없었다. 나는 그 사소한 단 한 마디 말로 그의 본질적인 약점과 곤경, 상처를 건드렸다. 그가 스스로를 불신하는 바로 그 점을 건드린 것이다. 그의 이상은 '케케묵은' 것이었고, 그는 과거로 향하는 구도자였으며 낭만주의자였다. 그리고 문득 나는 절실히 느꼈다. 피스토리우스가 내게 의미했고 내게 주었던 바로 그것이 정작 자신에게는 의미가 될 수도, 전달될 수도 없었음을. 인도자인 자신마저 뛰어넘고 떠나야만 하는 길로 그는 나를 이끌어 온 것이다.

어쩌다 그런 말이 나오게 되었을까! 나쁜 뜻은 전혀 없었고 파국이 오리라고는 예상조차 하지 못했다. 입을 떼는 그 순간에도 내가 무슨 말을 하고 있는지 모르고 있었다. 사소하며, 약간은 재치도 있고 심술궂기도 한 생각을 떠오른 대로 말한 것뿐인데, 그것이 운명이 되어 버렸다. 그저 나는 부주의 속에 야만적인 말을 내뱉은 것뿐인데, 그것이 그에게는 심판이 되어 버린 것이다.

아, 그때 나는 그가 화를 내고, 스스로를 변호하고, 내게 호통치기를 얼마나 간절히 바랐던가! 그러나 그는 그렇게 하지 않았고 나는 그 모든 것을 내 마음속에서 스스로 해야만 했다. 할 수만 있었다면 그는 아마 미소까지 지어 보였을 것이다. 그가 그럴 수도 없었다는 점에서 내가 그에게 얼마나 큰 상처를 주었는지 알 수 있었다.

피스토리우스는 건방지고 배은망덕한 제자인 나의 공격을 그토록 조용하게 감수함으로써, 침묵으로 내가 옳았다고 말해 줌으로써, 내 말을 운명으로 인정함으로써, 내가 나 자신을 증오하게 하였고 내 경솔함을 몇천 배나 더 크게 부각시켰다. 그를 공격했을 때, 나는 저항력이 있는 강자를 때린 거라고 생각했다. 그런데 이제 보니 그는 조용하고 인내심이 있는 인간, 저항 없이 침묵으로 항복하는 인간이었다.

오랫동안 우리는 서서히 꺼져 가는 불 앞에 엎드려 있었다. 불 속에서 타오르는 형체 하나하나가, 구부러져 재가 되는 장작 하나하나가 행복하고 아름답고 풍요로웠던 시간들을 기억하게 했고, 내 의무감의 빚을 점점 더 높이 쌓아 올렸다. 마침내 더 이상 참을 수 없게 되자 나는 일어나 그곳을 빠져 나왔다. 한참을 문 앞에서, 어두운 계단에서, 또 한참을 집 밖에서 혹시 그가 따라 나오지 않을까 기다리며 서 있었다. 그런 다음 발길을 돌려 저녁이 될 때까지 몇 시간이고 시내와 교외, 공원과 숲을 헤매고 다녔다. 그때 처음으로 나는 내 이마에 카인의 표적이 있음을 느꼈다.

나는 서서히 깊은 생각에 잠겼다. 내 생각들은 모조리 나를 책망하고 피스토리우스를 옹호하려는 의도로 가득했다. 그런데 결과는 모두 정반대였다. 나는 천만번이라도 내 경솔한 말을 뉘우치고 철회할 준비가 되어 있었다. 하지만 그럼에도 내 말이 맞았다. 그제야 피스토리우스를 이해하고 그의 꿈 전체를 그려 볼 수 있었다. 그의 꿈은 사제가 되고 새로운 종교를 포교하는 것, 정신의 고양과 사랑, 예배에 새로운 형식을 부여하고 새로운 상징을 세우는 것이었다. 하지만 이것은 그의 힘으로 할 수 있는 일이 아니었고, 그의 사명도 아니었다. 그는 최선을 다해 과거에 머물렀고 과거에 대해 너무나 정확하게 알고 있었다. 그는 이집트나 인도, 미트라나 아브락사스에 대해 너무 많은 것을 알고 있었다. 그의 사랑은 세상이 이미 보았던 모습들에 매여 있었다. 그러면서도 마음 깊은 곳에서는 새로운 세상은 새롭고도 달라야 한다는 사실을, 새로운 대지에서 솟아나야지 박물관이나 도서관에서 만들어져서는 안 된다는 사실을 알고 있었다. 그의 사명은 아마도 내게 그랬듯이 사람들이 자기 자신을 찾아가도록 도와주는 일이었을 것이다. 그 사람들에게 그들이 한 번도 들어 본 적이 없는 것, 즉 새로운 신의 존재를 알려주는 일은 그의 사명이 아니었던 것이다.

그때 마침내 깨달음이 예리한 불꽃이 되어 내게서 타올랐다. 누구에게나 '사명'은 있지만, 누구도 그것을 스스로 선택하거나 고치거나 마음대로 관리할 수는 없다는 사실이었다. 새로운 신을 원한다는 것도 잘못이고, 세상에다 무엇인가를 주고자 하는 것도 전적으로 잘못이었다! 깨어 있는 사람에게 단 한 가지, 자기 자신을 찾고 자기 안에서 흔들리지 않으며, 그것이 어디로 향하든 자신의 길을 더듬어 앞으로 계속 나아가는 것 이외의 다른 의무는 절대, 절대, 절대로 존재하지 않는다. 이런 깨달음이 내 마음을 송두리째 흔들어 놓았다. 이것이야말로 이 체험에서 내가 얻은 결실이었다. 때때로 나는 미래의 모습들로 상상의 유희를 즐겼다. 시인, 예언가, 화가 등 내게 부여되었을 역할들을 꿈꾸어 보았다. 이 모든 것은 아무것도 아니었다. 나는 시를 쓰거나 설교를 하거나 그림을 그리기 위해서 존재하는 게 아니었다. 나는 물론이고 다른 어떤 사람도 그런 것을 위해 존재하지는 않는다. 그 모든 것은 부차적으로 생겨날 따름이다. 누구에게나 참된 소명이란 오로지 자기 자신에게 도달하는 것, 이것 단 하나뿐이다. 이 소명이 어쩌면 시인이나 광인, 예언자나 범죄자로 끝날지도 모른다. 이런 것은 문제가 아니다. 그렇다, 끝에 가면 이런 것은 전혀 중요해지지 않는다. 인간이라면 누구나 해야 할 일은, 임의의 것이 아닌 바로 자기 자신의 운명을 찾는 것이고, 어떤 압력에도 굴하지 않고 완전히 그 운명에 따라 끝까지 살아가는 것이다. 이 외에 다른 모든 것은 반쪽짜리일 뿐이고, 벗어나려는 시도이며, 대중적 이상으로의 퇴행적 도피이자 순응, 자기 내면에 대한 두려움이다. 새로운 생각이 두렵고도 성스러운 모습으로 내 앞에 떠올랐다. 수없이 예감했고 아마 이미 여러 차례 언급도 있었지만, 그제야 비로소 체험하게 된 것이다. 나는 자연이 던져 놓은 무언가다. 불확실성 속으로, 아마 새로움을 향한, 어쩌면 무(無)를 향한 투척이다. 원초적 심연으로부터의 이 시도가 영향을 발휘하게 하고, 그 의지를 내 안에서 느끼며 온전히 내 의지로 만드는 것, 오직 그것만이 내 소명이었다. 오직 그것만이!

　나는 이미 숱한 고독을 맛보았다. 그런데 이제 나는 이보다 더 깊은 고독이 있고, 거기서 벗어날 수 없다는 것을 예감했다.

　나는 피스토리우스와 화해를 시도하지 않았다. 우리는 여전히 친구였지만 관계는 약간 변했다. 우리는 그 일에 대해서 딱 한 번 이야기했다. 아니 사실은 그 혼자서만 이야기를 했다. 그는 이렇게 말했다. "자네도 알다시피 나는 사제가 되려는 소망을 품고 있지. 우리가 그토록 수없이 예감했던 새로운 종교의 사제가 되고 싶어. 하지만 그렇게 될 수는 없을 거야. 알고 있어. 솔직하게 털어놓지는 못했지만, 벌써 오래전부터 알고 있었지. 나는 다른 방식으로 사제 일을 수행할 거야. 어쩌면 오르간으로, 아니면 또 다른 방법으로 말이야. 하지만 나는 늘 내가 아름답고 성스럽다고 느끼는 것, 이를테면 오르간 음악이나 비밀 의식, 상징과 신화 같은 것에 둘러싸여 있어야 해. 내겐 그런 것들이 필요하고 그것들을 떠나고 싶지 않네. 이게 내 약점이지. 나도 알아, 싱클레어. 그런 소망을 품어서는 안 된다는 것, 그게 사치이고 약점이라는 것을 나도 조금씩 깨닫고 있어. 내가 아무런 요구 없이 단순하게 운명을 따르는 길이 더 위대하고 올바른 일인지도 모르지. 하지만 난 그렇게 할 수 없다네. 그것이 내가 할 수 없는 유일한 일이지. 아마 자네라면 언젠가 그렇게 할 수 있을 거야. 그것은 어려운 일이야. 이보게, 이 세상에 유일하게 존재하는 진정으로 어려운 일이라고. 때때로 나는 그런 꿈을 꾸곤 했지만, 그럴 수는 없어. 생각만 해도 몸서리가 쳐진다네. 나는 그렇게 완전히 발가벗고 외롭게 살 수는 없어. 나도 따뜻한 잠자리와 먹이가 필요하고, 때로는 비슷한 족속과 가까이하고 싶어 하는 한 마리 불쌍하고 나약한 개일 뿐이야. 정말 자신의 운명 외에 아무것도 원하지 않는 사람에게 자신과 비슷한 자들이란 있을 수 없지. 그는 완전히 홀로 살고 그의 주위에는 차가운 우주만 감싸고 있을 뿐이야. 이봐, 그게 바로 겟세마네 동산의 예수라네. 기꺼이 십자가에 못 박힌 순교자들도 있었지만, 그들도 영웅은 아니었네. 모든 것에서 완전히 자유롭지도 않았어. 그들 역시 좋아하는 것, 고향처럼 친숙한 무언가를 원했으니까. 그들에게는 따라야 할 모범이 있고 이상이 있었던 거지. 그저 운명만을 원하는 사람에게는 더 이상 모범도 이상도 없고, 좋아하거나 위안이 되는 것도 없는 법이라네! 원래 우리는 이런 길을 가야 하네. 나나 자네 같은 사람들은 외롭기는 하지만 그래도 우리에게는 아직 서로가 있어. 남들과 다르게 살고, 세상에 반항하고, 비범한 것을 원한다는 은밀한 만족감이 있지. 하지만 이 길을 온전히 가고자한다면 이런 감정 역시 떨쳐 버려야 해. 그런 사람은 혁명가도, 모범적인 인물도, 순교자도 되고자 해서는 안 돼. 그런 것은 상상할 수도 없는 일이야."

그렇다. 그것은 상상할 수도 없는 일이었다. 하지만 꿈은 꿀 수 있었고, 미리 알아보고 예감할 수는 있었다. 완벽하게 고요한 시간을 갖게 되었을 때 나는 몇 번인가 그런 것을 느낀 적이 있었다. 그럴 때면 나는 내면으로 눈길을 돌렸고, 내 운명의 영상이 눈을 부릅뜨고 응시하는 모습을 보았다. 그 눈은 지혜로 가득 차 있을 수도, 광기로 충만해 있을 수도, 사랑의 빛을 발하거나 깊은 악의로 빛날 수도 있었다. 하지만 그것은 아무래도 상관없었다. 그 가운데 어떤 것도 선택하거나 원할 수 없으며, 그래서도 안 된다. 우리가 원할 수 있는 것은 오직 자신, 자신의 운명뿐이었다. 피스토리우스는 내가 거기에 이르는 여정 중에서 한 구역을 안내하는 인도자였다.

그 시절 나는 눈먼 사람처럼 이리저리 헤매고 다녔다. 내 마음에는 폭풍이 몰아쳤고, 내딛는 걸음마다 위험천만했다. 내 앞에는 캄캄한 심연 외에 아무것도 없었는데, 지금까지 걸어온 모든 길이 이 심연 속으로 사라지고 가라앉았다. 내 마음속에서는 데미안을 닮은 인도자의 모습이 보였는데, 그의 눈에 내 운명이 놓여 있었다.

나는 종이에다 이렇게 썼다. "안내자가 나를 떠났습니다. 나는 완전한 어둠 속에 있습니다. 혼자서는 한 발자국도 내디딜 수 없습니다. 도와주세요!"

그 종이를 데미안에게 보내려다 결국 그만두었다. 그렇게 하려고 할 때마다 왠지 어리석고 무의미해 보였다. 하지만 나는 그 작은 기도문을 외웠고, 자주 속으로 되뇌었다. 그 기도는 매시간 나와 함께했다. 나는 기도가 무엇인지 깨닫기 시작했다.

내 학창 시절은 끝났다. 나는 방학 동안 여행을 하기로 했다. 그것은 아버지의 생각이었다. 그런 다음 대학에 입학할 예정이었다. 어떤 학과로 갈지는 몰랐다. 한 학기 정도는 철학을 듣기로 허락받았다. 아마 다른 과목을 공부했더라도 마찬가지로 만족했을 것이다.

7장

Frau Eva
에바 부인

　방학 때 나는 데미안과 그의 어머니가 예전에 살던 집으로 찾아가 보
았다. 한 나이 든 부인이 정원을 산책하고 있었다. 나는 말을 걸었고, 그
녀가 이 집 주인임을 알게 되었다. 나는 데미안 가족에 대해 물어보았다.
노부인은 그들을 잘 기억하고 있었지만 그들이 지금 어디 살고 있는지는
알지 못했다. 내 관심을 알아챈 그녀는 나를 집 안으로 데리고 들어가더
니, 가죽 앨범을 찾아와 데미안 어머니의 사진 한 장을 보여 주었다. 내
게는 그녀에 대한 기억이 거의 없었다. 하지만 그 작은 사진을 보는 순간
심장이 멎는 것 같았다. 그것은 내가 꿈속에서 본 모습이었다! 그것은 그
녀였다. 큰 키에, 거의 남자처럼 생긴 여인의 모습, 아들과 닮았으면서도
모성애가 느껴지는 표정, 엄격하고 깊은 열정이 엿보이는 표정, 아름답

고 매혹적이며, 동시에 아름답지만 가까이할 수 없는 데몬이자 어머니이고, 운명이자 연인. 바로 그녀였다!

내 꿈속의 모습이 이 세상에 살고 있음을 알고 나니 엄청난 기적이 일어난 것 같다는 느낌이 들었다. 저런 모습의 여인이, 내 운명의 표정을 지닌 여인이 있었다니! 그녀는 어디에 있었던가? 어디에? 그런데 그녀가 바로 데미안의 어머니였다.

그 후 나는 곧바로 여행을 떠났다. 이상한 여행이었다! 줄곧 그 여인을 찾아다니면서 내키는 대로 이곳저곳을 끊임없이 돌아다녔다. 그녀를 떠올리게 만들고, 그녀를 연상시키고, 그녀와 닮은 모습을 만나는 날들도 있었다. 나는 그 모습에 끌려 마치 뒤엉킨 꿈속을 헤매는 것처럼 낯선 도시의 골목길, 기차역, 열차 안으로 따라다녔다. 또 내가 그렇게 찾아다니는 게 얼마나 쓸데없는 짓인지를 깨닫는 날들도 있었다. 그럴 때면 아무 일도 하지 않고 공원이나 호텔 정원, 대합실에 주저앉아 내 마음을 들여다보며 내면에 자리 잡은 그 모습을 되살려 보려고 애를 썼다. 하지만 그 모습은 곧 부끄러움 속으로 사라져 버렸다. 나는 제대로 잠을 잘 수 없었다. 그저 기차를 타고 미지의 풍경을 스쳐 가며 잠깐씩 꾸벅꾸벅 조는 게 고작이었다. 한번은 취리히에서 어떤 여자가 내 뒤를 따라왔다. 얼굴은 예뻤지만 좀 뻔뻔한 여자였다. 나는 허공을 응시하듯 그녀를 거들떠보지도 않고 계속 걸어갔다. 다른 여자에게 한 시간이라도 관심을 갖느니 차라리 당장 죽어 버리는 게 나았다.

내 운명이 나를 끌어당기고 있음을 느꼈고, 운명이 이루어질 날이 가까이 다가오고 있음을 느꼈다. 그런데도 이를 위해 내가 할 수 있는 일이 전혀 없다는 사실에 조바심이 나 미칠 지경이었다. 한번은 기차역에서, 아마도 인스부르크 역인 듯한데, 나는 막 출발한 기차의 차창에서 그녀를 떠올리게 하는 모습과 마주쳤고, 그 덕분에 며칠간 비참한 기분에 빠져 있었다. 그런데 이 모습이 어느 날 밤 돌연히 다시 꿈에 나타났다. 나는 나의 의미 없는 추적에 창피함과 공허함을 느끼며 잠에서 깨어나 곧장 집으로 돌아왔다.

몇 주 뒤 나는 H 대학에 입학했다. 모든 것이 실망스러웠다. 내가 들은 철학사 강의나 어린 대학생들의 태도는 양쪽이 다 매한가지로 무의미하고 기계적이었다. 모든 것이 틀에 박혀 있었고, 누구나 똑같이 행동했다. 소년티를 못 벗은 얼굴에 드러난 상기된 쾌활함은 슬프도록 공허했고 마치 기성품 같아 보였다. 하지만 나는 자유로웠다. 온종일 나를 위해 시간을 보냈고, 교외의 낡은 집에서 조용하고 편안하게 지냈다. 내 책상에는 니체의 책 몇 권이 놓여 있었다. 나는 니체와 함께 살며 그의 영혼이 겪었던 고독을 느꼈다. 그를 끊임없이 몰아댄 운명의 냄새를 맡고 그와 함께 고통을 나누기도 했다. 그리고 그토록 엄격하게 자신의 길을 간 사람이 있었다는 사실에 기뻐했다.

어느 늦은 저녁, 나는 가을바람을 맞으며 도시를 느긋하게 거닐고 있었다. 여러 술집에서 대학생 모임의 노랫소리가 들렸다. 열린 창문으로 담배 연기가 구름처럼 자욱하게 흘러나왔다. 거센 물결이 한바탕 몰아치는 양 노랫소리는 크고 요란했지만, 생기 없이 그저 단조로웠다.

나는 길모퉁이에 서서 귀를 기울였다. 두 술집에서 정확하게 연습된 청춘의 쾌활함이 밤하늘로 울려 퍼졌다. 어디에서나 사람들의 모임이었고, 어디에서나 함께 웅크려 앉은 모습이었으며, 어디에서나 운명을 내려놓고 따뜻한 무리들 속으로 도피할 뿐이었다!

내 뒤로 두 남자가 천천히 지나가고 있었다. 그들이 나누는 대화가 얼핏 들렸다.

"흑인 마을에 있는 청년들의 집과 똑같지 않아요?" 둘 중 한 남자가 말했다. "모든 것이 일치해요. 심지어 문신까지 유행이잖아요. 봐요, 이게 바로 신(新)유럽이에요."

그 목소리는 이상하게도 내게 경고음처럼 들렸고 — 익숙했다. 나는 어두운 골목길로 그 둘을 따라갔다. 한 사람은 덩치가 작고 세련된 일본인이었다. 가로등 아래서 그의 미소 띤 누런 얼굴이 환하게 빛나고 있었다.

그때 다른 남자가 다시 말했다.

"그런데 당신네 일본도 여기보다 더 낫지는 않을 것 같은데요. 무리를 이루지 않는 사람은 어디를 가더라도 드문 법이니까요. 여기도 몇몇 있기는 하지만요."

그의 말 한 마디 한 마디가 내 마음에 스며들어 즐거운 놀라움이 되었다. 나는 말하고 있는 사람이 누구인지 알았다. 그는 데미안이었다.

바람 부는 밤에 나는 데미안과 일본인을 따라가면서 어두운 골목길을 걸었고, 그들의 대화를 들으며 데미안의 목소리가 내는 울림을 즐겼다. 그 목소리는 옛날 그대로였다. 옛날처럼 훌륭한 확신과 안정감이 배어 있었으며, 또 나를 지배하는 힘이 있었다. 이제는 모든 것이 다 좋았다. 내가 데미안을 찾은 것이다.

교외의 어느 거리 끝에서 일본인이 작별 인사를 하고 현관문을 열었다. 데미안은 길을 되돌아왔다. 나는 그 길 한복판에 멈춰 서서 그를 기다렸다. 뛰는 가슴을 안고 그가 곧고 경쾌한 걸음걸이로 내게 다가오는 모습을 보았다. 그는 갈색 레인코트 차림에 팔에는 가느다란 지팡이를 걸고 있었다. 걸음걸이를 한결같이 유지한 채, 그는 내 코앞까지 다가와 모자를 벗고 예전의 그 환한 얼굴을 보여 주었다. 단호한 입매와 유난히 밝아 보이는 넓은 이마까지.

"데미안!" 내가 외쳤다.

그가 내게 손을 내밀었다.

"싱클레어, 너였구나! 기다리고 있었어."

"내가 여기 있다는 걸 알았어?"

"확실하게 알고 있었던 건 아니지만, 반드시 그렇게 되기를 바라고 있었지. 오늘 저녁에 처음으로 널 봤어. 넌 저녁 내내 우리를 따라왔잖아."

"그럼, 나를 바로 알아봤어?"

"물론이지. 조금 변하기는 했지만, 넌 표적을 지니고 있잖아."

"표적? 무슨 표적 말이야?"

"네가 아직도 기억할 수 있다면, 전에 우리는 그것을 카인의 표적이라고 했지. 그것은 우리의 표적이야. 넌 그걸 늘 지니고 있어. 그래서 내가 네 친구가 된 거야. 그런데 지금은 그게 더욱 뚜렷해졌군."

"난 몰랐어. 아니, 어쩌면 알고 있었는지도 몰라. 언젠가 네 그림을 그린 적이 있었어, 데미안. 그런데 그 그림이 나하고도 닮아서 깜짝 놀랐었지. 그것이 표적이었을까?"

"그게 표적이었어. 네가 여기 있다니 정말 기쁘구나! 어머니도 좋아하실 거야."

나는 깜짝 놀랐다.

"어머니라고? 어머니도 여기 계셔? 하지만 나를 전혀 모르실 텐데."

"아, 어머니는 널 알고 계셔. 네가 누군지 말씀드리지 않아도 너를 알아보실 거야. 우리 오랫동안 소식이 없었지."

"아, 자주 편지하려고 했는데, 그러질 못했어. 얼마 전부터 너를 곧 만날 것 같다는 생각이 들었어. 그래서 매일 기다렸지."

데미안은 내 팔짱을 끼고 계속 함께 걸었다. 평온함이 그에게서 흘러나와 내게로 전해졌다. 우리는 곧 예전처럼 이야기를 나누었다. 학창 시절과 견진 성사 수업, 그리고 방학 중 그 불행했던 만남을 회상했다. 하지만 우리 둘 사이를 처음으로 긴밀하게 엮어 주었던 사건, 즉 프란츠 크로머 사건에 대해서는 이번에도 이야기하지 않았다.

생각지도 못한 사이에 우리는 기이하고도 예감에 가득 찬 대화를 나누게 되었다. 데미안이 그 일본인과 나누었던 대화를 떠올리면서 우리는 대학 생활을 이야기하다가 이와는 아주 동떨어진 듯한 다른 이야기로 넘어갔다. 하지만 데미안의 말 속에서는 모든 것이 긴밀하게 연결되었다.

그는 유럽 정신과 현시대의 특징에 대해 이야기했다. 그는 어디를 가든 동맹을 맺고 무리를 짓는 일이 유행하지만, 자유와 사랑은 그 어디에서도 찾아볼 수 없다고 말했다. 대학생 단체나 합창단부터 국가에 이르기까지 모든 공동체는 강제로 형성되었고 공포와 두려움, 당황스러움에서 비롯되었다고 했다. 또한 그런 공동체는 내부적으로 부패하고 낡았으며, 머지않아 와해될 것이라고도 했다.

"공동체를 만드는 것은 좋은 일이야." 데미안이 말했다. "하지만 지금 도처에서 번성하고 있는 공동체는 전혀 그렇지 않아. 참된 공동체는 개인들이 서로를 알게 됨으로써 새로 생겨날 것이고 한동안 세계를 바꿀 거야. 그런데 지금 결성되는 공동체라는 것은 그냥 무리 짓기에 불과해. 사람들은 서로에게로 도피하고 있어. 서로 불안해하기 때문이야. 신사는 신사들끼리, 노동자는 노동자들끼리, 그리고 학자는 학자들끼리 모이지. 그런데 그들은 왜 불안해할까? 사람들은 자기 자신과 하나가 되지 못할 때만 불안에 휩싸이지. 자기 자신에 대해 전혀 알지 못하기 때문에 그런 거야. 순전히 자기 안에 있는 미지의 존재에 대해 불안을 느낀 사람들이 모여 이루어 낸 공동체! 그들은 모두 자기 삶의 법칙들이 이제는 더 이상 어울리지 않는다고 느끼고 있어. 자신들이 낡은 계율에 따라 살아간다고 느끼는 거지. 자신의 종교나 윤리 중 그 무엇도 우리가 필요로 하는 삶에 어울리지 않는다는 것을 말이야. 유럽은 백 년 이상을 오로지 연구만 하고 공장만 지었어! 그들은 한 사람을 죽이는 데 화약이 몇 그램 필요한지는 정확히 알고 있지만, 신에게 어떻게 기도하는지는 몰라. 또 어떻게 하면 한 시간을 가장 즐겁게 보낼 수 있는지도 모르지. 대학생들이 드나드는 술집을 한번 봐! 아니면 부자들이 출입하는 유흥장을 보든지! 절망적이야! 친애하는 싱클레어. 어디에서도 명랑한 분위기는 찾아볼 수 없어. 그렇게 불안 속에 모여든 사람들은 걱정과 악의로 가득 차 있어. 누구 하나 다른 사람들을 믿지 않아. 그들은 이미 더는 이상이 아닌 이상에 매달리고, 새로운 이상을 내세우는 사람에게 돌을 던지지. 충돌이 있다는 게 느껴져. 곧 충돌할 거야. 내 말 믿어, 머지않아 그럴 거야! 물론 그 싸움은 세계를 '개선'하지 못할 거야. 노동자들이 사장을 때려죽이든, 러시아와 독일이 서로 총질을 하든, 결국 주인만 바뀌는 꼴이니까. 그렇다고 아주 소용없는 일만은 아닐 거야. 오늘날의 이상이 무가치하다는 것이 밝혀질 테고, 석기 시대의 신들을 모조리 없애 버릴 테니까. 지금의 이 세계는 사멸하려 하고, 무너지려 해. 그리고 그렇게 될 거야."

"그럼 그때 우리는 어떻게 될까?" 나는 물었다.

"우리 말이야? 아, 아마 같이 몰락하겠지. 우리 같은 사람들도 맞아 죽을 수 있어. 다만 완전히 절멸하는 일만은 없어야겠지. 우리가 남긴 것이나 우리 가운데 살아남는 자들을 중심으로 미래의 의지가 결집될 거야. 우리 유럽이 한동안 기술과 과학이라는 큰 시장을 열어 놓고 큰 소리를 질러 댐으로써 듣지 못하게 막았던 인류의 의지가 드러날 거야. 그러면 그 의지가 오늘날의 공동체나 국가와 민족, 단체나 교회의 의지와는 전혀 다르다는 사실이 밝혀질 거야. 오히려 자연이 인간에게 바라는 것은 개개인의 내면에, 너와 나의 마음에 쓰여 있어. 예수의 마음이나 니체의 마음에도 기록되어 있지. 오늘날의 공동체가 붕괴되면 이런 중요한 흐름들이 ― 물론 매일 다르게 보일 수 있는 흐름이지만 ― 들어설 여지가 생길 거야."

우리는 밤이 늦어서야 강가에 있는 정원 앞에 멈춰 섰다.

"여기가 우리 집이야." 데미안이 말했다. "곧 한번 찾아와! 우린 널 몹시 기다리고 있어."

나는 기쁜 마음으로 쌀쌀한 밤공기를 마시며 먼 길을 걸어 집으로 돌아왔다. 시내 여기저기에서 집으로 향하는 대학생들이 소란을 피우며 비틀거리고 있었다. 나는 그들이 우스꽝스러운 방식으로 누리는 즐거움과 내 고독한 삶 사이의 차이를 자주 느꼈다. 그것은 때로는 결핍감으로, 때로는 조롱의 감정으로 다가왔다. 하지만 그게 나와 얼마나 상관없는 것인지, 그런 세계가 내게 얼마나 멀어진 것인지를 그처럼 평온하고 내밀하게 느껴 본 것은 그날이 처음이었다. 나는 고향 관리들을 떠올렸다. 나이 들고 점잖은 그 신사들은 행복의 낙원을 떠올리듯 술로 지새웠던 대학 시절의 추억에 매달렸고, 마치 시인이나 다른 낭만주의자들이 유년 시절을 숭배하듯 이제는 사라져 버린 학창 시절의 '자유'를 숭배했다. 어딜 가나 마찬가지였다! 순전히 자신들의 책임감이 다시 떠오를까 봐, 자신만의 길을 가라는 경고를 받을까 봐 두려웠던 그들은 어디서든지 지나간 과거의 어느 한 지점에서만 '자유'와 '행복'을 찾았다. 그들은 몇 년간 진탕 마시고 환호성을 지르다가 나중에는 밑으로 기어들어 가서 근엄한 관리가 되었던 것이다. 그래, 썩었다. 우리 주변은 썩었다. 그래도 대학생들의 어리석음은 다른 수백 가지 일들보다 덜 멍청하고, 덜 나쁘다.

하지만 내가 멀리 떨어진 집에 도착해 잠자리에 들었을 때, 이 모든 생각들은 어디론가 날아가 버리고 내 모든 감각은 엄청난 기대감과 함께 그날 내가 받았던 거대한 약속에 쏠려 있었다. 원하기만 하면 당장 내일이라도 데미안의 어머니를 만날 수 있었다. 대학생들이 술판을 벌이고 얼굴에 문신을 하든, 세상이 썩어 몰락을 기다리든, 그것이 나와 무슨 상관인가! 나는 오로지 내 운명이 새로운 모습으로 나를 향해 다가오기를 기다릴 뿐인데.

나는 아침 늦게까지 깊은 잠을 잤다. 새로운 날이 장엄한 축제처럼 다가왔다. 어린 시절 크리스마스 축제 이후로는 이런 날을 더 이상 누려 본 적이 없는 것 같았다. 마음이 혼란스러웠지만 결코 불안하지는 않았다. 내게 중요한 날이 밝았다고 느꼈다. 나를 둘러싼 세계가 변해서 이제는 기대감으로 가득하고, 깊은 연관성이 생겨났고, 장엄함이 느껴졌다. 조심조심 내리는 가을비조차 아름답고 조용했으며, 즐거운 음악으로 가득한 잔칫날 같았다. 처음으로 외부 세계가 나의 내면세계와 순수하게 한 화음을 내고 있었다. 영혼의 축제일이 밝았고, 나는 삶의 보람을 느꼈다. 골목에 있는 어떤 집도, 어떤 진열장도, 어떤 얼굴도 내 마음에 거슬리지 않았고, 그러면서도 원래의 모습 그대로 존재하고 있었다. 모든 것은 일상적이고 습관적인 공허한 얼굴이 아니라 기대에 찬 자연의 모습이었고, 경건하게 운명을 맞이할 준비를 마친 모습이었다. 어린 시절 크리스마스나 부활절처럼 큰 축제일 아침에 나는 세상을 이렇게 보았다. 이 세상이 아직 이 정도로 아름다울 수 있다는 사실을 나는 잊고 있었다. 나는 내면세계에 틀어박혀 사는 데 익숙해져 저 외부 세계에 대한 감각을 상실했고, 어린 시절이 지나가면 필연적으로 반짝이는 색채에 대한 감각을 잃어버릴 수밖에 없다고 여겼다. 영혼의 자유와 남성다움을 위해서는 이처럼 아름다운 광채를 어느 정도 잃어버리는 대가를 치를 수밖에 없다고 체념했던 것이다. 그런데 이제 이 모든 것이 그저 어둠 속에 깊이 파묻혀 있었을 뿐이라는 것을 깨달았다. 자유를 얻은 사람이나 어린 시절의 행복을 포기한 사람도 이 세상이 밝게 빛나는 모습을 볼 수 있고, 어릴 때 보고 느꼈던 내적 전율을 맛볼 수 있는 것이다.

지난밤 막스 데미안과 헤어졌던 교외의 정원에 다시 찾아갈 시간이 되었다. 비에 젖어 잿빛으로 변한 키 큰 나무들 뒤로 아담한 집 한 채가 숨어 있었다. 밝고 아늑해 보이는 집이었다. 커다란 유리 벽 뒤로는 높은 나무들이 꽃을 피웠고, 반짝이는 창문 너머 짙은 벽에는 그림이 걸려 있고 책들이 줄지어 들어차 있었다. 대문은 난방이 잘된 작은 홀로 곧장 이어졌다. 검은 옷에 흰 앞치마를 두른 늙은 하녀가 말없이 나를 안으로 안내하고 외투를 받아 주었다.

하녀는 나를 홀에 혼자 남겨 두었다. 나는 주위를 둘러본 뒤 곧장 나의 꿈 한가운데로 들어갔다. 문 위쪽 짙은 나무 벽에는 검은색 테두리의 유리 액자 안에 내가 잘 아는 그림이 걸려 있었다. 지구의 껍질을 깨고 날아오르려는, 황금빛 매의 머리를 한 나의 새였다. 나는 너무 감격한 나머지 꼼짝 않고 그 자리에 멈춰 섰다. 마치 지금까지 행동하고 경험했던 모든 것이 그 순간 대답과 성취가 되어 내게 돌아온 듯 내 마음에 기쁨과 슬픔이 교차했다. 수많은 영상들이 번개처럼 빠르게 내 영혼을 스쳐 지나갔다. 대문 아치 위에 돌로 된 낡은 문장이 달린 고향 집, 그 문장을 그리고 있는 소년 데미안, 원수 크로머의 사악한 올가미에 걸려들어 겁을 잔뜩 집어먹은 소년 시절의 나, 조그만 기숙사 책상에서 조용히 앉아 동경하던 새를 그리고 있는 청소년 시절의 나. 자기만의 실로 짠 그물에 얽혀 든 영혼. 이 순간까지의 모든 것들이 내 안에서 메아리쳤고, 내 안에서 긍정을 얻고, 답을 얻고, 인정받았다.

촉촉하게 젖은 눈으로 나는 그림을 바라보며 내 마음을 읽었다. 그때 시선이 아래로 내려왔다. 새 그림 아래 열린 문으로 키 큰 부인이 짙은 색 옷을 입고 서 있었다. 그녀였다.

나는 할 말을 잃었다. 아름답고 품위가 넘치는 여인은 아들처럼 나이나 시간을 잊은 얼굴, 내적 의지가 충만한 얼굴로 나를 향해 다정하게 미소 짓고 있었다. 그녀의 눈길은 내 꿈의 실현을, 그녀의 인사는 내 귀향을 의미했다. 나는 말없이 그녀에게 손을 내밀었다. 그녀는 힘차고도 따뜻하게 내 손을 잡았다.

"당신이 싱클레어로군요. 금방 알아봤어요. 잘 왔어요!"

그녀의 목소리는 깊고도 따뜻했다. 나는 이 목소리를 달콤한 포도주처럼 들이마셨다. 그리고 눈을 들어 그녀의 고요한 얼굴을, 깊이를 헤아릴 수 없는 검은 눈과 생기 있고 성숙한 입술, 표적을 지닌 넓고 위엄 있는 이마를 바라보았다.

"정말 기쁩니다!" 이렇게 말하며 나는 그녀의 손에 입을 맞추었다. "한평생 헤매다가 이제야 집에 돌아온 기분입니다."

그녀는 어머니 같은 미소를 지었다.

"아무도 집으로 돌아오지는 못하죠." 그녀는 상냥하게 말했다. "친근한 길들이 서로 만나는 곳, 거기서는 잠시나마 온 세상이 고향처럼 보이는 법이지요."

그녀는 내가 그녀에게 오는 길에 이미 느꼈던 것을 말하고 있었다. 그녀의 목소리나 말투는 아들과 아주 비슷하면서도 전혀 달랐다. 모든 면에서 더 성숙했고, 더 따뜻했으며, 더 분명했다. 하지만 옛날 막스가 어느 누구에게도 소년이라는 인상을 주지 않았던 것과 마찬가지로 그의 어머니 역시 다 자란 아들을 둔 어머니처럼 보이지 않았다. 얼굴과 머리카락에서 풍기는 은은한 체취는 젊고 감미로웠다. 금빛 피부는 주름 하나 없이 팽팽했고 입술은 꽃처럼 피어나고 있었다. 그녀는 꿈에서보다 더 위엄 있는 모습으로 내 앞에 서 있었다. 그녀 곁에 있다는 것은 사랑의 행복이었고, 그녀가 던지는 시선은 내 꿈의 실현이었다.

그러니까 이것이 내 앞에 새롭게 모습을 드러낸 운명의 모습이었다. 운명은 이제 더 이상 엄격하지도, 고독하지도 않았다. 아니, 성숙했고 즐거움이 넘쳤다! 이제 아무런 결심도 하지 않았고, 어떤 맹세도 필요 없었다. 나는 목적지에, 드높은 길목에 도달한 것이었다. 그곳에서부터 약속의 땅을 향한 넓고도 장엄한 길이 계속 펼쳐졌다. 가까운 곳에 있는 행복의 나무가 나뭇가지로 그늘을 드리우고, 온갖 쾌락을 관장하는 정원에서 시원하게 식혀 준 길이었다. 앞으로 내가 어떻게 되든 상관없었다. 이 세상에서 이 여인을 알고 있으며 그녀의 목소리를 들이마시고 그녀 곁에서 숨을 쉰다는 사실만으로도 나는 행복했다. 그녀가 내게 어머니가 되든, 애인이 되든, 여신이 되든, 내 곁에 있기만 하다면! 나의 길이 그녀의 길에 가깝기만 하다면!

그녀는 내가 그린 매 그림을 가리켰다.

"우리 막스가 저 그림을 받았을 때만큼 기뻐했던 적은 없었어요." 그녀가 생각에 잠겨 말했다. "나도 마찬가지였고요. 우리는 당신을 기다렸어요. 저 그림이 왔을 때 당신이 우리를 향해 오고 있다는 것을 알았죠. 싱클레어, 당신이 어린 소년이었을 때 아들이 어느 날 학교에서 돌아와 이렇게 말하더군요. 이마에 표적이 있는 아이가 있는데, 그 애는 틀림없이 내 친구가 될 거예요. 그게 당신이었어요. 당신은 쉽지 않은 시간을 보냈겠지만 우리는 당신을 믿었어요. 언젠가 방학 때 당신이 집에 돌아와 막스를 다시 만난 적이 있지요. 그때 당신 나이가 열여섯 정도였을 거예요. 막스가 내게 그때 이야기를……"

내가 말을 끊었다. "오, 막스가 그 이야기까지 했군요! 그때가 제게 가장 비참했던 시절이었는데!"

"알아요. 막스가 이러더군요. 이제 싱클레어는 큰 어려움과 마주할 거예요. 그 애는 다시 무리들 속으로 도망치려 하고 있어요. 심지어 술집 단골이 되었다니까요. 하지만 그렇게 되지는 않을 거예요. 지금 그의 표적은 가려져 있지만, 그것이 은밀하게 그를 불태우고 있으니까요. 그때 그렇지 않았나요?"

"오, 네. 그랬지요. 정확히 그랬습니다. 그 후에 저는 베아트리체를 알았고, 마침내 인도자가 제 앞에 다시 나타났죠. 피스토리우스라는 사람이었어요. 그제야 비로소 저는 제 소년 시절이 왜 그렇게 막스에게 매여 있었는지, 제가 왜 그렇게 막스에게서 벗어날 수 없었는지 알게 되었지요. 부인, 아니 어머니. 그때 저는 스스로 목숨을 끊어야겠다고 생각하곤 했습니다. 그 길은 누구에게나 그렇게 어려운 것입니까?"

그녀는 내 머리를 공기처럼 가볍게 쓰다듬어 주었다.

"태어나는 것은 언제나 어려운 법입니다. 당신도 잘 알겠지만 새도 알을 깨고 나오려고 온 힘을 다하잖아요. 돌이켜 생각해 보고 물어보세요. 그 길이 그렇게 어려웠나요? 그렇게 어렵기만 했나요? 아름답지는 않던가요? 더 아름답고 더 쉬운 길을 알 수도 있었을까요?"

나는 고개를 저었다.

"어려웠습니다." 나는 잠꼬대를 하듯이 중얼거렸다. "그 꿈이 나타날 때까지는 힘들었어요."

그녀는 고개를 끄덕이며 나를 뚫어지게 바라보았다.

"그래요. 사람은 자기 꿈을 찾아내야 해요. 그러고 나면 길은 훨씬 쉬워지지요. 하지만 언제까지고 지속되는 꿈은 없어요. 어떤 꿈이나 새로운 꿈으로 교체되니까요. 그러니 어떤 꿈도 붙잡으려 해서는 안 돼요."

나는 무척 놀랐다. 그것은 경고였을까? 아니면 방어였을까? 하지만 아무래도 상관없었다. 나는 그녀의 인도를 받으며, 목적지 따위는 묻지 않을 마음의 준비가 되어 있었으니까.

"모르겠습니다." 나는 말했다. "제 꿈이 얼마나 지속될지를요. 그게 영원하기를 바라지만요. 새 그림 아래서 제 운명은 저를 어머니처럼, 여인처럼 맞아 주었습니다. 저는 그 누구도 아닌 바로 제 운명에 속하지요."

"그 꿈이 당신의 운명인 한, 그 꿈을 성실히 따르세요." 그녀는 진지하게 내 말을 인정해 주었다.

어디선가 슬픔이 밀려왔고, 이 황홀한 순간에 죽어 버리고 싶다는 간절한 소망이 나를 사로잡았다. 마음속에서 걷잡을 수 없을 정도로 눈물이 — 나는 얼마나 오랫동안 울지 않았던가! — 솟아올라 나를 압도해 버릴 것 같았다. 나는 곧장 거칠게 몸을 돌렸다. 그러고는 창가로 다가가 눈물로 뒤덮여 아무것도 보이지 않는 눈으로 화분에 핀 꽃들 너머 저편을 바라보았다.

뒤에서 그녀의 목소리가 들렸다. 침착하면서도, 포도주를 가득 채운 잔처럼 애정이 넘치는 목소리였다.

"싱클레어, 어린아이로군요! 당신의 운명은 당신을 사랑하고 있어요. 당신이 이 운명을 성실하게 따른다면, 그 운명은 당신이 꿈꾸듯 언젠가는 당신 것이 될 거예요."

내가 감정을 추스르고 다시 그녀를 향해 고개를 돌렸다. 그녀가 내게 손을 내밀었다.

"내게 친구가 몇 명 있죠." 그녀가 미소를 지으며 말했다. "몇 안 되지만, 아주 가까운 친구들이랍니다. 그들은 나를 에바 부인이라고 불러요. 원한다면 나를 그렇게 부르세요."

그녀는 나를 문 앞으로 데려가더니 문을 열고는 정원을 가리켰다. "막스가 저 밖에 있어요."

나는 마음이 온통 흔들린 채로 큰 나무 아래 멍하니 서 있었다. 여느 때보다 더 깨어 있는 건지 아니면 꿈꾸고 있는 건지 알 수 없었다. 나뭇가지에서는 빗방울이 부드럽게 떨어졌다. 나는 강기슭을 따라 넓게 펼쳐진 정원으로 천천히 걸어 들어갔다. 드디어 데미안을 발견했다. 그는 작은 정자 안에서 웃통을 벗은 채 앞에 매달린 샌드백을 치며 권투 연습을 하고 있었다.

나는 놀라서 발길을 멈추었다. 데미안은 아주 멋져 보였다. 넓은 가슴, 단단하고 남성적인 머리, 치켜든 두 팔에는 탄탄한 근육이 드러나 강하고 튼튼해 보였다. 엉덩이와 어깨, 팔꿈치에서는 가벼운 움직임이 샘솟듯이 흘러나왔다.

"데미안!" 내가 그를 불렀다. "거기서 뭐해?"

그가 즐겁게 웃기 시작했다.

"연습하는 중이야. 그 작은 일본인하고 시합하기로 했거든. 그 친구는 고양이처럼 재빠른 데다가 잔꾀도 많지. 하지만 날 이기지는 못할 거야. 사소하지만 그에게 갚아야 할 굴욕이 있거든."

그는 셔츠와 겉옷을 입었다.

"벌써 우리 어머니 만났니?" 그가 물었다.

"그래, 데미안. 정말 멋진 분이셔! 에바 부인! 그 이름이 완벽하게 어울려. 모든 존재의 어머니 같은 분이니까."

그는 순간 생각에 잠겨 내 얼굴을 들여다보았다.

"벌써 그 이름을 알게 된 거야? 자랑스러워해도 되겠는데, 친구! 어머니가 초면에 그 이름을 말해 준 사람은 네가 처음이야."

이날부터 나는 아들이나 형제처럼, 또는 연인처럼 그 집을 드나들었다. 등 뒤로 대문을 닫을 때면, 아니 저 멀리서 이 집 정원의 키 큰 나무들이 보이기만 해도, 내 마음은 풍요롭고 행복해졌다. 바깥에는 '현실'이 있었다. 거리와 집, 사람과 관청, 도서관과 강의실이 있었다. 그러나 이 집 안에는 사랑과 영혼이 있었고, 여기에는 동화와 꿈이 살고 있었다. 그렇다고 우리가 세상과 문을 닫고 살아가는 것은 결코 아니었다. 우리는 사유와 대화를 통해 곧잘 세상의 한복판에서 살았다. 다만 다른 영역에서 살았을 뿐이다. 우리는 대부분의 사람들과 어떤 경계에 의해 분리된 것이 아니라, 그저 세상을 바라보는 방식이 달라 나뉘었을 뿐이었다. 우리의 사명은 이 세상에 하나의 섬을 보여 주는 것, 어쩌면 하나의 모범을, 어쨌든 다른 가능성을 알려 주는 것이었다. 오랫동안 고독하게 살았던 나는 완전한 고독을 맛본 사람들끼리만 이룰 수 있는 공동체를 알게 된 것이다. 이제 더 이상 행복한 사람들의 만찬으로, 즐거운 사람들의 축제로 돌아가고 싶지 않았다. 다른 사람들이 모여 있는 것을 보아도 이제 더는 질투나 향수에 사로잡히지 않았다. 그리고 서서히 '표적'을 지닌 사람들의 비밀을 전수받게 되었다.

표적을 지니고 있는 우리를 세상 사람들이 이상하게, 심지어 미쳤거나 위험하게 여기는 것은 어쩌면 당연한 일이었다. 우리는 깨어난 사람, 아니면 깨어나고 있는 사람들이었다. 우리는 점차 더 완벽한 깨어남의 상태에 도달하기 위해 노력했다. 반면 다른 사람들은 자기 의견, 자기 이상과 의무, 자기 삶과 행복을 무리에 더욱 긴밀하게 엮고, 거기에서 자신들의 열망과 행복을 찾았다. 물론 거기에도 노력이 있고 힘과 위대함이 존재했다. 하지만 우리가 생각하기로는, 우리처럼 표적을 지닌 사람들이 새롭고 개별적인 것, 미래의 것을 향하는 자연의 의지를 의미하려고 했던 반면, 다른 사람들은 기존의 것을 고수하려는 의지로 살아갔다. 그들에게 인류란 ― 우리와 마찬가지로 그들에게도 사랑하는 인류란 ― 유지되고 지켜야 할 존재, 완성된 존재였다. 반면 우리에게 인류란 먼 미래이다. 우리 모두는 미래를 찾아 계속 걸어가는 중이며, 아무도 그 모습을 알지 못하고 어디에도 그 법칙은 기록되어 있지 않았다.

우리 공동체에는 에바 부인, 막스, 나 말고도 서로 가깝든 멀든 다양한 부류의 구도자들이 있었다. 그들 중 많은 이들이 특별한 오솔길을 걸었다. 그들은 고립된 목표를 세워 두고 특이한 의견이나 의무에 매달렸다. 이들 가운데는 점성술사와 카발라교도도 있고, 톨스토이 백작의 신봉자도 있었다. 섬세하고 수줍음 많고 쉽게 상처받는 온갖 사람들, 새로운 교파의 신봉자, 인도식 요가를 하는 수행자, 채식주의자도 있었다. 다른 사람들의 은밀한 꿈을 존중한다는 점을 빼면, 사실상 우리와 이 모든 사람들 사이에 정신적인 공통점은 없었다. 이들보다는 좀 더 가까운 사람들도 있었는데, 그들은 과거의 신과 새로운 이상을 찾아 나섰던 인류의 자취를 추적했다. 그들의 연구는 종종 피스토리우스를 떠올리게 했다. 그들은 책을 들고 와서는 고대어로 된 문서를 해석해 주고, 고대의 상징이나 의식을 그린 그림을 보여 주었다. 그러면서 지금까지 인류가 품었던 모든 이상은 무의식적인 영혼의 꿈으로 이루어져 있다는 것을, 이 꿈에서 인류는 미래의 가능성에 대한 예감을 손으로 더듬어 가며 찾아갔음을 가르쳐 주었다. 이렇게 해서 우리는 기독교로의 개종이 시작되기 전까지 고대 세계를 지배한, 머리가 수천 개 달린 경이로운 신들의 무리들을 죽

훑어보았다. 우리는 고독하고 경건한 사람들의 종파나 민족에서 민족으로 전이된 종교의 변천에 대해서도 알게 되었다. 지금까지 모았던 자료들을 바탕으로 우리는 이 시대와 현재의 유럽을 비판했다. 유럽은 지금껏 엄청난 노력을 기울여 인류의 막강한 무기를 새롭게 개발했지만, 결국 비탄에 빠질 만큼 엄청난 정신의 황폐 속으로 깊이 빠지고 말았다. 유럽은 전 세계를 얻었지만, 이로 인해 자신의 영혼을 잃어버린 것이다.

물론 여기에도 특정한 희망과 구원의 교리를 믿는 신도나 신봉자들이 있었다. 유럽을 개종시키고자 하는 불교도들이 있는가 하면, 톨스토이의 신봉자나 또 다른 종파들도 있었다. 우리는 이 작은 모임에서 나오는 목소리에 귀를 기울이긴 했지만, 이런 교리들을 그저 상징으로만 받아들였다. 표적을 지닌 우리에게 미래가 어떻게 만들어질지 걱정할 의무는 없었다. 우리에게는 모든 교파, 모든 구원론은 이미 죽은 것이자 처음부터 쓸모가 없던 것이었다. 우리가 의무이자 운명이라 느낀 것은 오로지 우리들 각자가 온전히 자기 자신이 되어야 한다는 것, 자기 내면에서 활동하고 있는 본성의 싹에 따라 그 의지대로 살아야 한다는 것, 불확실한 미래가 어떤 일을 초래하든 그에 대한 준비를 하고 있어야 한다는 것뿐이었다.

말을 하든 하지 않든, 새로운 것이 탄생하고 지금 상태가 붕괴될 날이 이미 피부로 느낄 수 있을 만큼 가까이 다가왔다는 느낌이 우리 모두에게 분명해졌기 때문이다. 데미안은 가끔씩 내게 이렇게 말했다. "무슨 일이 일어날지는 상상할 수 없어. 유럽의 영혼은 지극히 오랫동안 사슬에 묶여 있던 짐승과 같아. 그 짐승이 풀려나면 첫 움직임이 별로 사랑스럽지는 않을 거야. 하지만 사람들이 그렇게 오랫동안 계속해서 거짓말로 부정하고 마비시켜 버린 영혼의 참된 궁핍이 드러나기만 한다면, 곧은길로 가든 돌아가든 그것은 중요하지 않아. 그렇게 되면 우리의 시대가 올 거야. 그날이 오면 사람들이 우리를 필요로 할 거야. 인도자나 새로운 입법자로서가 아니라 — 새로운 법은 우리가 더 이상 경험하지 못할 테니까 — 뜻이 있는 사람으로서, 함께 가다가 운명이 부르는 곳에 서 있을 준비가 되어 있는 사람들로서 말이야. 이봐, 인간은 자신의 이상이 위협받으면 도저히 믿어지지 않는 일도 해낼 자세를 갖추고 있지. 하지만 새로운 이상이, 새롭지만 어쩌면 위험하고도 섬뜩할 성장의 움직임이 우리를 찾아와 문을 두드릴 때는 아무도 나타나지 않아. 그때 나타나 함께 걸어갈 극소수의 사람이 바로 우리가 될 거야. 이를 위해 우리에게 표적이 있는 거야. 공포와 증오를 불러일으키기 위한, 당시 인류를 비좁은 목가적 삶에서 위험천만한 광야로 내몰아 가기 위한 표적이 카인에게 있었던 것처럼 말이야. 인류가 가는 길에 활약했던 사람들은 하나같이 운명을 받아들일 자세가 되어 있었기 때문에 능력을 발휘하고 영향력을 미쳤던 거야. 모세와 부처가 그랬고, 나폴레옹과 비스마르크도 그랬어. 어떤 물결을 위해 봉사하고 어떤 극(極)의 지배를 받을지는 스스로 선택할 수 없어. 비스마르크가 사회 민주주의자들을 이해하고 그들의 생각을 받아들였더라면, 아마 영리한 통치자가 되었을지는 몰라도 운명의 사나이는 되지 못했을 거야. 나폴레옹이 그랬고, 시저나 로욜라가 그랬어. 다들 그랬지! 이런 현상은 늘 생물학적으로나 진화론적으로 생각해 볼 필요가 있어! 지구 표면에서 일어난 지각 변동이 수생 동물을 육지로, 육지 동물을 물속으로 던졌을 때, 자기 운명에 대처할 준비가 되어 있었던 표본들만이 전대미문의 새로운 일을 수행하고 새로운 환경에 적응함으로써 자신의 종족을 구해 낼 수 있었어. 이 표본들이 이전에 자기 종족 내에서 보존적 성향이 탁월한 보수주의자였는지, 아니면 반대로 별종이자 뛰어난 혁명가였는지는 알 수 없어. 하지만 그들은 준비되어 있었고, 덕분에 새로운 발전 과정 속에서 자신들의 종을 구할 수 있었던 거야. 우리는 그걸 알고 있어. 그래서 준비를 하려는 거야."

그런 대화를 나누는 자리에 에바 부인도 종종 함께 했지만 그녀가 직접 대화에 끼지는 않았다. 각자 자신의 생각을 말하는 우리 모두에게 그녀는 신뢰와 이해로 충만한 경청자이자 메아리였다. 마치 모든 생각들은 예외 없이 그녀에게서 나와 그녀에게로 되돌아가는 것 같았다. 그녀 가까이 앉아 가끔 그녀의 목소리를 듣고, 그녀를 둘러싸고 있는 성숙함과 영혼의 분위기에 동참하는 것만으로도 내게 큰 행복이었다.

내 마음에 어떤 변화가 있거나, 내 마음이 흐려지거나 새로워지게 되면 그녀는 금세 그것을 알아챘다. 내가 꾸는 꿈들도 그녀가 불어넣어 주는 영감인 것 같았다. 나는 그녀에게 종종 내 꿈 이야기를 했는데, 그러면 그녀는 그 꿈들을 이해하고 자연스럽게 여겼다. 그녀의 분명한 감각으로 따라오지 못할 이상한 꿈은 하나도 없었다. 한동안 나는 우리가 낮에 나누었던 대화를 그대로 옮겨 놓은 듯한 꿈을 꾸기도 했다. 전 세계가 격동에 빠지고, 나는 혼자서 아니면 데미안과 함께 잔뜩 긴장한 채 위대한 운명을 기다리는 꿈을 꾸었다. 운명은 감추어져 있었지만 어딘가 에바 부인의 표정을 하고 있었다. 이 여인에게 선택받거나 아니면 그녀에게 버림받는 것, 그것이 운명이었다.

이따금 그녀는 내게 미소 지으며 이렇게 말했다. "당신의 꿈은 완벽하지 않아요, 싱클레어. 당신은 가장 좋은 부분을 잊고 있어요." 그러면 그 부분이 다시 생각났고, 그럴 때면 내가 어떻게 그것을 잊어버릴 수 있었는지 도무지 이해할 수 없었다.

때로는 만족하지 못하고 욕망에 시달리곤 했다. 그녀를 바로 옆에서 바라보면서도 안을 수 없다는 사실을 더는 참을 수 없을 것 같았다. 그녀는 이런 내 마음도 금방 알아차렸다. 한번은 여러 날 발을 끊었다가 혼란스러운 마음을 안고 찾아갔더니 그녀가 나를 따로 불러내 이렇게 말했다. "스스로도 믿지 않는 소망에 빠져 있어선 안 돼요. 나는 당신이 지금 어떤 소망을 품고 있는지 다 알아요. 그 소망을 포기하거나, 아니면 온전하고 확고하게 소망하세요. 속으로 성취를 확신하며 간절히 빈다면 그 소망은 이루어질 거예요. 그런데 당신은 소망하고 그걸 다시 후회하고, 그러면서 겁도 내고 있어요. 당신은 이 모든 것을 극복해야 해요. 동화를 하나 들려주지요."

그녀는 별을 사랑하게 된 소년 이야기를 들려주었다. 그 소년은 바닷가에 서서 두 손을 뻗어 별을 향해 기도했다. 별의 꿈을 꾸고 별에 관한 생각만 했다. 하지만 그는 인간이 별을 끌어안을 수 없다는 것을 알고 있었다. 또는 그렇다고 생각했다. 그는 실현될 희망은 없지만 별을 사랑하는 것이 자기 운명이라고 여겼다. 그리고 이런 생각에서 묵묵하고 성실하게 인내하는 삶과 포기에 대해 노래하는 시를 짓고는, 이것이 자신을 성숙하게 만들고 정화시켜 주리라 생각했다. 하지만 그의 꿈은 온통 그를 향했다. 한번은 그가 또다시 밤에 바닷가 높은 절벽에 서서 별을 바라보며 그를 향한 사랑을 불태웠다. 갈망이 절정에 도달한 순간, 그는 별을 향해 뛰어오르며 허공으로 몸을 날렸다. 뛰어오르는 순간에도 이런 생각이 스쳐 갔다. 이건 정말 불가능해! 그는 해변에 떨어져 산산이 흩어졌다. 그는 사랑할 줄 몰랐다. 만약 몸을 날리던 순간 그에게 사랑이 실현될 수 있다고 믿는 굳건한 영혼의 힘이 있었다면, 그는 높이 날아가 별과 하나가 되었을 것이다.

"사랑을 간청해서는 안 돼요." 그녀가 말했다. "강요해서도 안 되지요.

사랑은 자신의 마음속에서 확신을 갖는 힘이 있어야 해요. 그러면 사랑은 상대에게 끌려가는 것이 아니라 상대를 끌어오는 것이 되지요. 싱클레어, 지금 당신의 사랑은 내게 끌려가고 있어요. 언젠가 당신의 사랑이 나를 끌어당기면, 내가 끌려가겠지요. 나는 어떤 선물도 주지 않아요. 당신이 가져가기만을 바라죠."

다음번에 그녀는 다른 동화를 들려 주었다. 가망 없는 사랑을 한 남자가 있었다. 그는 자신이 스스로의 영혼으로 완전히 물러난 채 사랑 때문에 불타 없어진다고 생각했다. 세상이 사라졌고, 푸른 하늘과 녹색 숲도 더는 보이지 않았다. 시냇물도 졸졸 흐르지 않았고, 하프 소리도 더는 울리지 않았다. 모든 것이 사라진 뒤 그는 초라하고 비참해졌다. 하지만 그의 사랑만은 점점 커져 갔다. 그는 사랑하는 아름다운 여인을 포기하느니 차라리 죽어 없어져 버리길 바랐다. 그때 그는 사랑이 마음속에 있는 다른 모든 것을 불태워 버렸음을 깨달았다. 그의 사랑은 점점 더 강력해져서 당기고 또 당겼다. 아름다운 여인은 따라오지 않을 수 없었다. 그녀가 실제로 다가오자, 그는 두 팔을 활짝 벌려 그녀를 끌어당겼다. 하지만 그녀가 그의 앞에 왔을 때, 그녀는 완전히 달라져 있었다. 그는 자신이 잃어버린 세계를 당겼다는 사실을 보고 느끼며 전율했다. 그녀는 그의 앞에 서서 그에게 몸을 맡겼다. 하늘과 숲과 시냇물, 그 모든 것이 새로운 빛을 띠며 신선하고 찬란하게 다가와 그의 것이 되었고, 그의 언어를 말했다. 그는 단순히 한 여인만 얻은 것이 아니라 온 세상을 가슴에 지니게 되었다. 하늘의 모든 별들이 그의 내면에서 달아오르더니 그의 영혼을 통해 환희의 빛을 반짝였다. 그는 사랑을 했으며, 그러면서 동시에 자기 자신을 찾았던 것이다. 하지만 대부분의 사람들은 사랑을 하면서 자신을 잃어버린다.

에바 부인을 향한 사랑이 내 삶의 유일한 내용인 것 같았다. 하지만 내 사랑은 매일 다르게 보였다. 내 본질을 잡아당기고 있는 대상은 그녀 자신이 아니며 오히려 그녀는 내 내면의 상징일 뿐이라는 것, 결국 그녀는 나를 나 자신에게로 더 깊숙이 이끌어 줄 뿐이라는 생각이 확고하게 느껴지곤 했다. 때로는 그녀에게서 내 마음을 움직이는 절박한 물음들에 대해 나의 무의식이 주는 대답 같은 것을 듣게 되는 일도 있었다. 그러고 나면 그녀 옆에서 관능적 욕망에 불타올라 그녀가 만졌던 물건에 입을 맞추는 순간들이 다시 찾아왔다. 또 관능적인 사랑과 비관능적인 사랑, 현실과 상징이 서로 점차 포개졌다. 그럴 때 내 방에 조용히 앉아 진심을 다해 그녀를 생각하면, 그녀의 손이 내 손에, 입술이 내 입술에 닿아 있는 느낌이 들기도 했다. 또는 내가 그녀 곁에서 얼굴을 보며 그녀와 말하고 목소리를 듣고 있으면서도, 그녀가 실재하는 것인지 아니면 꿈인지 구분하지 못하기도 했다. 나는 어떻게 하면 불멸의 사랑을 지속적으로 간직할 수 있는지 어렴풋이 깨닫기 시작했다. 책을 읽다가 새로운 지식을 얻을 때면, 에바 부인과 입을 맞춘 듯한 기분이 들었다. 그녀가 내 머리카락을 쓰다듬어 주며 성숙함과 온화함이 묻어나는 미소를 지을 때면, 나의 내면이 한 걸음 발전한 듯한 기분이 들었다. 내게 중요했고 운명과 같았던 모든 것들은 그녀의 모습을 띨 수 있었다. 그녀는 나의 모든 생각으로 변할 수 있었고, 나의 모든 생각은 그녀로 변할 수 있었다.

크리스마스를 부모님 곁에서 보내야 한다는 게 걱정스러웠다. 2주 동안이나 에바 부인과 떨어져 지내야 한다니 틀림없이 고통스러울 것이라 생각했다. 그런데 그렇지 않았다. 집에 머물면서 그녀를 생각하는 것도 멋진 일이었다. H 시로 다시 돌아와서도 나는 이런 안정감과 그녀의 감각적 현존으로부터 독립된 상태를 즐기기 위해 이틀이나 더 그녀를 찾아가지 않았다. 또 새롭고 비유적인 방식으로 내가 그녀와 합일하는 꿈을 꾸기도 했다. 그녀는 바다였고, 나는 물처럼 흘러가 그 안으로 합류했다. 또한 그녀는 별이었고, 나도 별이 되어 그녀에게로 다가갔다. 우리는 서로 만나 서로에게 끌리고 있음을 느끼며 서로의 곁에 머물렀다. 우리는 서로를 가까이 둘러싸며 행복하게 원을 그리며 맴돌았다.

다시 그녀를 찾아가자마자 나는 그녀에게 이 꿈 이야기를 해주었다.

"아름다운 꿈이군요." 그녀가 조용히 말했다. "그 꿈을 실현해 보세요."

이른 봄 어느 날, 결코 잊을 수 없는 그날이 찾아왔다. 나는 홀 안으로 들어갔다. 한쪽 창문이 열려 있었고, 포근한 바람이 짙은 히아신스 향기를 방 안으로 몰고 왔다. 홀에 아무도 없기에 나는 계단을 올라가 데미안의 서재로 갔다. 문을 가볍게 두드리고는 언제나 그랬듯이 대답을 기다리지 않고 안으로 들어섰다.

방은 어두웠고, 커튼은 모두 내려져 있었다. 작은 옆방으로 통하는 문이 열려 있었다. 막스가 화학 실험실로 꾸며 놓은 방이었다. 먹구름을 뚫고 비쳐 든 밝고 하얀 봄 햇살이 방 안으로 퍼져 나왔다. 아무도 없다고 생각한 나는 한쪽 커튼을 걷었다.

그때 커튼이 내려진 창문 근처 의자에 데미안이 앉아 있는 모습이 보였다. 어딘가 이상하게 변한 모습으로 웅크리고 있었다. 언젠가 저런 모습을 본 적이 있다는 생각이 번뜩 스쳐 갔다! 그는 팔을 미동도 없이 늘어뜨린 채 두 손을 무릎에 올려놓고 있었다. 눈을 크게 뜨고 약간 앞으로 숙인 얼굴은 멍하니 죽어 있었다. 마치 유리 조각이 비치듯 작은 반사광 하나가 눈동자 안에서 생기 없이 반사되어 나왔다. 창백한 얼굴은 내면으로 침잠해 있었고, 표정은 뻣뻣하게 굳어 있기만 했다. 그 얼굴이 마치 신전 입구에 붙어 있는 태곳적 동물의 가면 같았다. 그는 숨도 쉬지 않는 것 같았다.

여러 해 전 내가 아직 어린아이였을 때, 이와 똑같은 표정을 목격했던 기억이 떠올라 온몸에 소름이 돋았다. 두 눈은 저렇게 내면을 응시했고, 두 손도 저렇게 생기 없이 나란히 놓여 있었다. 얼굴에는 파리 한 마리가 기어 다니고 있었다. 한 6년 전쯤인가. 그때도 그는 꼭 저렇게 나이 들어 보였고, 저렇게 시간을 초월한 듯 보였다. 얼굴의 주름살 하나까지도 오늘과 다르지 않았다.

너무나 무서운 마음에 나는 가만히 그 방을 나와 계단을 내려왔다. 그리고 홀에서 에바 부인과 마주쳤다. 그녀는 얼굴이 창백했고 지쳐 보였다. 그때까지 이런 모습은 본 적이 없었다. 그림자가 창문을 스쳐 지나가면서 눈부시게 하얀 햇빛이 한순간에 사라졌다.

"막스에게 갔었어요." 나는 빠르게 속삭였다. "무슨 일이 있었나요? 그가 자고 있는 건지 아니면 침잠해 있는 건지 잘 모르겠어요. 예전에도 저런 모습을 본 적이 있어요."

"설마 그 애를 깨우진 않았겠죠?" 그녀가 황급히 물었다.

"네. 제 소리도 듣지 못하던데요. 저는 곧장 되돌아 나왔고요. 에바 부인, 막스에게 무슨 일이 있는지 말씀해 주세요."

그녀는 손등으로 이마를 쓰다듬었다.

"안심해요, 싱클레어. 그에게는 아무 일도 없어요. 자신에게로 돌아가 내면 속에 침잠해 있을 뿐이에요. 오래 걸리지 않을 거예요."

그녀는 자리에서 일어섰고, 막 비가 내리기 시작했는데도 정원으로 나갔다. 내가 함께 가서는 안 된다는 것을 직감했다. 결국 나는 홀을 서성거리며 나를 마취시킬 듯 풍겨 오는 히아신스의 향기를 맡기도 하고, 문 위에 걸린 나의 새 그림을 응시하기도 하면서 그날 아침 이 집을 가득 채우고 있던 이상한 그림자를 불안한 심정으로 들이마셨다. 이게 어찌 된 일일까? 무슨 일이 일어난 걸까?

에바 부인은 금방 돌아왔다. 빗방울이 그녀의 짙은 머리카락에 맺혀 있었다. 그녀는 안락의자에 앉았다. 피로가 그녀를 뒤덮고 있었다. 나는 그녀 옆으로 다가가 몸을 숙여 그녀의 머리카락에 맺힌 물방울에 입을 맞췄다. 그녀의 눈은 밝고 고요했다. 하지만 물방울은 내게 눈물 같은 맛이었다.

"그에게 가볼까요?" 나는 속삭이듯 말했다.

그녀는 힘없이 미소 지었다.

"어린애 같은 짓 하지 말아요, 싱클레어!" 그녀는 마음속에서 자신을 매혹시키고 있는 어떤 힘을 깨뜨리려는 듯 큰 소리로 경고했다. "이제 가 보세요. 그리고 나중에 다시 오세요. 지금은 당신과 이야기를 나눌 수 없군요."

나는 밖으로 나와 집과 도시를 벗어나 산으로 달려갔다. 가랑비가 나를 향해 비스듬히 떨어졌고, 구름은 겁에 질려 무겁게 눌린 채 낮게 흘러가고 있었다. 산 아래쪽에는 바람이 거의 불지 않았지만, 높은 곳에서는 폭풍이 불고 있는 것 같았다. 태양이 잠깐씩 강철 같은 회색 구름을 뚫고 창백하고 눈부신 모습을 드러냈다.

그때 하늘 위로 노란 빛깔의 엷은 구름이 몰려왔다. 이 구름은 회색 구름 벽에 걸려 멈췄고, 바람은 단 몇 초 만에 이 노란 구름과 푸른 하늘을 가지고 그림 같은 형상 하나를 만들어 냈다. 거대한 새였다. 그 새가 혼돈스러울 정도로 뒤엉킨 푸른 하늘을 떨치고 나와 크고 힘찬 날갯짓으로 비상하며 사라져 버렸다. 그러더니 폭풍이 몰려오는 소리가 들렸고, 비가 섞인 우박이 툭툭 소리를 내며 세차게 떨어졌다. 채찍으로 무섭게 내리치는 듯한 천둥소리가 짧게 울려 퍼지더니 곧 다시 햇살이 비쳐 들었다. 갈색으로 물든 숲 너머 가까운 산에는 창백한 눈이 비현실적으로 반짝였다.

몇 시간 뒤 내가 바람을 맞고 비에 젖어 하얗게 질린 채로 돌아왔을 때, 데미안이 직접 현관문을 열어 주었다.

그는 나를 자기 방으로 데리고 올라갔다. 실험실로 쓰는 방에서는 가스 불이 타고 있었다. 종이가 사방에 흩어져 있는 것으로 보아 뭔가 일을 하고 있었던 듯했다.

"앉아." 그가 자리를 권했다. "피곤할 거야. 날씨가 고약해. 바깥에서 한참 돌아다닌 모양이군. 금방 차를 가져올 거야."

"오늘 뭔가가 시작되었어." 나는 주저하며 말을 꺼냈다. "단순히 천둥 번개가 치는 것만은 아닐 거야."

그가 캐묻듯이 바라보았다.

"너 뭔가 본 모양이구나?"

"그래, 구름 속에서 순간적으로 어떤 형상을 분명히 보았어."

"무슨 형상?"

"새 모양이었어."

"그 매 모양이었니? 그거였어? 네 꿈에 나타난 새 말이야."

"응. 내 매였어. 노랗고 굉장히 큰 그 새가 검푸른 하늘로 날아갔어."

데미안은 한숨을 크게 내쉬었다.

문 두드리는 소리가 나더니 늙은 하녀가 차를 가져왔다.

"차 들어, 싱클레어. 난 네가 그 새를 본 것이 우연은 아니라고 생각해."

"우연이라고? 그런 것을 우연히 볼 수도 있을까?"

"바로 그거야, 우연이 아니야. 그 새는 무언가를 의미하고 있는 거야.

그런데 무엇을 의미하는지 알겠니?"

"모르겠어. 다만 내게는 어떤 정신적인 충격이나 운명의 첫걸음 같다는 느낌이 들어. 우리 모두와 관련되었다는 생각도 들고."

그는 방 안을 다급하게 서성거렸다.

"운명의 첫걸음이라고?" 그가 크게 소리쳤다. "나도 지난밤에 똑같은 꿈을 꾸었어. 어머니도 어제 같은 예감을 얻으셨고. 나는 나무줄기인지 탑인지에 사다리를 걸쳐 놓고 올라가는 꿈을 꾸었지. 위에 올라가 보니 온 나라가 다 보였는데, 도시나 농촌 할 것 없이 광활한 평원이 불타고 있었어. 아직은 꿈 이야기를 모두 다 할 수는 없어. 모든 것이 다 분명하지 않아서 말이야."

"너는 그 꿈이 너와 관련 있다고 해석하니?" 내가 물었다.

"나와? 물론이지. 누구도 자신과 연관되지 않은 꿈은 꾸지 않아. 하지만 나 혼자하고만 연관되는 것은 아니야. 그건 네 말이 맞아. 나는 꿈들을 정확하게 구분하지. 내 영혼의 움직임을 알려주는 꿈과 아주 드물긴 하지만 인류 전체의 운명을 암시하는 꿈들을 말이야. 그런 꿈은 별로 꾸지 않아. 또한 그 꿈이 예언을 했고 그 예언이 실현되었다고 말할 수 있는 경우는 단 한 번도 없어. 그러기에는 해석이 너무 모호해. 하지만 이것만은 분명해. 나는 나 혼자에게만 해당되는 것은 아닌 꿈을 꾸었어. 그 꿈은 내가 전에 꾸었던 다른 꿈들에 속하고, 그것들을 계속 이어가고 있는 거야. 싱클레어, 그 꿈들은 내가 이미 너에게 말한 적 있는, 예감을 얻은 바로 그런 꿈이야. 우리 세계가 정말 썩었다는 걸 우리는 알고 있어. 하지만 그것이 세계의 몰락이나 그와 유사한 사건을 예언할 근거가 되지는 못할 거야. 하지만 나는 이미 몇 해 전부터 낡은 세계의 붕괴가 다가왔다는 결론을 내리게 하는, 아니면 그렇게 느끼게 하는, 글쎄 뭐랄까…… 그래, 느끼게 하는 꿈을 꾸어 왔어. 처음에는 아주 멀고 흐릿한 예감이었지만, 점점 뚜렷해지고 강력해졌어. 아직도 나는 나와 연관된 어떤 엄청나고 가공할 만한 사건이 다가오고 있다는 것만 알고 있어. 싱클레어, 이제 우리가 가끔씩 이야기해 왔던 사건을 경험하게 될 거야! 세계가 새로워지려고 해. 죽음의 냄새가 난단 말이야. 죽음이 없으면 어떤 새로운 것도 나오지 않지. 내가 생각했던 것보다 훨씬 무시무시한 일이야." 나는 깜짝 놀라 그를 바라보았다.

"그 꿈의 나머지 부분도 이야기해 줄 수 있겠어?" 나는 조심스럽게 부탁했다.

그는 머리를 가로저었다.

"안 돼."

문이 열리고 에바 부인이 들어왔다.

"여기 같이 있었구나! 얘들아, 슬퍼하고들 있는 것은 아니겠지?"

그녀는 생기가 돌았고, 피곤한 기색이라고는 전혀 없었다. 데미안은 그녀에게 미소를 지어 보였다. 그녀는 겁에 질린 아이에게 다가가는 어머니처럼 우리에게 왔다.

"우리는 슬퍼하지 않아요, 어머니. 그저 새롭게 나타나고 있는 징후들에 대한 수수께끼를 좀 풀어 보고 있었을 뿐이에요. 하지만 그것은 중요하지 않아요. 지금 다가오고 있는 일은 갑작스레 들이닥칠 거예요. 그때가 되면 우리는 알 필요가 있는 일을 알게 되겠죠."

하지만 나는 기분이 나빠졌다. 작별 인사를 하고 혼자 홀을 나오는데, 히아신스 향기가 맥없이 시든 송장처럼 느껴졌다. 우리 위로 그림자가 드리워져 있었다.

8장

Anfang vom Ende

종말의 시작

　나는 내 뜻에 따라 여름 학기에도 H 시에서 머물게 되었다. 이제 우리
는 집 안에 있는 대신 거의 모든 시간을 강변의 정원에서 지냈다. 권투
시합에서 완패한 일본인도 떠났고, 톨스토이 신봉자도 오지 않았다. 데
미안은 말 한 필을 구해서 매일 끈질기게 말을 탔다. 그래서 나는 자주
그의 어머니와 단 둘이 있곤 했다.

　가끔은 지금 내가 누리고 있는 평화로움이 놀랍기만 했다. 너무 오랫
동안 혼자 있고, 포기하는 것을 연습하며, 나의 고통과 힘들게 싸우는 데
익숙해 있다 보니 H 시에서 보내고 있는 이 몇 달은 꿈속의 섬에서 지내
는 것과 같다는 생각이 들었다. 나는 이 섬에서 아름답고 유쾌한 일과 감
정에 둘러싸여 살기만 하면 되었다. 나는 이런 생활이 우리가 생각했던

새롭고도 고차원적인 공동체의 전조임을 예감했다. 하지만 가끔은 이런 행복 너머로 깊은 비애에 사로잡히기도 했다. 이런 생활이 지속될 수 없다는 것을 잘 알았기 때문이다. 나는 충만함과 안락함 속에서 숨 쉬고 살아가도록 태어난 사람이 아니었다. 내게는 고통과 분주함이 필요했다. 언젠가 이 아름다운 사랑의 환영에서 깨어나, 그저 고독이나 투쟁만 있을 뿐 평화도 공존도 없는 타자들의 차가운 세계에서 외롭게, 아주 외롭게 홀로 일어설 것임을 감지하고 있었다.

그러면 나는 내 운명이 아직 아름답고 고요한 모습을 지니고 있다는 것에 기뻐하며, 두 배의 애정을 품고 에바 부인 곁에 바싹 달라붙었다.

여름 몇 주일은 쏜살같이, 그리고 경쾌하게 지나갔다. 여름 학기도 벌써 끝나가고 있었다. 이별이 임박했지만, 나는 그 생각을 할 수 없었고 하지도 않았다. 나비가 꿀이 가득한 꽃에 달라붙듯 나는 이 아름다운 날들에 매달렸다. 이것이 내게는 행복의 시절이었고, 내 인생에서 처음으로 무언가를 성취한 때였으며, 내가 공동체에 받아들여진 날들이었다. 이 시절 다음에는 어떤 일이 닥쳐올 것인가? 나는 다시 투쟁에 나설 것이고, 그리움을 견딜 것이며, 꿈을 꾸며 고독 속에서 지낼 것이다.

그러던 어느 날, 이런 예감이 아주 강하게 엄습한 나머지 에바 부인에 대한 사랑마저 고통스럽게 불타오르는 순간이 왔다. 맙소사, 이제 곧 그녀를 더는 볼 수 없게 될 것이고, 집 안을 울리는 그녀의 힘차고 사랑스러운 발소리도 듣지 못하게 될 것이다. 그녀가 내 책상 위에 놓아 주던 꽃도 볼 수 없겠지! 도대체 나는 무엇을 했단 말인가? 그녀를 얻는 대신에, 그녀를 얻기 위해 싸우는 대신에, 그녀를 영원히 내 품으로 끌어당기는 대신에 그저 꿈이나 꾸고 안락한 요람에 몸을 맡기지 않았던가! 예전에 그녀가 진정한 사랑에 대해 했던 말들이 떠올랐다. 수백 가지 미묘한 경고의 말, 은근하게 유혹하는 말, 어쩌면 약속이었을 말. 그런데 나는 거기에서 무엇을 이루어 냈던가? 아무것도 없다! 아무것도 없어!

나는 방 한가운데 서서 모든 의식을 집중해 에바를 생각했다. 그녀가 내 사랑을 느끼도록, 그녀를 내게 끌어당기도록 영혼의 힘을 한데 모으려 했다. 그녀가 와야 했고, 내 포옹을 간절히 원해야 했다. 내 입맞춤이 사랑으로 무르익은 그녀의 입술을 끝없이 파고들어야 했다.

손가락과 발끝이 차가워질 때까지 선 채로 바짝 긴장하고 있었다. 힘이 점점 빠져나가는 것을 느꼈다. 잠시 내 안에서 무언가가, 밝고 차가운 무언가가 단단하고 촘촘하게 뭉쳤다. 순간 가슴속에 수정을 품은 기분이 들었다. 나는 그것이 내 자아라는 것을 알았다. 차가움이 내 가슴까지 차올랐다.

이 끔찍한 긴장에서 깨어났을 때, 무언가가 다가오고 있다는 느낌이 들었다. 나는 죽도록 지쳐 있었지만, 열렬히 기뻐하는 마음으로 에바가 문을 열고 들어오기를 기다렸다.

그때 달그닥거리는 말발굽 소리가 저 긴 거리를 따라 들려왔다. 소리는 점점 크고 가까워지더니 갑자기 멈췄다. 나는 창가로 뛰어갔다. 아래를 보니 데미안이 말에서 내리고 있었다. 나는 계단을 뛰어 내려갔다.

"대체 무슨 일이야, 데미안? 설마 어머니에게 무슨 일이 생긴 건 아니겠지?"

그는 내 말을 듣지 않았다. 얼굴이 창백했고 양 이마에서 볼을 타고 땀이 줄줄 흘러내렸다. 그는 잔뜩 흥분한 말의 고삐를 정원 울타리에 매더니 내 팔을 잡고 길을 걸어 내려갔다.

"소식 들었어?"

나는 아무것도 몰랐다.

데미안은 내 팔을 꼭 누르더니 어둡고 동정에 찬 듯한 이상한 눈빛으로 나를 바라보았다.

"그래, 친구. 이제 시작이야. 러시아와의 긴장이 고조되어 있었던 건 너도 알잖아."

"뭐라고? 그럼 전쟁이 난 거야? 정말 전쟁이 터질 거라고는 생각도 못 했는데."

근처에 아무도 없었지만 그는 소리를 낮춰 말했다.

"아직 선전 포고를 한 것은 아니야. 하지만 곧 전쟁이 시작될 거야. 내 말을 믿어. 그때 이후로 나는 이 문제로 너를 괴롭히지 않았어. 하지만 나는 그 무렵부터 새로운 징후를 세 번이나 보았어. 그런데 그 징후는 세계의 몰락도 아니었고 지진도, 혁명도 아니었어. 전쟁인 거야. 곧 전쟁이 어떻게 도래하는지 보게 될 거야! 사람들에게는 큰 기쁨이 되겠지. 이미 벌써 모두가 전쟁이 터지기만을 기다리고 있어. 그들에게는 삶이 그만큼 무미건조해진 거지. 하지만 싱클레어, 이건 단지 시작일 뿐이란 걸 곧 알게 될 거야. 아마 큰 전쟁이 될 거야. 엄청난 규모의 전쟁 말이야. 하지만 그것 역시 시작일 뿐이야. 새로운 세상이 시작될 거야. 아마 낡은 것에 집착하는 사람들에게는 끔찍한 일이 되겠지. 너는 무엇을 할 거니?"

나는 당황스러웠다. 모든 것이 낯설고 실감이 나지 않았다.

"모르겠어. 너는?"

그는 어깨를 으쓱했다.

"동원령을 내리면 곧바로 입대할 거야. 나는 소위거든."

"네가? 전혀 몰랐는걸."

"그래, 그건 내가 적응하는 방식 중 하나야. 너도 알다시피 나는 밖으로 드러나는 것을 좋아하지 않아. 그래서 늘 조금 지나치다 싶을 정도로 올바르게 행동했지. 내 생각으로는 내가 일주일 안에는 전쟁터에 나가 있을 것 같아."

"맙소사!"

"이봐, 친구. 너무 감상적으로 받아들여서는 안 돼. 살아 있는 사람들을 향해 총을 쏘라는 명령을 내리는 일이 즐거울 리는 없지. 하지만 그것은 부차적인 문제야. 이제 우리 모두가 거대한 수레바퀴 속으로 휘말려들어가게 될 거야. 너도 마찬가지야. 너도 분명히 징집될 거야."

"데미안, 그럼 네 어머니는?"

그제야 비로소 15분 전에 있었던 일이 다시 생각났다. 세계가 얼마나 변했던가! 가장 달콤한 모습을 불러내려고 나는 온 힘을 다했었다. 그런데 지금 갑자기 운명이 무시무시하게 위협적인 가면을 쓰고 새롭게 나를 노려보고 있었다.

"우리 어머니 말이야? 아, 어머니 걱정은 할 필요 없어. 어머니는 안전하셔. 지금 이 세상 그 누구보다 안전할 거야. 너 어머니를 정말 사랑하는구나?"

"너 알고 있었어, 데미안?" 그는 밝고 시원하게 웃음을 터뜨렸다.

"이 어린 친구야! 당연히 알고 있었지. 에바 부인이라고 부르면서도 어머니를 사랑하지 않은 사람은 아직까지 아무도 없었어. 그런데 말야, 어떻게 된 거야? 너 오늘 어머니 아니면 나를 불렀지, 그렇지?"

"그래, 내가 불렀어…… 에바 부인을 불렀어."

"어머니가 그걸 느끼셨어. 어머니가 너한테 가보라고 나를 보내신 거야. 그때 막 러시아에 대한 소식을 전하고 있었거든."

우리는 발길을 돌려 몇 마디 더 이야기를 나누었고, 데미안은 매어 놓은 말을 풀고 그 위에 올랐다.

위층 내 방에 돌아와서야 내가 거의 탈진 상태라는 것을 알았다. 데미안이 전해 준 소식 때문이기도 했지만 그보다는 그 이전의 긴장 때문이었다. 그렇지만 내가 부르는 소리를 에바 부인이 들었다니! 생각만으로 그녀에게 도달한 것이다. 만약 사정이 이렇지 않았더라면 그녀가 직접 왔을 텐데. 이 모든 것이 얼마나 이상한가! 그리고 근본적으로 얼마나 아름다운가! 이제 전쟁이 발발할 것이다. 우리가 종종 이야기했던 그 일이 이제 곧 시작될 것이다. 데미안은 이미 이런 일들에 대해 상당히 많은 것을 알고 있었다. 이제 세계라는 큰 강이 더 이상 어딘가에서 우리를 스쳐 지나가지 않고 우리 가슴 한가운데를 불쑥 뚫고 간다는 게 얼마나 기묘한가. 모험과 거친 운명이 우리를 부르고, 지금 또는 머지않아 세계가 우리를 필요로 하면서 스스로 변하려고 하는 순간이 온다. 데미안이 옳았다. 이것은 감상적으로 받아들일 일이 아니었다. 다만 아주 고독한 문제이기도 한 '운명'을 이제 내가 이토록 많은 사람들과, 전 세계와 함께 체험해야 한다는 사실만이 이상할 뿐이었다. 그렇다면 좋다!

나는 준비가 되어 있었다. 저녁 무렵 시내를 걸어가며 보니 구석구석 흥분의 도가니였다. 어디를 가도 '전쟁'을 하자는 말이 들렸다!

나는 에바 부인의 집으로 갔다. 우리는 정원의 작은 정자에서 저녁을 먹었다. 손님은 나밖에 없었다. 아무도 전쟁이라는 말은 입 밖에 내지 않았다. 다만 늦은 저녁, 내가 집을 나서기 직전에야 에바 부인이 말을 꺼냈다. "싱클레어, 오늘 당신이 나를 불렀지요. 내가 왜 직접 가지 못했는지는 잘 알 거에요. 하지만 잊지 마세요. 당신은 이제 부르는 법을 알아요. 그러니 표적을 지닌 사람이 필요하거든 언제든 다시 부르세요."

그녀는 일어나서 정원을 물들이고 있는 석양을 향해 앞장서서 걸어갔다. 이 신비로운 여인은 묵묵히 자리를 지키고 있는 나무들 사이를 당당하고 위엄 있게 지나갔다. 그녀의 머리 위로 수많은 별들이 조그맣고 사랑스럽게 빛나고 있었다.

　이야기를 끝낼 시점이 다가왔다. 상황은 급진전되었다. 금방 전쟁이 터졌다. 데미안은 은회색 망토가 달린 군복을 입고 정말 낯선 모습으로 떠났다. 나는 그의 어머니를 집으로 데려다주었다. 나도 곧 그녀와 작별했다. 그녀는 내게 입을 맞추고 잠시 나를 품 안에 꼭 껴안았다. 그녀의 큼지막한 두 눈이 내 두 눈 앞에서 단호하게 불타올랐다.

　모든 사람들이 형제가 된 것 같았다. 그들은 조국과 명예를 말했다. 하지만 그들 모두는 한순간 자신의 모습을 드러낸 운명의 얼굴을 보았다. 젊은 남자들은 병영에서 나와 기차에 올랐다. 나는 수많은 얼굴에서 표적을 보았다. 우리의 표적은 아니었지만 사랑과 죽음을 의미하는 아름답고 고귀한 표적이었다. 나 역시 전에는 전혀 본 적 없는 사람들의 포옹을 받았지만, 그 의미를 알았기에 기꺼이 응했다. 그들은 도취 상태에 빠져 있었을 뿐 운명의 의지에 따라 행동한 것은 아니었다. 하지만 도취는 신성했다. 그들 모두가 잠시 깨인 시선으로 운명의 눈을 바라본 것이기에 이 도취는 감동이었다.

　내가 전쟁터에 나갔을 때는 이미 겨울이 다 된 다음이었다.

　총질에는 적잖이 흥분했지만 처음부터 나는 모든 것에 실망했다. 예전에 나는 이상을 위해 살아가는 사람이 왜 이처럼 드문가를 심각하게 고민해 본 적 있었다. 그런데 지금 나는 많은 사람들이. 사실 모든 사람들이 이상을 위해 죽을 수 있음을 깨달았다. 다만 그것은 개인적으로 자유롭게 선택한 이상이 아니라, 누군가에게서 떠안은 공동의 이상이어야 했다.

　하지만 시간이 지날수록 내가 인간을 과소평가했다는 사실을 알게 되었다. 복무와 공동의 위험이 그들을 그토록 획일적으로 만들기는 했지만 나는 살아 있는 또는 죽어 가는 수많은 사람들이 장엄하게 운명의 의지를 향해 다가가는 모습을 보았다. 많은 사람들이, 정말 많은 사람들이 공격할 때뿐만 아니라 매 순간마다 단호하고 아득하며 어딘가 신들린 듯한 눈빛을 보였다. 목적에 대해서는 전혀 깨닫지 못한 채 이 엄청난 사건에 완전히 헌신하겠다는 눈빛이었다. 그들이 원하는 것이 무엇이라고 믿고 무엇이라고 생각하든, 그들은 준비되어 있었고 쓸모가 있었으며, 미래를 만들 수 있었다. 세계가 전쟁과 영웅 정신, 명예와 다른 낡은 이상들을 고집할수록, 그리고 인간성을 그저 겉으로만 외치는 목소리가 아득히 먼 곳에서 비현실적으로 들려올수록, 모든 것은 피상적일 뿐이었다. 마치 전쟁의 외적, 정치적 목적이 무엇이냐고 묻는 질문이 피상적인 것과 마찬가지였다. 저 심연에서 무언가가 만들어지고 있었다. 새로운 인간성과 같은 그 무언가. 나는 많은 사람을 볼 수 있었고 그 가운데 또 많은 사람들이 바로 내 옆에서 죽어 갔다. 그들은 증오와 분노, 살육과 파괴가 대상과 결부되어 있지 않다는 것을 직감하고 있었다. 아니, 목적과 마찬가지로 대상도 완전히 우연한 것이었다. 원초적 감정, 가장 야만적인 감정까지도 적을 향하지 않았다. 피로 더럽혀진 그 행위는 내면에서 발산되었을 따름이다. 새로 태어나기 위해 미친 듯이 날뛰고 죽이며 파괴하고 또 스스로 죽기를 원하는, 내면으로부터 쪼개진 영혼에서 나왔을 뿐이다. 거대한 새 한 마리가 알에서 나오려고 투쟁하고 있었다. 알은 세계이고, 세계는 산산조각 나야 했다.

어느 이른 봄날 밤에 나는 우리가 점령한 농장 앞에서 보초를 서고 있었다. 축 늘어진 바람이 변덕스럽게 불어 댔다. 플랑드르 지방의 높은 하늘에는 구름 떼가 흘러가고 있었는데, 그 뒤 어딘가에 달이 떠 있을 것 같은 예감이 들었다. 나는 이미 온종일 불안에 시달리고 있던 상태였다. 까닭 모를 근심이 내 마음을 어지럽혔다. 그리고 이제, 나는 어두운 초소에서 지금까지 살아온 내 삶의 모습과 에바 부인, 데미안을 참된 애정으로 회상했다. 미루나무에 기댄 채 흘러가는 하늘을 뚫어지게 바라보았다. 하늘의 빛이 은밀하게 움칫거리더니, 곧 거대한 그림이 되어 차례로 솟아올랐다. 이상하게 맥박이 약해지고, 피부가 바람과 비에 무감각해졌다. 내면의 의식이 눈을 반짝이며 깨어나는 것으로 나는 인도자가 내 주변에 와 있음을 알아차렸다.

구름은 대도시 모양을 만들었다. 그 도시에서 수백만 명의 사람들이 흘러나와 넓은 풍경 속으로 무리 지어 퍼져 나갔다. 그들 한가운데로 신의 모습을 한 강렬한 형상이 나타났다. 머리에서는 별이 반짝이고 산처럼 거대한 그 형상은 에바 부인의 모습을 하고 있었다. 마치 커다란 동굴 속으로 들어가듯 사람들의 행렬은 이 신의 형상 안으로 사라졌다. 여신은 바닥에 웅크리고 앉았다. 이마의 반점이 밝고 은은한 빛을 발했다. 어떤 꿈 하나가 이 여신을 지배하고 있는 것 같았다. 여신은 눈을 감았고 그 커다란 얼굴은 고통으로 일그러졌다. 그녀가 돌연 맑고 높은 소리를 지르자 이마에서 별들이 튀어나왔다. 수천 개의 반짝이는 별들은 눈부신 곡선과 반원을 그리며 어두운 하늘 위로 날아올랐다.

그 별들 가운데 하나가 밝은 소리를 내며 나를 향해 곧장 날아왔다. 나를 찾는 듯했다. 그러더니 절규하는 듯한 굉음과 함께 수천 개의 불꽃으로 쪼개졌고, 나를 끌어올렸다가 다시 땅바닥으로 내동댕이쳤다. 세계는 천둥 같은 소리를 내며 내 머리 위에서 산산조각 났다.

사람들은 미루나무 근처에서 나를 찾아냈다. 나는 온통 흙으로 뒤덮여 있었고 온몸이 상처투성이였다.

나는 어느 지하실에 누워 있었다. 머리 위로 대포 소리가 쾅쾅 울렸다. 나는 수레에 누워 덜커덩거리며 텅 빈 들판을 지나갔다. 거의 대부분 잠을 자거나 의식을 잃은 상태였다. 하지만 잠에 깊이 빠져들수록 무언가가 나를 끌어당기고 있다는 사실을, 내가 나를 지배하고 있는 어떤 힘을 따라가고 있다는 사실을 더욱 강력하게 느꼈다.

나는 마구간 짚더미 위에 누워 있었다. 주변은 어두웠고 누군가가 내 손을 밟았다. 하지만 나의 내면은 더 나아가려 했고, 더 강력하게 나를 끌어당겼다. 나는 다시 수레에 누웠다가, 나중에는 들것 아니면 사다리 같은 것에 실렸다. 어딘가로 가라는 명령을 받았다는 느낌이 점점 더 강해졌고, 마침내 그곳으로 가겠다는 충동 외에 아무것도 느끼지 못했다.

나는 목적지에 도착했다. 밤이었고, 의식은 완전히 돌아왔다. 조금 전까지도 나는 내 마음속에서 끌림과 충동을 강렬하게 느끼던 중이었다. 어느덧 나는 어떤 홀 바닥에 깔린 자리 위에 누워 있었다. 부름을 받은 곳에 와 있다는 느낌이 들었다. 주위를 둘러보았다. 내 자리 바로 옆에 다른 자리 하나가 마련되어 있었다. 그 위에 누운 누군가가 내 쪽으로 몸을 기울여 나를 바라보고 있었다. 그는 이마에 표적을 지니고 있었다. 막스 데미안이었다.

나는 말을 할 수 없었다. 그 역시 말할 수 없었거나 그러려고 하지 않았다. 그는 나를 바라만 보았다. 그의 위쪽 벽에 달린 조그만 등불 빛이 그의 얼굴에 내려앉아 있었다. 그는 나를 향해 미소 지었다.

한없이 오랫동안 그는 계속 내 눈을 들여다보았다. 그러더니 얼굴을 천천히 내게로 들이밀었고, 우리는 거의 닿을 정도가 되었다.

"싱클레어!" 그가 속삭이듯 말했다.

나는 눈짓으로 그의 말을 알아듣고 있다는 표시를 했다.

그는 다시 웃었다. 연민이 묻어나는 미소였다.

"꼬마야!" 그가 미소를 머금은 채로 말했다.

그의 입은 이제 내 입에 거의 와닿았다. 그는 나직이 말을 계속 했다.

"아직도 프란츠 크로머 기억해?" 그가 물었다.

나는 그렇다는 표시로 눈을 깜박였다. 미소도 지을 수 있었다.

"꼬마 싱클레어! 내 말 잘 들어! 나는 떠나야 해. 어쩌면 너는 언젠가 다시 나를 필요로 하게 될 거야. 크로머든 다른 일로든 말이야. 그럴 때 네가 나를 부르면, 나는 말을 타거나 기차를 타고 막 달려오지 않을 거야. 넌 네 안에 귀를 기울여야 해. 그러면 내가 네 안에 있음을 알게 될 거야. 알겠니? 그리고 더 있어! 에바 부인이 말했어. 너에게 나쁜 일이 생기면, 그녀가 내게 해준 입맞춤을 너에게 전해 주라고……. 눈을 감아, 싱클레어!"

나는 순순히 눈을 감았다. 피가 멎을 기미 없이 흐르고 있는 내 입술에 그가 가볍게 입을 맞추는 것이 느껴졌다. 그리고 나는 잠이 들었다.

아침에 사람들이 나를 깨웠다. 붕대를 감아야 했다. 마침내 잠에서 완전히 깨어나자, 나는 재빨리 옆자리로 고개를 돌렸다. 거기에는 한 번도 본 적 없는 낯선 사람이 누워 있었다.

붕대를 감는 내내 고통스러웠다. 그 후 내게 일어난 모든 일이 고통스러웠다. 하지만 내가 이따금 열쇠를 찾아내 내 자신으로 침잠할 때면, 그곳 어두운 거울 속에는 운명의 모습들이 잠들어 있었다. 그러면 나는 그 검은 거울 위로 몸을 숙여 나 자신의 모습을 보기만 하면 되었다. 그 모습은 이제 완전히 그와 똑같았다. 내 친구이자 인도자인 그와.

해설편

▌ 헤르만 헤세

헤세는 성장에 대한 통렬한 성찰과 인간의 타고난 본성을 실현하는 것을 자신의 문학의 목표로 삼았다. 이러한 그의
작품은 방황하는 세계의 젊은 싱클레어들이 진정한 자아를 찾아가도록 인도해 주는 길잡이가 되었다.

194 _데미안

진정한 자기 자신을 찾아 나선
어느 청춘의 이야기

1

1946년 스웨덴 예술원은 올해의 노벨 문학상 수상자로 헤르만 헤세(Hermann Hesse)를 선정한다. 이로써 헤세는 세계 문학계의 최정상에 우뚝 올라서게 되었으나, 정작 자신은 그다지 기뻐하지 않았다. 같은 해 겨울에 개최된 노벨 문학상 시상식에 전 세계인의 이목이 집중되었을 때도 그는 시상식에 모습을 드러내는 대신 스위스 산골에 자리한 요양소에 머물렀다. 이처럼 헤세는 화려하고 소란스러운 것을 싫어했고, 언제나 자유롭고 한적한 곳에서 홀로 은둔하기를 즐기는 작가였다.

독일에서 태어났으나 1923년에 스위스로 국적을 바꾼 헤세는 노벨상 수상 전부터 이미 세계적 명성을 얻은 인기 작가였다. 《페터 카멘친트 Peter Camenzind》, 《수레바퀴 아래서 Unterm Rad》, 《크눌프 Knulp》 등 초기 낭만주의 성향의 작품부터 《데미안》, 《싯다르타 Siddhartha》, 《황야의 이리 Der Steppenwolf》, 《나르치스와 골드문트 Narziß und Goldmund》[1], 《유리알 유희 Das Glasperlenspiel》 등의 후기 작품에 이르기까지, 내면의 가치를 강조했던 그의 작품은 세계적으로 1억 부 이상 팔렸다.

---

1) 한국에서는 《지(知)와 사랑》이라는 이름으로 출간되었다.

그러나 그의 문학적 여정이 항상 순탄했던 것만은 아니었다. 제1차 세계 대전 때는 신문에 전쟁에 반대하는 글을 발표하면서, 전쟁에 대한 환상과 그릇된 애국심에 빠져 있던 독일인들의 '배신자'가 되었다. 인쇄를 마친 책들이 연합군의 폭격을 맞아 전소되는가 하면, 새롭게 인쇄하는 일조차 어려움을 겪기도 했다. 여기에 예전부터 지속되어 온 가정생활의 위기 때문에 극도로 심신이 지쳐 정신과 치료까지 받아야 했다. 제2차 세계 대전 때는 나치의 끈질긴 방해로 독일에서 인쇄 수입을 단 한 푼도 올리지 못하게 되는 일도 있었다. 당시 그는 인기 작가라는 유명세가 무색할 정도로 모든 생활을 주변의 도움에 의존해야 했다. 전쟁이 끝난 뒤 일부에서는 '거장 헤세'가 토마스 만(Thomas Mann, 1875~1955)이나 슈테판 츠바이크(Stefan Zwig, 1881~1942)와는 달리 나치와 타협했다는 비판을 가하기도 했다.

하지만 그의 문학의 일관된 주제가 맹목적 민족주의에 대한 반대, 반전(反戰)과 평화주의, 자유를 위한 개인의 투쟁, 순응을 요구하는 사회에서 개인이 살아남는 방법 등이었다는 점을 생각해 보면 그에 대한 이러한 평가가 얼마나 왜곡되었는지 알 수 있다. 그는 동시대 어떤 작가보다도 자유롭고 용감하게 살 것과 잘못된 권위에 대항할 것을 젊은 세대의 감성에 호소했다. 그의 작품이 발표된 지 비교적 오랜 시간이 흐른 뒤인 1960~70년대, 그것도 독일이나 유럽이 아닌 바다 건너 미국에서 선풍적인 인기를 끈 것은 결코 우연이 아니다. 바로 그의 작품에 시공을 초월하여 젊은이들이 공감할 만한 보편적인 가치가 숨어 있기 때문이다. 그의 작품에는 서양 문명의 한계에 대한 냉철한 비판과 함께 이미 효력을 상실한 기존 질서로부터 해방되어 자유를 누리길 원하는 젊은이들의 절규가 담겨 있으며, 새로운 가치와 세계, 새로운 삶의 가능성에 대한 염원이 수려한 문체로 형상화되어 있다.

무엇보다 오늘날까지도 헤세가 우리의 마음을 사로잡을 수 있었던 진짜 이유는《데미안》이후 그의 작품에 진정한 자아를 찾기 위해 좌절과 방황, 고뇌를 거듭하는 한 개인의 내면적 투쟁이 집요하게 그려져 있기 때문이다. 그의 작품은 '자기 자신을 찾기 위한 고행의 길'이며, 이 길은 그의 삶과 글쓰기의 최종 목표이기도 하다.

2

《데미안》의 탄생은 헤세가 제1차 세계 대전 즈음에 겪은 삶의 위기와 관련이 깊다. 헤세는 1914년에 전쟁이 발발하자 국민의 의무를 다하기 위해 입대를 희망하지만 시력이 나쁘다는 이유로 거부당한다. 이후 그는 베른에서 '독일군 포로 후원 기구'를 조직하여 활동하는 한편, 여러 신문과 잡지에 반전 내용의 논평과 논문, 공개서한 등을 부지런히 기고한다. 그러나 헤세는 그의 글에 불만을 품은 독일 내 국수주의자들의 비난을 사게 되고, 그들의 공격을 받아 심적으로 큰 상처를 입게 된다. 또한 강도 높은 후원 기구 업무 때문에 그는 육체적으로도 많이 지친 상태였으며, 이미 오래전부터 신경 쇠약과 우울증에 시달리고 있던 아내를 간호하는 일도 그의 몫이었다. 이러한 일련의 상황을 겪으며 헤세는 그 자신이 정신적 위기를 맞아 치료를 받아야 할 상황에 이른다.

결국 헤세는 1916년 융[2]의 동료이자 제자인 요제프 베른하르트 랑

---

2) Carl Gustav Jung, 스위스의 정신 의학자·심리학자(1875~1961). 프로이트의 정신 분석학에 영향을 받아 분석 심리학의 기초를 세웠다. 내향성과 외향성을 구별하는 유형을 분석하였으며, 개인과 집단의 무의식적 사고나 심상을 신화나 민화 속에서 찾았다.

(Joseph Bernhard Lang, 1881~1945) 박사에게 정신 분석 상담을 받는다. 이 기회를 통해 헤세는 처음으로 정신 분석학을 접하게 된다. 이후 헤세는 프로이트나 융의 글을 읽으며 정신 분석학 이론을 자신의 작품에 도입하고 그동안 자신을 괴롭혔던 내면의 문제들을 새로운 각도에서 해결할 단초로 삼는다.

1917년 《데미안》 집필을 마친 헤세는 같은 해 가을 출판인 사무엘 피셔(Samuel Fischer, 1859~1934)에게 검토를 부탁하는 편지와 함께 원고를 보낸다. 이 편지에서 헤세는 이 소설을 쓴 젊은 작가가 '에밀 싱클레어'라는 사람인데, 불행하게도 지금 중병에 걸려 자신의 정체를 드러내려 하지 않기 때문에 부득이하게 자신이 대리인 노릇을 할 수밖에 없다고 밝힌다. 원고를 살펴본 출판사는 뛰어난 작품성에 매우 만족스러워했고, 이 작품은 1919년 〈디 노이에 룬트샤우 Die Neue Rundschau〉라는 잡지에 먼저 연재된다. 그리고 마침내 같은 해 6월, '어느 청춘의 이야기(Die Geschichte einer Jugend)'라는 부제를 달고 에밀 싱클레어의 《데미안》이 세상에 소개된다. 《데미안》은 신드롬에 가까운 반응을 불러일으켰으며, 1년 후 에밀 싱클레어는 젊은 신인 작가에게 수여되는 권위 있는 문학상인 '폰타네 상'까지 수상한다.

이로써 이 신인 작가를 둘러싼 대중들의 궁금증은 증폭된다. 처음으로 작가의 정체를 폭로한 사람은 독일 작가 오토 플라케(Otto Flake, 1880~1963)였다. 그는 작품 속 문체를 면밀히 분석해 《데미안》의 저자가 헤르만 헤세라고 주장하였다. 베일에 싸인 신인 작가에 대한 독일 문단의 관심과 논란은 한층 더 커졌다. 플라케와 더불어 평론가 에두아르트 코로디(Eduard Korrodi, 1885~1955) 역시 재차 이 책의 저자가 헤르만 헤세임을 확신하며 헤세에게 정체를 밝힐 것을 공식적으로 요구한다. 헤세는 피셔나

랑 박사, 그 밖의 가까운 친구들에게 먼저 사실을 털어놓은 후 1920년 7월에 자신이 《데미안》의 저자임을 밝힌다. 헤세가 폰타네 상을 반납함으로써 에밀 싱클레어라는 유령 작가를 둘러싼 소동은 일단락되었고, 이후 《데미안》은 헤르만 헤세의 이름으로 정식 인쇄되어 출간된다.

그렇다면 헤세는 왜 이 작품에서 가명을 사용하였을까? 헤세는 일찍이 전쟁을 반대하는 글을 쓸 때부터 이 '에밀 싱클레어'라는 이름을 사용한 바 있다. 그는 《데미안》에 이 가명을 다시 사용한 이유를 '젊은이들이 잘 알려진 늙은 아저씨쯤 되는 나의 이름에 놀라지 않도록 하기 위해'라고 밝힌다. 헤세는 자신의 유명세에 가려져 이 이야기가 진지하게 받아들여지지 않거나 무시당하는 일이 없길 바랐고, 실제로 젊은 독자들은 에밀 싱클레어가 자신들 또래일 거라는 생각을 믿어 의심치 않았다.

다른 한편으로는 당시 이미 인기 있는 대중 문학가였던 그가 예술적 변신을 시도한 것으로도 해석할 수 있다. 그는 랑 박사에게 '인기 작가' 역할이 썩 마음에 들지 않는다고 털어놓으며 다음과 같이 말한다. "나는 이제부터 새로운 작품이 나올 때마다 새로운 이름을 쓰고자 합니다. 나는 정말 헤세가 아니라 싱클레어였고, 클링조르, 클라인이었습니다. 앞으로도 또 다른 이름이 될 것입니다." 헤세에게 가명의 사용은 작가로서 새로운 출발점에 서서 과거와의 이별을 고한다는 의미였다. 실제로도 《데미안》 이후 헤세의 작품은 이전과는 완전히 다른 면모를 보이게 된다. 즉 이전의 소설이 다소 가볍고 낭만적이었다면 《데미안》 이후의 작품들은 그가 살고 있던 시대의 본질적 문제들을 진지하게 다룬다.

▌제1차 세계 대전
《데미안》은 제1차 세계 대전의 전장에서 데미안과 싱클레어가 재회하는 것으로 끝맺는다. 두 차례의 전쟁이 몰고 온 혼란기 속에서 이 작품은 새로운 삶의 지표를 제시하며 희망의 메시지를 던져 주었다.

헤세의 삶에서 가장 중요한 사건은 두 번의 세계 대전, 즉 전쟁일 것이다. '태어나려는 자는 세계를 깨부수어야만 한다'는 데미안의 말처럼 헤세는 옛 질서가 붕괴하고 이를 대체할 만한 새로운 질서가 확립되지 않은 상태에서는 필연적으로 전쟁이 일어날 수밖에 없다고 진단했다. 18세기 유럽을 지배했던 합리주의, 자유주의, 인간 중심주의의 진보적 가치가 20세기 자본주의와 과학 기술 맹신주의에 밀려 위기를 맞은 후 유럽 문화는 새로운 대안적 세계관을 내놓지 못한 채 큰 혼란에 빠진다. 이런 상황에서 고리타분한 옛 질서가 깨지고 새로운 변화가 불어오기를 바라는 젊은이들에게 전쟁은 낡은 질서를 단번에 허물고 그 위에 새로운 질서를 세울 수 있는 혁명적 사건이었다.

니체가 '죽은 신의 사회'라 선언한 20세기 초반의 유럽은 인간성, 개인성의 억압이 극단적으로 이루어지던 시대였다. 이런 상황에서 변화와 개혁을 바라는 당시 젊은이들이 선택할 수 있는 길은 두 가지뿐이었다. 하나는 인간성을 존중했던 18세기 질서(《데미안》에서는 아버지의 세계)로 회귀하는 방법이다. 이것은 편안하고 쉬운 방법이지만 다가올 시대에는 부적절한 것이었다. 다른 하나는 미래의 시대에 알맞은 새로운 가치와 질서를 창조하는 방법이다. 하지만 기존의 질서를 무너뜨리고 완전히 새로운 질서를 세우는 일은 매우 불확실하고 위험한 모험이기에 큰 용기가 필요하다. 싱클레어가 처음에 데미안의 제안을 거부하고 안락한 아버지의 세계로 돌아간 것도 이 때문이다. 어쨌든 헤세는 이 극단적인 모험이 바로 전쟁이라고 보았다.

헤세는 《데미안》의 결말을 전쟁의 발발과 주인공의 참전으로 끝내면서 당대의 사회적 분위기를 진지하게 다룬다. 그러나 이것이 전쟁을 옹호하거나 정당성을 인정한다는 의미는 아니다. 작품에서의 전쟁은 정치적, 사회적 관점에 놓여 있기보다는 주인공 싱클레어의 내적 해방과 성장의 상징으로 해석될 뿐이다. 즉 싱클레어가 낡은 아버지의 세계를 깨고 나와 자기 내면을 지향하는 성인으로 성장하는 과정을 밟는 기회, 더욱 치밀하게 '자기 자신에게 이르는 길'로 향할 수 있는 기회로서 의미가 있는 것이다.

3

《데미안》의 수용 역시 두 차례의 세계 대전과 연관이 깊다. 이 전쟁을 겪으며 전 세계는 헤아릴 수 없는 인명과 재산상의 손상을 입었다. 전쟁 이전에 존재했던 정신적·문화적 체계는 모두 무너졌고, 인류는 그 폐허 위에 새로운 질서를 세워 나가야 했다. 결국 두 차례의 세계 대전은 옛 질서가 해체되고 새 질서가 구축되는 사이, 가치의 공백이 지배하는 위기의 시대에 일어난 사건이었다. 제1차 세계 대전이 끝난 직후 출간된 《데미안》은 당시 젊은이들이 전쟁으로 입은 상처를 회복하고 새로운 삶의 의미를 찾아 나선 시점에서 수용된다. 당시 문필가이자 작가로 활동했던 루루 폰 슈트라우스 운트 토르나이(Lulu von Strauß und Torney, 1873~1956)는 〈독일 문학의 미래〉라는 잡지에서 당시 독일 젊은이들의 심리적 상황을 다음과 같이 밝힌다.

> 전쟁 체험이 불안에 떨고 있던 젊은이들의 영혼을 심하게 흔들어 놓아 그때까지 세계의 근간이 되었던 궁극적 틀을 해체하고 완전한 혼돈을 유발했다면, 그것은 이상한 일일까? 여기서는 자신만의 고유한 존재가 안팎으로 뒤흔들리거나 철저하게 의문시되었을 뿐 아니라, 사회 전체나 지배 문화 자체도 그러했다. (중략) 젊은이들은 그 끝에서 자신이 원치 않았던 사실들을 분명하게 보게 되는데, 그것은 내면의 깊은 위선과 이미 낡아 빠진 서양 문화가 몰락할 시점이 무르익었다는 사실이다. (중략) 이 문화는 겉으로는 '예'라고 말하지만 행동은 '아니오'라며 그 반대로 하고, 스스로 자기 자신이 되고자 하는 용기도 없었다.

전통적으로 이 '예'와 '아니오'의 문제가 선악의 윤리적 문제와 결부되었다고 본다면, 당시 젊은이들에게 닥친 가장 큰 문제는 자기 내면에서 일어난 선악의 모순과 갈등이었다. 그들은 이 모순을 해소하고 통일을 이루는 방법으로 삶의 정당성을 확보하려는 실험을 벌이지만 번번이 실패하고 만다. 《데미안》은 젊은이들의 정체성 문제를 환기함으로써 열렬한 지지를 얻게 된다. 이 작품을 격찬했던 토마스 만은 젊은이들 사이에 불었던 《데미안》 열풍을 다음과 같이 소개하고 있다.

에밀 싱클레어라는 수수께끼 속 인물이 쓴 《데미안》의 감전될 듯한 충격을 잊을 수 없다. 섬뜩할 정도로 정확하게 시대의 정곡을 찌르는 작품이었다. 젊은이들은 모두 자신의 가장 깊숙한 삶의 이야기를 하고 있는 이 사람이 자신들 사이에서 등장한 것으로 이해하고(그들이 필요로 하는 것을 주는 사람은 이미 42세의 어른이었음에도) 고마운 마음으로 열광했다.

《데미안》은 제2차 세계 대전 기간 독일에서 불온서적으로 분류되어 출간되지 못했다. 하지만 종전과 동시에 제3제국이 패망하고, 나치에 반기를 들던 헤세가 노벨상을 수상하면서 그는 다시 대중 앞에 설 수 있게 된다. 여기에 전쟁의 상흔을 안고 참담하게 살아가던 참전 군인들 사이에서 참된 내면의 모습을 찾으려는 노력이 대두되면서 그의 작품은 다시한 번 주목받는다. 그러나 이후 독일이 이른바 '라인 강의 기적'으로 불리는 번영의 시대로 접어들자마자 자기 소외에 대한 회의의 목소리는 점점 잦아들기 시작했다. 이런 분위기 속에서 헤세는 청년기 방탕한 생활을 후회하는 개인의 모습을 진부하게 그린 작가로 폄하되기도 한다.

▌헤세의 후기 작품
헤세는 《싯다르타》, 《황야의 이리》, 《유리알 유희》 등의 작품에서 서구 문명에 의문을 던지고 인간의 육체와 정신 사이의 균형을 추구했다.

헤세에 대한 재평가는 1960년대 이후 미국에서 다시 시작된다. 몰락한 자본주의, 인종 갈등, 베트남 전쟁 등의 혼란 속에서 미국의 수많은 젊은이들은 또다시 다른 가치와 삶을 갈망하기 시작한다. 그리고 이때 《데미안》뿐만 아니라 《싯다르타》, 《황야의 이리》 등 헤세의 작품 안에서 길을 찾고 열광한다. 1970년대 미국에서 헤세 신드롬이 절정에 달하자, 독일 역시 헤세를 다시 주목한다.

나 자신과의 대면, 치열한 자아 찾기라는 젊은이들의 아주 특별한 고민을 다룬 작품 《데미안》의 힘은 오늘날에도 여전히 유효하다. 《데미안》은 독일 문학 수업에 빠지지 않고 읽히는 고전 작품이 되었고, 우리나라를 비롯한 전 세계에서 약 27개 국어로 번역되었다.

4

모든 인간의 삶이란 자기 자신으로 향하는 길이고, 이 길에 이르기 위한 시도이자 좁은 오솔길로의 암시이다. (중략) 많은 사람들은 단 한 번도 인간이 되어 보지 못하고 개구리나 도마뱀, 개미로 머문다. 상체는 인간인데 하체는 물고기인 사람도 많다. 하지만 모든 사람은 인간이 되기를 바라며 자연이 던져 놓은 존재이다. 우리 모두는 어머니라는 동일한 근원을 공유한다. 모두 동일한 심연에서 나온 것이다. 하지만 이 깊은 심연으로부터의 시도이자 투척으로서 각자 제 갈 길을 찾아 나선 개개의 인간은 자신만의 고유한 목표를 향해 나간다.

작품 전체의 줄거리를 간명하게 요약하고 있는 머리말의 구절에서 알 수 있듯이 《데미안》은 진정한 자아를 찾고자 하는 주인공의 간절한 소망과 그 꿈을 성취하기 위한 험난한 과정을 그리고 있다. 헤세는 이 작품에서 주인공 에밀 싱클레어가 열 살 유년기부터 성숙하고 자기 성찰적인 성인으로 발전해 나가는 과정을 단계적으로 보여 준다. 이 성장 과정에서 주인공은 점차 고유한 성격을 형성하며 자기 자신에게 좀 더 가까이 다가선다.

유년 시절 싱클레어는 자신의 삶이 두 개의 세계로 분리되어 있음을 깨닫는다. 하나의 세계가 따뜻하고 밝으며 깨끗한 곳, 사랑이 충만한 부모님의 세계였다면 다른 세계는 금지되고 어두우며 사악한 곳, 부모님의 세계와는 정반대의 세계이다. 그는 유년기의 호기심과 영웅주의에 사로잡혀 부모님의 세계보다는 어두운 세계를 동경하게 되고, 그러던 중 그 세계에 속한 프란츠 크로머에게 덜미를 잡힌다. 악몽을 꾸고 불안에 시달리는 과정에서 싱클레어는 자신이 점점 어두운 세계로 빠져들고 있으며, 지금까지 자신에게 친숙했던 밝은 세계가 완전히 무너지고 있음을 느끼게 된다. 그 무렵 막스 데미안이라는 전학생이 등장한다. 데미안은 싱클레어에게 성경에 등장하는 카인과 아벨의 이야기를 자신만의 고유한 시각으로 해석하여 들려준다. 또한 싱클레어가 크로머의 협박에 시달리고 있음을 알아채고 그를 도와준다. 그러나 아직 미숙한 소년이었던 싱클레어는 위기에서 벗어나자 잽싸게 부모님의 밝은 세계 속으로 숨어든 채 데미안과 거리를 유지한다.

그러나 사춘기가 다가오면서 싱클레어는 자신의 내면에서 어두운 세계를 향한 충동이 싹트고 있음을 느낀다. 그 어두운 세계는 이제 그를 완전히 점령해 더 이상 그 세계를 완전히 망각하거나 몰아낼 수 없도록 만들어 버린다. 이즈음 데미안과 싱클레어는 다시 만나게 되고 두 사람은 영혼을 나눈 형제처럼 가까워진다. 데미안의 생각은 싱클레어에게 큰 영향을 미친다. 데미안은 세계의 선한 반쪽만을 대변하는 성경의 신은 불

완전하다고 말하고, 싱클레어는 데미안의 생각이 두 세계의 대립이라는 자신의 고유한 생각과 정확하게 일치한다는 사실을 깨닫는다. 밝은 세계와 어두운 세계의 갈등은 혼자만의 문제가 아니라 모든 인간의 보편적인 문제인 것이다.

아브락사스(abraxas)
융은 아브락사스를 모든 대립물이 한 존재 안에 결합된 신으로 규정하였다.

열여섯 살이 된 싱클레어는 기숙학교에 들어간다. 데미안과 떨어져 있어도 싱클레어의 영적인 고민은 늘어만 간다. 그는 술집을 드나들면서 방탕한 삶을 살지만, 그러는 동안에도 그의 내면세계는 감정이 둘로 쪼개지는 혼돈의 상태가 지배한다. 그는 자신이 악마에게로, 어둠의 세계로 미끄러져 들어가는 것을 보면서도 새로운 사랑, 친구 데미안을 갈망한다. 그러나 이러한 갈등은 자신이 베아트리체라고 이름 붙인 젊은 소녀를 숭배하면서 해소되기 시작한다. 그는 베아트리체를 자신을 어둠의 세계에서 구원해 줄 성스러운 존재로 변용시키고, 꿈의 세계 속에서 이 여인을 그리기 시작한다. 완성된 그림에서 그는 여인이 아닌 데미안의 얼굴을, 그리고 마침내 자신의 얼굴을 떠올린다. 그러면서 이 형상들과 내적으로 연결된 채 하나의 새로운 이상을 만들어 내고 그에 따라 살아가고자 결심한다. 마침내 그는 거대한 알을 깨고 나오려는 새를 그린 다음 데미안에게로 보낸다.

얼마 후 데미안이 답장을 보낸다. "새는 투쟁하며 알을 깨고 나온다. 알은 세계이다. 태어나고자 하는 자는 세계를 깨부수어야만 한다. 새는 신에게로 날아간다. 그 신의 이름은 아브락사스이다."

싱클레어는 오르간 연주자 피스토리우스를 만나 아브락사스에 대해 듣게 된다. 피스토리우스는 싱클레어에게 아브락사스는 신이자 악마인

신, 두 개의 대립된 세계를 하나로 통합하는 신이라고 설명한다. 그러면서 인간 영혼이 바라는 모든 것을 두려워하지 않는 사람만이 참된 의미에서의 인간이라는 사실을 일깨워 준다. 피스토리우스를 만난 이후 내면의 고유한 목소리에 귀를 기울이고자 하는 싱클레어의 성향은 더 견고해진다.

그사이 싱클레어는 성적인 문제로 자살하려는 친구 크나우어를 구해 준다. 그리고 사상적 한계에 직면한 피스토리우스를 비판한 뒤 그와 결별하게 된다. 이때 싱클레어는 자기 내면에 귀를 기울이고, 원래 자신에게 주어진 길을 끝까지 따라가는 것이 인간의 소명임을 깨닫는다.

대학에 입학한 싱클레어는 데미안과 재회한다. 그는 데미안의 어머니 에바 부인을 만난 뒤 그녀가 바로 꿈속의 얼굴이라는 사실을 알게 된다. 그에게 에바 부인은 데몬이자 어머니, 운명이자 연인인 것이다. 에바 부인은 그에게 아무런 의혹이나 두려움 없이 자기 자신을 믿고 신뢰할 수 있는 힘을 불어넣어 준다. 에바 부인과 싱클레어 그리고 데미안은 이후 몇 달 동안 긴밀하고 조화로운 공동체를 이루면서 서로가 카인의 표적을 통해 연결되어 있다고 믿는다. 그러던 중 데미안은 곧 낡아 빠진 세계를 무너뜨리고 새로운 세계를 건설할 크나큰 사건이 일어날 것임을 예감한다. 그의 예상대로 곧 전쟁이 터지고 데미안과 싱클레어는 각각 전장으로 떠난다. 그리고 전선에서 부상을 입은 싱클레어 앞에 데미안이 나타난다. 그는 자신이 필요할 때는 마음에 귀를 기울이라는 말을 남긴다. 다음 날 옆자리에는 데미안 대신 낯선 이가 누워 있지만 이제 싱클레어는 데미안이 곁에 없어도 불안하지 않다. 데미안과 하나가 되었기 때문이다. 싱클레어는 이제 자기 자신만의 길을 걸어갈 준비를 한다.

나는 오로지 내면에서 저절로 우러나오는 인생을 살고자 했을 따름이다.

이 소설은 머리말과 제목이 붙은 총 여덟 개의 장으로 이루어진 독특한 구성을 이루고 있다. 머리말은 '에밀 싱클레어'를 문학적 허구가 아닌 실존 인물처럼 보이도록 만든다. 이로써 독자는 이 작품을 소설이 아닌 한 인간의 자서전처럼 느끼게 된다. 그리고 앞으로 펼쳐지게 될 이야기의 핵심 주제가 '개인'과 '자신을 찾아가는 과정'이라는 점을 암시함으로써, 독자가 주인공과 함께 자신에게 주어진 길과 운명을 찾고 그것을 실현하는 법을 배워 나가기를 바라는 작가의 소망을 드러내는 기능도 한다.

이 소설의 구조적 특성은 두 줄거리의 축이 나란히 전개되고 있다는 점이다. 한쪽 축이 외적 사건을 보고하는 것에 제한되어 있다면, 다른 축은 싱클레어의 내면에서 일어나는 감정적·심리적 변화를 묘사한다. 외적 줄거리가 시간의 흐름에 따라 연대기적으로 진행되며 주인공의 삶을 일직선처럼 늘어놓는다면, 내적 줄거리는 싱클레어의 자아와 주변 인물들과의 갈등, 극단적인 두 세계관의 충돌, 그리고 싱클레어 내면의 성장 과정을 그린다.

싱클레어의 삶을 따라가는 것만으로도 독자는 작품을 흥미롭게 읽을 수 있지만, 소설의 내용이나 분량 면에서 헤세가 외적인 줄거리보다는 주인공의 내면 체험의 묘사에 중점을 두고 있다는 사실은 분명하다. 화자는 싱클레어 가족들의 이름이 무엇인지 구체적으로 밝히지 않고, 사건이 벌어지는 공간이나 시간에 대한 정보도 매우 모호하게만 제시한다. 무엇보다도 화자가 전달하려는 중심 사건은 싱클레어의 내면에서 일어

나는 심리 변화이다. 이 변화는 언뜻 외부 세계의 자극이 일으킨 것처럼 보일지 모르지만, 사실상 주인공의 내면에서 형성된 힘이 몰고 온 결과이다. 그것은 머리말의 첫 시작이자 소설의 핵심을 압축한 구절인 '내면에서 저절로 우러나오는 인생을 살고자 했다.'라는 말에서 확인된다.

6

모든 인간의 삶이란 자기 자신으로 향하는 길이고, 이 길에 이르기 위한 시도이자 좁은 오솔길로의 암시이다.

작품의 주제가 되는 싱클레어의 고백은 이 작품이 고유한 자아를 찾아 온전한 개체로 성장하는 과정을 그리고 있음을 말해 준다. 그래서 이 소설은 '교양 소설' 또는 '성장 소설'이라고 불린다.[3]

독일의 교양 소설은 보통 3단계 구조로 이루어지는데, 주인공 싱클레어의 삶 역시 동일한 구조로 나눌 수 있다. 첫 번째 단계는 프란츠 크로머와의 종속 관계를 통해 다른 세계와 대면하게 되는 유년기이다. 이 단계에서 싱클레어는 크로머와의 사건을 겪고 데미안이 들려준 카인의 표적 이야기를 듣는다. 그는 부모님의 밝은 세계와는 전혀 다른 세계가 있다는 사실을 알고 있으면서도 지금까지 자신에게 익숙했던 부모님의 세계에 안주하는 미성숙한 유년기의 특성을 보인다.

---

3) 교양 소설(Bildungsroman)은 개인이 자기를 발견·형성하고 그 개인이 사회로 통합되는 과정을 주제로 한다. 여기에서 '교양(Bildung)'이란 말은 '형성하다(bilden)'라는 동사에서 파생된 것으로, 단순히 지식과 기술을 익히거나 기성세대의 질서를 습득하는 것이 아닌 한 개인이 인간으로서 갖추어야 할 모습으로 스스로를 형성하는 것을 말한다.

┃ 몬타뇰라에서의 헤세

1919년 헤세는 스위스의 작은 어촌 마을 몬타뇰라로 이주했다. 그는 이곳에서 정신적 안정을 찾아 활발한 저술 활동을 펼쳤다. 말년에는 정원을 가꾸거나 아름다운 몬타뇰라의 풍경을 그리는 일에 몰두했는데, 그가 남긴 수채화는 총 3천여 점에 달한다.

나는 세상의 오솔길을 걸어 보려 했으나 그 길은 내게 너무 미끄러웠다. 그때 친절한 손길이 나를 붙잡아 구원해 놓자 나는 곁눈질 한 번 하지 않고 곧바로 어머니의 품으로, 유순하고 천진난만하던 어린 시절의 애정 가득한 그 안전한 공간으로 되돌아가 버렸다. (중략) 그 당시에는 그렇게 하지 않은 것이 데미안의 낯선 사상에 대한 정당한 불신 때문이라고 생각했다. 하지만 사실은 불안 때문이었을 뿐 아무것도 아니었다.

두 번째 단계는 부모님의 집을 떠나 자기 삶의 의미에 대해 집중적으로 탐색하는 청소년기이다. 하지만 싱클레어는 세상과 대립하며 내면에 침잠하거나 자기 파괴적 태도로 방황하는 삶을 이어 간다. 이러한 그의 태도를 바꾸어 준 존재는 피스토리우스이다. 베아트리체를 형상화한 그림에서 데미안과 자신의 모습을 발견한 싱클레어에게 피스토리우스는

'아브락사스'의 의미를 알려 줌과 동시에 내면의 소리를 인정하고 긍정하며 살도록 가르친다.

> "자네는 사랑의 꿈, 사랑의 소망을 가지고 있는 게 분명해. 어쩌면 그것들은 자네가 두려워하는 모습일 수도 있겠군. 하지만 두려워하지 말게! 그것들은 자네가 가진 최고의 것이라네! 내 말을 믿어도 돼. 난 자네 나이에 내 사랑의 꿈을 억압해 버린 바람에 많은 것을 잃었지. 그래선 안 돼. 아브락사스를 안다면 그렇게 해서는 안 되지. 아무것도 두려워해서는 안 되고, 우리 내면에서 영혼이 바라고 있는 그 무엇도 금지된 것으로 여겨서는 안 되네."

마지막 세 번째 단계에서 싱클레어는 데미안과 에바 부인을 만나 내면의 목소리에 귀를 기울이고 그에 따라 살아가는 인간으로 성장한다. 이 마지막 단계에서 싱클레어와 데미안은 전쟁이라는 거대한 변화를 경험한다. 특히 데미안은 전쟁을 해묵은 규범과 질서를 해체하고 새로운 질서를 세우라는 시대적 사명으로 해석한다.

> "나는 이미 몇 해 전부터 낡은 세계의 붕괴가 다가왔다는 결론을 내리게 하는, 아니면 그렇게 느끼게 하는, 글쎄 뭐랄까…… 그래, 느끼게 하는 꿈을 꾸어 왔어. (중략) 싱클레어, 이제 우리가 가끔씩 이야기해 왔던 사건을 경험하게 될 거야! 세계가 새로워지려고 해."

하지만 이것은 데미안의 사명일 뿐만 아니라 싱클레어의 운명이기도 하다. 이제 데미안은 싱클레어와 하나가 되었기 때문이다. 작품에서 데미안은 모든 것을 알고 있는 성숙한 인간으로서 싱클레어의 구원자이자 그를 새로운 길로 안내하는 인도자였지만, 결국에는 싱클레어가 내면에서 마주한 또 다른 '나'이기도 하다.

나는 그 검은 거울 위로 몸을 숙여 나 자신의 모습을 보기만 하면 되었다. 그 모습은 이제 완전히 그와 똑같았다. 내 친구이자 인도자인 그와.

싱클레어가 한 마리 새처럼 기존의 세계를 깨부수고 나와 새롭게 태어나는 모습에 사람들은 동질감을 느끼며 열광했다. 그리고 알을 깨고 날아간 새가 향한 신 '아브락사스'는 큰 전쟁을 두 차례나 겪은 세계의 모든 젊은이들을 유혹한 마법의 주문과도 같은 것이었다. 이 지점에서 헤세의 또 다른 의도가 드러난다. 그는 이 작품에서 단순히 미숙한 한 소년이 성숙한 인격체로 성장해 가는 개인적 과정만을 그리려 한 것이 아니라, 새로 깨어난 인간을 통해 새로운 세계의 질서를 창조해 보려는 희망을 그려 냈던 것이다.

- 최성욱

토론·논술 문제편

세상을 보는 새로운 시각의 중요성과
자아실현을 위한 노력의 과정을 이해할 수 있다.

1. 틀을 벗어나는 새로운 시각의 중요성을 말할 수 있다.

2. 작품 속 '새, 알, 아브락사스'의 의미를 말할 수 있다.

3. 시대를 바라보는 작가의 관점을 말할 수 있다.

4. 진정한 연대의 의미를 말할 수 있다.

5. 인간이 성장하기 위해 고통이 필요한지 자신의 생각을 말할 수 있다.

🌜 요약하기

※ 빈칸을 채워 《데미안》의 줄거리를 완성해 봅시다.

> **1장** 싱클레어는 기독교 신앙과 지성이 조화된 분위기의 가정에서 성장한다. 그의 가정은 '밝은 세계'이며 '선의 세계'이다. 싱클레어의 행복한 유년 시절은 '어두운 세계', '악의 세계'에 속한 프란츠 크로머를 만나면서부터 균열이 생기기 시작한다. 크로머는 싱클레어가 도둑질을 했다는 허풍을 약점으로 잡아 그를 계속 괴롭힌다. 이러한 고통 속에서 싱클레어는 '어두운 세계'에 눈을 뜬다.

> **2장**
>
> ....
>
> ....
>
> ....
>
> ....
>
> ....
>
> ....

> **3장** 싱클레어는 성(性)에 눈을 뜨기 시작하면서 크로머와 같은 존재가 이제는 자신 내부에서 생겨나 모순과 긴장을 낳고 있음을 알게 된다. 그리고 견진 성사 수업 때 다시 가까워진 데미안에게 내면으로의 길, 개성화의 길을 통해 자기모순을 극복해야 한다는 이야기를 듣는다. 데미안은 마지막 순간에 회개한 도둑보다 자신의 길을 끝까지 간 도둑에게 지조가 있으며 그가 카인의 후손일 수 있다는 것, 그리고 기독교의 일면적 교리에 대안이 되어 줄 포괄적 신앙에 대한 의식을 싱클레어에게 심어 준다. 하지만 곧 데미안은 떠나가고 아직 내적인 힘과 능력이 부족한 싱클레어는 절망에 빠진다.

4장 고향을 떠나 기숙사에서 홀로 생활하게 된 싱클레어는 사회와 이상을 아예 부정하며 방탕한 나날을 보낸다. 어느 날 싱클레어는 우연히 만나게 된 소녀를 흠모하게 되고, 그 덕분에 방황을 멈춘다. 그리고 소녀에 대한 동경을 담아 그녀에게 베아트리체라는 이름을 붙여 주고, 그녀의 초상화를 그리기 시작한다. 그림을 완성한 싱클레어는 그 그림에서 베아트리체뿐만 아니라 데미안의 모습, 나아가 싱클레어 자신의 모습을 발견한다. 싱클레어는 또다시 그림을 그린다. 그의 두 번째 그림은 고향 집 문장에 조각되어 있던 새, 황금빛 머리를 한 날카로운 맹금류였다. 그는 데미안을 떠올리며 그에게 새 그림을 보낸다. 누군가의 가르침과 도움으로 이뤄 낸 세계가 아닌, 자신 내부의 힘이 처음으로 몸부림쳐 일어나는 과정이었다.

5장

6장 피스토리우스와의 만남은 싱클레어에게 자신의 정체성과 운명에 한층 더 다가갈 수 있는 인식의 발전으로 이어진다. 신과 악마의 속성을 동시에 지닌 아브락사스를 통해 새로운 종단의 가능성, 내면의 모순을 승화시키는 법, 운명의 목소리에 따르는 법을 배운다. 그것을 증명이라도 하듯 싱클레어는 자살 직전의 크나우어를 구출하기까지 한다. 그러나 싱클레어가 피스토리우스의 한계를 지적하면서 둘은 결별한다. 싱클레어는 그와 결별한 후 좌절과 절망에 빠지지만, 처음으로 완전한 헌신과 기도를 통해 자신을 희생할 준비를 한다.

7장

....

....

....

....

....

....

....

....

....

....

8장 전쟁이 벌어진다. 데미안과 싱클레어, 그리고 모든 이들이 전쟁의 소용돌이에 휩쓸린다. 싱클레어는 전장 속에서 자신이 타인과 함께 공통의 운명을 짊어지고 있으며, 세계의 운명 한가운데를 지나고 있다는 것을 알게 된다. 거대한 새가 새로 태어나려면, 그 새를 둘러싸고 있는 세계라는 알은 산산조각 나야 했다. 부상당한 싱클레어 앞에 데미안이 나타난다. 그는 언제나 스스로의 내면에 귀를 기울이라고 말하고, 어머니 에바 부인의 입맞춤을 전한다. 다음 날 아침 데미안은 옆에 없다. 싱클레어는 자신의 내면으로 돌아가 친구이며 인도자인 데미안과 닮은 자신의 모습을 본다.

이해하기

1. 다음 설명에 해당하는 인물을 〈보기〉에서 찾아 써 봅시다.

> ┤보기├
>
> 싱클레어 데미안 크로머
> 피스토리우스 에바 부인

(1) 교회의 오르간 연주자로서 목사 집안에서 태어났지만, 일찍부터 신비주의 사상을 체득하여 주인공의 친구가 된다. 주인공의 김나지움 시절에 큰 영향을 끼친다.

....

(2) 유년 시절 주인공의 밝은 세계를 파괴한 인물이다. 어두운 세계를 대변하며 주인공을 위협하다 그 기세가 꺾인다.

....

(3) 작품의 주인공으로 밝은 세계에 대한 회의에 빠져 방황하는 인물이다. 다양한 사건을 겪으며 밝은 세계와 어두운 세계 사이의 갈등을 해소하고 자기 자신에게로 이르는 길을 걷게 된다.

....

(4) 여성적인 매력과 원초적인 모성의 힘을 아울러 갖춘 신비한 여인이다. 이성에 눈뜬 주인공이 연모(戀慕)하는 대상이며, 깊은 정신적 예지를 발휘해서 주인공을 올바른 길로 인도한다.

....

(5) 개성이 강하고 성숙한 인물이다. 자신 내부에 존재하는 순수 명령에 따라 행동하는 철학의 소유자로 유혹에 빠진 주인공을 도와준다.

....

2. 싱클레어가 깨달음을 얻고 성장해 가는 과정과 관련 있는 제목을 〈보기〉에서 찾아 그 기호를 써 봅시다.

┌─ 보기 ┐
ㄱ 두 세계　　　　　　　ㄴ 카인　　　　　　　ㄷ 에바 부인
ㄹ 베아트리체　　　　　ㅁ 종말의 시작　　　　ㅂ 야곱의 투쟁
ㅇ 새는 투쟁하며 알을 깨고 나온다　　ㅅ 예수와 함께 십자가에 매달린 도둑
└─────────────────────────────────┘

(1) 만남과 공동체에 대한 성찰을 다루고 있다. 싱클레어는 마침내 자신이 그린 꿈의 영상을 찾고 자신의 길을 가는 뛰어난 사람들도 만난다. 　　　　　(　)

(2) 천천히 커지는 성에 대한 감정이 하나의 적이자 파괴자로, 금기로, 유혹과 죄악으로 들이닥친다. 싱클레어는 허용된 밝은 세계로 나올 수 없는 충동이 자기 내면에 있음을 안다. 　　　　　(　)

(3) 싱클레어는 어두운 세계에 속한 친구에게 시달림을 당하는 경험을 통하여 유년의 행복에 그어지는 첫 균열을 경험한다. 그는 평화로운 가운데서 고통스러운 체험을 시작하게 된다. 　　　　　(　)

(4) 싱클레어가 아브락사스라는 신을 찾아 방황하는 시기이다. 오르간 연주자 피스토리우스와 만나 정신적 성숙을 거듭하고, 자신의 어두운 영혼에 절실히 귀 기울이게 된다. 　　　　　(　)

(5) 전장에서 부상을 입은 싱클레어는 데미안을 다시 만난다. 그리고 친구이자 인도자인 '그'와 닮은 자신의 모습을 발견한다. 　　　　　(　)

(6) 카인을 낙인찍힌 악인이 아닌 남달리 뛰어난 사람으로 보는 데미안의 해석을 통해 싱클레어는 주입된 모든 규범에 대해 다른 시각을 갖는다. (　　)

(7) 자신을 축복해 주지 않으면 놓아 주지 않겠다며 천사와 씨름한 야곱의 이야기를 배경으로 하고 있다. 한때 자신이 데미안을 따랐듯 자신을 따르는 친구와의 만남을 거치며 싱클레어는 성숙해 간다. (　　)

(8) 싱클레어는 비애와 절망, 작은 타락을 경험한다. 학교에서 쫓겨나는 일을 기다리는 나날 속에서 유년과는 최종적으로 결별한다. (　　)

3_ 데미안은 성경 속 인물 카인과 아벨에 대해 싱클레어가 알고 있던 것과는 정반대의 해석을 내립니다. 빈칸에 알맞은 말을 써 봅시다.

> "그래, 그렇다면 카인은 전혀 나쁜 사람이 아니었다는 말이네? 성경에 나오는 이야기가 전부 거짓이란 얘기야?"
> "그렇다고 할 수도 있고, 아니라고 할 수도 있어. 그렇게 오래된 이야기들은 대체로 참말이야. 하지만 그렇다고 언제나 사실대로 기록되거나 올바로 해석되는 것도 아니야." (중략)
> 그는 알트 가세 쪽으로 꺾어 들었고, 혼자 남겨진 나는 그 어느 때보다 더 어리둥절해졌다. 데미안이 떠나자마자 그가 한 모든 이야기가 터무니없게 느껴졌다. 카인이 (　ⓐ　)(이)고 아벨이 (　ⓑ　)(이)라니! 카인의 표적이 훈장이라니! 부조리할 뿐만 아니라 신성 모독이었고 극악무도한 소리였다. 그렇다면 하느님은 도대체 어디에 계셨단 말인가? 하느님은 아벨의 제물을 받았고, 아벨을 사랑하지 않았던가? 아니, 말도 안 되는 소리야! 데미안이 아마 나를 놀리고 골탕 먹일 작정이었나 보다. 그 애는 정말 영리하고 말도 잘해. 하지만 그건 아냐……

ⓐ : ....　　ⓑ : ....

4_ 싱클레어는 아이에서 어른이 되어 가는 정신적 성숙 과정에서 '두 세계'에 관해 많은 생각을 합니다. 밑줄 친 두 세계의 특징을 각각 써 봅시다.

> 데미안이 한 말은 어린 시절 내가 마음속에 품고 있던 수수께끼의 정곡을 찔렀다. 내가 늘 속에 지니고 다녔지만 그 누구에게도 꺼내 놓은 적 없는 수수께끼였다. 데미안이 신과 악마에 대해, 신적이고 공식적인 세계와 완전히 묵살된 악마의 세계에 대해 한 말은 정확하게 나만의 고유한 생각이었고, 나만의 고유한 신화였다. 두 개의 세계 혹은 절반으로 나누어진 세계―㉠밝은 세계와 ㉡어두운 세계에 대한 생각 말이다.

㉠ : ....

㉡ : ....

5_ 싱클레어는 깊은 인상을 받은 소녀에게 '베아트리체'라는 이름을 붙이고 초상화를 그립니다. 싱클레어가 완성된 초상화를 보고 깜짝 놀란 이유가 무엇인지 써 봅시다.

> 완성된 그림 앞에 앉으니 좀 묘한 인상을 받았다. 그것은 어떤 신의 모습이거나 신성한 가면 같아 보였다. 절반은 남자, 절반은 여자에 나이도 먹지 않고, 의지력이 강해 보이면서도 몽환적이고, 뻣뻣해 보이면서도 은밀하게 생기가 넘쳐 보였다. 이 얼굴은 내게 무언가를 말하고 있었다. 그것은 내 것이었고 내게 무언가를 요구하고 있었다. 누군가와 닮은 것 같은데, 누구인지는 알 수 없었다. (중략)
> 나는 침대에서 벌떡 일어나 그 얼굴 앞에 최대한 가까이 다가서서, 어딘가를 멍하게 응시하고 있는 듯 부릅뜬 녹색 눈을 들여다보았다. 오른쪽 눈이 왼쪽 눈보다 약간 올라가 있었다. 그런데 갑자기 그 오른쪽 눈이 살짝 움직였다. 미세하긴 하지만 분명했다. 이 미세한 움직임을 보고 나는 이 얼굴이 누구인지 알아차렸다…….

....

....

6_ 다음 빈칸에 들어갈 문장을 작품에서 찾아 써 봅시다.

> 종이를 만지작거리다가 무심코 펼쳤더니 안에 몇 마디 문구가 적혀 있었다. 그 글을 흘깃 바라보던 시선이 어떤 단어 하나에 꽂혔다. 깜짝 놀라며 종이를 읽어 내려가는 동안 내 심장은 혹독한 추위를 만난 듯 운명 앞에서 움츠러들었다.
> "(㉠   ) 알은 세계이다. 태어나고자 하는 자는 세계를 깨부수어야만 한다. 새는 신에게로 날아간다. (㉡   )"
> 나는 이 글을 몇 번이고 읽은 다음 깊은 생각에 빠져들었다. 의심할 여지없이 그것은 데미안의 답장이었다. 나와 그 말고 그 새에 대해서 아는 사람이 있을 리 없었다. 그가 내 그림을 받아 의미를 이해하고, 내가 그 뜻을 해석하도록 도운 것이다. 하지만 이 모든 것이 서로 어떻게 연관되어 있는 걸까?

㉠ : ....

㉡ : ....

7_ 싱클레어는 우연히 교회의 오르간 연주자 피스토리우스와 만나게 됩니다. 피스토리우스에 대한 설명으로 옳지 <u>않은</u> 것을 골라 봅시다.

① 한때 촉망받는 신학도였으며 지금도 개인적으로는 신학 공부를 계속하고 있다.

② 싱클레어는 자신과 나이 차이가 많이 나는 중년 사내인 피스토리우스를 스승으로 생각하며 깍듯하게 대한다.

③ 싱클레어는 피스토리우스가 연주하는 모든 곡에 신앙심과 헌신, 경건함이 깃들어 있다고 생각한다.

④ 싱클레어는 피스토리우스와 나눈 모든 대화가 '나'를 형성하는 데 도움을 주었으며, 허물을 벗고 알껍데기를 부수는 데 도움을 주었다고 생각한다.

⑤ 싱클레어에게 아브락사스라는 신의 존재를 일깨워 주고 영혼의 목소리에 귀 기울이라고 가르치지만 스스로의 한계에 부딪혀 싱클레어와 결별하고 만다.

8_ 싱클레어는 '표적'이 있는 사람들과 공동체를 이루게 됩니다. 표적을 지닌 사람들의 특징으로 맞으면 ○표, 틀리면 ×표를 해 봅시다.

⑴ 깨어난 사람들, 혹은 깨어나고 있는 사람들, 점차 더 완벽한 깨어남의 상태에 도달하기 위해 노력하는 사람들이다. ( )

⑵ 자신의 이상과 의무, 삶을 무리에 긴밀하게 엮고, 그 안에서 열망과 행복을 찾았다. ( )

⑶ 인류를 유지되고 지켜야 할 존재, 완성된 존재로 보았다. ( )

⑷ 새롭고 개별적인 것, 미래의 것을 향하는 자연의 의지를 대변하고자 했다. ( )

⑸ 각자가 온전히 자기 자신이 되어 내면의 의지에 따라 살아야 한다는 의무를 갖고 있었다. ( )

9_ 전장에서 싱클레어 앞에 나타난 데미안이 마지막으로 남긴 말이 무엇인지 다음 빈칸에 들어갈 문장을 작품에서 찾아 써 봅시다.

> "꼬마 싱클레어! 내 말 잘 들어! 나는 떠나야 해. 어쩌면 너는 언젠가 다시 나를 필요로 하게 될 거야. 크로머든 다른 일로든 말이야. 그럴 때 네가 나를 부르면, 나는 말을 타거나 기차를 타고 막 달려오지 않을 거야. ( )
> 그러면 내가 네 안에 있음을 알게 될 거야. 알겠니? 그리고 더 있어! 에바 부인이 말했어. 너에게 나쁜 일이 생기면, 그녀가 내게 해준 입맞춤을 너에게 전해 주라고…… 눈을 감아, 싱클레어!
> 나는 순순히 눈을 감았다. 피가 멎을 기미 없이 흐르고 있는 내 입술에 그가 가볍게 입을 맞추는 것이 느껴졌다. 그리고 나는 잠이 들었다.

Step 1 작품의 주요 사건과 등장인물의 성격을 바탕으로 다음 물음에 답해 봅시다.

가 크로머는 뻔뻔하고 심술궂은 입을 씰룩이더니 땅바닥에 침을 뱉었다.

"헛소리 집어치워!" 그는 명령하듯이 말했다. "그런 시시한 잡동사니는 너나 가져. 나 침반이라니! 더 이상 나를 화나게 만들지 마. 돈이나 가져와, 알겠어?"

"하지만 돈이 없는 걸. 어디서 구할 데도 없어. 전혀 방법이 없다고!"

"어쨌든 내일 2마르크 가져와. 학교 끝나고 저 아래 시장에서 기다릴게. 그럼 다 끝이야. 만약 안 가져오면, 알지!"

"그래, 하지만 돈을 어디서 구하라고? 하느님 맙소사, 난 한 푼도 없다고……."

"너희 집엔 돈이 얼마든지 있잖아. 그건 네가 알아서 할 일이야. 그러니까 내일 학교가 끝난 후다. 말해 두지만 내일 돈을 안 가지고 왔다가는……." 그는 무시무시하게 나를 쏘아보더니 한 번 더 침을 뱉고는 그림자처럼 사라져 버렸다.

나 "사람은 언제나 물어야 해, 언제나 의심해야 하고. 그 문제는 아주 간단해. 예를 들어 그런 나비가 자기 의지를 별이나 다른 어떤 곳에 집중하려 했다면, 그건 이룰 수 없는 일이겠지. 물론 나비는 절대 그런 시도는 하지 않겠지만. 나비는 자기에게 의미가 있고 가치가 있는 것, 자기에게 필요한 것, 무조건 가져야 하는 것만을 찾지. 그리고 바로 그렇기 때문에 믿을 수 없는 일도 해낸 거야."

다 "세상에 살인이나 별별 악들이 존재하고 있다는 건 알고 있어. 하지만 이런 것들이 존재한다는 이유만으로 나더러 거기에 휘말려 범죄자가 되라는 말이니?" (중략)

"물론 넌 사람을 죽인다거나, 여자를 강간하고 살해해서는 안 돼. 안 되지. 하지만 넌 '허락된 것'과 '금지된 것'이 무슨 뜻인지 깨닫는 경지까지는 아직 이르지 못했어. 넌 이제 겨우 진리의 일부분만을 감지했을 뿐이야. 다른 부분들도 점차 알게 될 거야. 내 말 믿어! 예를 들어 넌 대략 1년 전부터 마음속으로 다른 어떤 것들보다 더 강한 충동 하나를 느끼고 있어. 그런데 그 충동은 '금지된 것'이지. 하지만 반대로 그리스인들이나 그밖의 다른 많은 민족들은 그 충동을 신성한 것으로 여겨 큰 축제를 올리며 숭배했지. 그러니까 '금지된 것'은 영원하지 않아. 바뀔 수 있는 거지."

라 크로머와의 사건까지 거슬러 올라가 나는 막스 데미안에 대한 모든 기억을 마음속에서 끄집어냈다. 예전에 그가 했던 말들이 다시금 얼마나 많이 울려 왔던가! 모든 말들이 여전히 의미 있었고, 눈앞의 문제이자 나와 연관된 문제였다! 지난번 별로 달갑지 않았던 마지막 만남에서 그가 탕아와 성자에 대해 했던 말조차도 별안간 떠올라 내 영혼을 환히 비추고 있었다.

– 헤르만 헤세, 최성욱 옮김, 《데미안》

1_ 어린 싱클레어는 크로머를 만난 후 심경의 변화를 겪습니다. 싱클레어의 마음이 어떻게 변했는지 그 과정을 말해 봅시다.

....

....

....

2_ 데미안의 사고와 행동이 싱클레어에게 어떤 영향을 주었는지 말해 봅시다.

....

....

....

3_ 자신에게 데미안과 같은 역할을 하는 존재가 있는지 말해 봅시다.

....

....

....

....

Step 2 새로운 눈으로 세상을 바라보는 것에 어떤 의미가 있는지 말해 봅시다.

㉮ 아담이 그 아내 하와와 동침하매 하와가 잉태하여 가인을 낳고 이르되 내가 여호와로 말미암아 득남하였다 하니라. 그가 또 가인의 아우 아벨을 낳았는데 아벨은 양 치는 자이었고 가인은 농사하는 자이었더라. 세월이 지난 후에 가인은 땅의 소산으로 제물을 삼아 여호와께 드렸고 아벨은 자기도 양의 첫 새끼와 그 기름으로 드렸더니 여호와께서 아벨과 그 제물은 받으셨으나 가인과 그 제물은 받지 아니하신지라. 가인이 심히 분하여 안색이 변하니 여호와께서 가인에게 이르시되 네가 분하여 함은 어찜이며 안색이 변함은 어찜이뇨. 네가 선을 행하면 어찌 낯을 들지 못하겠느냐. 선을 행치 아니하면 죄가 문에 엎드리느니라. 죄의 소원은 네게 있으나 너는 죄를 다스릴지니라. 가인이 그 아우 아벨에게 고하니라. 그 후 그들이 들에 있을 때에 가인이 그 아우 아벨을 쳐 죽이니라.

– 〈창세기〉, 4장 1~8절

㉯ "아주 간단해. 이야기의 발단이 된 표적은 애초부터 있었던 거야. 그러니까 옛날에 한 남자가 있었는데, 그의 얼굴에는 다른 사람들이 겁낼 만한 무언가가 있었던 거지. 그래서 사람들은 감히 그를 건드리지 못했어. 다른 사람들에게 위압감을 느끼게 만들었던 거지. 그와 그의 자식들이 말이야. 아마도, 아니 분명히 그의 이마에 진짜 우체국 소인(消印) 같은 표적이 찍혀 있지는 않았을 거야. 세상에서 그런 막된 일은 거의 일어나지 않거든. 그의 얼굴에는 오히려 쉽게 알아챌 수 없는 섬뜩함이 배어 있었고, 그의 시선에는 보통 사람들 눈에 특별해 보이는 정신과 대담함이 깃들어 있었을 거야. 힘이 있었으니 사람들은 남자에게 겁을 냈겠지. 그 남자에게는 '표적'이 있었어. 사람들은 이 표적에 대해 자신들이 원하는 대로 설명할 수 있었어. '사람들'은 언제나 스스로에게 편하고 좋은 것만을 원하는 법이거든. 그들은 카인의 후예에게 두려움을 느끼고 있었어. 그들에게 '표적'이 있었던 거지. 그래서 사람들은 그 표적을 애초의 의미대로, 그러니까 우월함에 대한 훈장이라고 말하지 않고 오히려 그 정반대로 해석했지. 사람들은 이런 표적을 지닌 놈들이 섬뜩하다고 말했어. 사실 그들은 정말 그랬으니까. 용기와 자기만의 개성을 가진 사람들은 언제나 다른 사람들에게 매우 섬뜩해 보이거든. 두려움을 모르는 섬뜩한 족속들이 돌아다닌다니 몹시도 불쾌했겠지. 그래서 사람들은 이 족속에게 별명을 붙여 주고 이야기를 꾸며 댄 거야. 그들에게 복수하기 위해, 그리고 자신들이 견뎌 내야 하는 공포를 별것 아닌 일처럼 만들기 위해. 알겠니?"

226 _데미안

다 카인이 위대한 사람이고 아벨이 겁쟁이라니! 카인의 표적이 훈장이라니! 부조리할 뿐만 아니라 신성 모독이었고 극악무도한 소리였다. 그렇다면 하느님은 도대체 어디에 계셨단 말인가? 하느님은 아벨의 제물을 받았고, 아벨을 사랑하지 않았던가? 아니, 말도 안 되는 소리야! 데미안이 아마 나를 놀리고 골탕 먹일 작정이었나 보다. 그 애는 정말 영리하고 말도 잘해. 하지만 그건 아냐……. (중략)

그렇게 되면 사람을 때려죽인 사람들도 저마다 자신이 하느님의 사랑을 받고 있다고 공언할 것이다! 아니다. 그건 터무니없는 말이다. 다만 데미안이 그런 이야기를 풀어내는 방식만은 훌륭했다. 그는 모든 이야기가 자명하다는 듯 쉽고도 멋지게 설명했다. 게다가 그런 눈빛으로!

－ 헤르만 헤세, 최성욱 옮김, 《데미안》

1_ 데미안이 일반적인 통념과는 달리 카인과 아벨에 대해 어떻게 해석하고 있는지 말해 봅시다.

....

....

....

....

2_ 모든 사람들이 기존의 틀로만 세상을 바라본다면 어떤 일이 벌어질지 생각해 보고, 데미안처럼 새로운 시각으로 세상을 바라보는 것에 어떤 의미가 있는지 말해 봅시다.

....

....

....

....

....

가 나는 점차 꿈을 꾸듯 붓을 놀려 선을 긋고 면을 채우는 데 익숙해졌다. 대상도 없이 장난스러운 손길과 무의식에서 생겨나는 것들이었다. 그러던 어느 날 마침내 거의 의식도 없는 상태에서 이전의 것들보다 더욱 강하게 말을 걸어오는 얼굴을 완성했다. 그것은 소녀의 얼굴이 아니었고, 결코 그래서도 안 되었다. 무언가 다른 것이고 어딘가 비현실적인 것이었지만 그렇다고 가치가 덜하지 않았다. 소녀라기보다는 오히려 소년의 얼굴로 보였다. 머리카락은 나의 예쁜 소녀처럼 연한 금발이 아니라 붉은 색조가 도는 갈색이었고, 턱은 강하고 단단했지만 입은 붉은 꽃이 피어난 것 같았다. 전체적으로 약간 뻣뻣하고 가면 같은 느낌이 들기도 했지만 인상적이었고 신비로운 생명력이 가득했다.

– 헤르만 헤세, 최성욱 옮김, 《데미안》

나 모든 사람이 경험했을 알의 비유를 통해 비로소 싱클레어는 자아실현의 길을 걷게 된다. 그는 데미안을 통하여 아브락사스를 알게 된다. 오직 선한 신, 유일신만을 믿던 싱클레어는 선한 신과 악한 신의 합일인 아브락사스를 받아들임으로써 완전성에 이를 수 있게 된 것이다. 싱클레어는 단일적 사고에서 전일적 사고로의 전환을 하게 된다. 그는 선과 악, 밝은 세계와 어두운 세계, 남자와 여자, 성스러움과 속됨의 경계를 허물고 두 세계에 대한 안목을 갖게 된다.

– 홍순길, 〈헤세의 여성상〉

다 그러면 각성한 자는 어떤가? 각성한 자는 독자적 법칙에 따라 사는 인간이며, 기성의 규범을 무비판적으로 수용하지 않고 새로운 삶의 가치를 세우는 자이다. 이러한 인간의 전형이 데미안이다.

한 인간의 자아실현은 고뇌와 방황의 산물이다. 헤세가 탐구자 에밀 싱클레어를 모델로 하여 제시한 자아실현 과정은 부단한 내적 투쟁을 통해 자신의 갈등을 극복해 가는 모습이며, 인습과 통념을 넘어 자신의 신념과 신앙을 구축하려는 노력이다. (중략)

그렇다면 《데미안》에 나타난 자아실현의 과정은 어떤 모습인가.

첫째, 자아실현에 도달하기 위해서는 절망과 방황이 필연적으로 따르게 되는데 이는 자신의 이상에 따르려는 삶과 외부의 이상에 따르려는 삶과의 갈등에서 오는 것이다. 하지만 이러한 갈등은 자아실현의 주체에게 해로운 것이 아니라, 좀 더 고양된 삶에 이르기는 위한 필수적인 과정이다.

둘째, 자아실현의 과정은 모든 사람에게 공통적으로 적용되는 길이 있는 것이 아니라, 개별적이고 독자적인 길이다. 그러므로 모든 가치의 기준은 외부의 대상에 의해서 결정하는 것이 아니라, 자신의 내면의 소리에 따라서 정해져야 한다.

셋째, 자아실현에 도달한 사람은 새로운 가치 기준을 창조하는 독자적인 인간이며, 세상 속에 살면서 세상을 개조하려는 의지를 지닌 인간이다.

1. 제시문 **가**에서 싱클레어가 그린 베아트리체의 모습을 설명하고, 싱클레어가 왜 그런 모습으로 베아트리체를 그렸을지 자신의 생각을 말해 봅시다.

....

....

....

2_ 제시문 **다**를 참고하여 다음 문장이 의미하는 바를 말해 봅시다.

> 새는 투쟁하며 알을 깨고 나온다. 알은 세계이다. 태어나고자 하는 자는 세계를 깨부수어야만 한다. 새는 신에게로 날아간다. 그 신의 이름은 아브락사스이다.

....

....

....

3_ 자신이 깨뜨려야 할 '알'은 무엇인지 말해 봅시다.

....

....

....

Step 4 제1차 세계 대전을 체험한 작가의 시대 인식을 살펴보고, 연대의 사회적 기능에 대해 말해 봅시다.

가 그는 유럽 정신과 현시대의 특징에 대해 이야기했다. 그는 어디를 가든 동맹을 맺고 무리를 짓는 일이 유행하지만, 자유와 사랑은 그 어디에서도 찾아볼 수 없다고 말했다. 대학생 단체나 합창단부터 국가에 이르기까지 모든 공동체는 강제로 형성되었고 공포와 두려움, 당황스러움에서 비롯되었다고 했다. 또한 그런 공동체는 내부적으로 부패하고 낡았으며, 머지않아 와해될 것이라고도 했다.

"공동체를 만드는 것은 좋은 일이야." 데미안이 말했다. "하지만 지금 도처에서 번성하고 있는 공동체는 전혀 그렇지 않아. 참된 공동체는 개인들이 서로를 알게 됨으로써 새로 생겨날 것이고 한동안 세계를 바꿀 거야. 그런데 지금 결성되는 공동체라는 것은 그냥 무리 짓기에 불과해. 사람들은 서로에게로 도피하고 있어, 서로 불안해하기 때문이야. 신사는 신사들끼리, 노동자는 노동자들끼리, 그리고 학자는 학자들끼리 모이지. 그런데 그들은 왜 불안해할까? 사람들은 자기 자신과 하나가 되지 못할 때만 불안에 휩싸이지. 자기 자신에 대해 전혀 알지 못하기 때문에 그런 거야. 순전히 자기 안에 있는 미지의 존재에 대해 불안을 느낀 사람들이 모여 이루어 낸 공동체!"

나 목적에 대해서는 전혀 깨닫지 못한 채 이 엄청난 사건에 완전히 헌신하겠다는 눈빛이었다. 그들이 원하는 것이 무엇이라고 믿고 무엇이라고 생각하든, 그들은 준비되어 있었고 쓸모가 있었으며, 미래를 만들 수 있었다. 세계가 전쟁과 영웅 정신, 명예와 다른 낡은 이상들을 고집할수록, 그리고 인간성을 그저 겉으로만 외치는 목소리가 아득히 먼 곳에서 비현실적으로 들려올수록, 모든 것은 피상적일 뿐이었다. 마치 전쟁의 외적, 정치적 목적이 무엇이냐고 묻는 질문이 피상적인 것과 마찬가지였다. 저 심연에서 무언가가 만들어지고 있었다. 새로운 인간성과 같은 그 무언가가. (중략) 그들은 증오와 분노, 살육과 파괴가 대상과 결부되어 있지 않다는 것을 직감하고 있었다. 아니, 목적과 마찬가지로 대상도 완전히 우연한 것이었다. 원초적 감정, 가장 야만적인 감정까지도 적을 향하지 않았다. 피로 더럽혀진 그 행위는 내면으로부터 발산되었을 따름이다. 새로 태어나기 위해 미친 듯이 날뛰고 죽이며 파괴하고 또 스스로 죽기를 원하는, 내면에서 쪼개진 영혼에서 나왔을 뿐이다. 거대한 새 한 마리가 알에서 나오려고 투쟁하고 있었다. 알은 세계이고, 세계는 산산조각 나야 했다. — 헤르만 헤세, 최성욱 옮김, 《데미안》

다 그럼 동료는 어떤 사람인가. 이 시대에 대해서 또는 우리가 살아감에 대해서 '공감' 하는 사람을 동료라고 불러요. '공감'은 '동감'과는 다른 것이에요. 예를 들어 동냥하는 사람을 보고 너무 가슴이 아파서 나도 모르게 돈을 줄 때가 있죠. 이때의 감정을 '동감' 이라고 불러요. A가 B를 보고 순식간에 B에게 감정 이입이 되는 거예요. A가 B로 바뀌 어서 일체감을 느끼는 거죠. 그런데 A가 B가 되는 순간 A는 사라져요. 그랬다가 감정 이입이 끝나면 다시 A로 돌아와요. 즉 A는 안전한 거예요. A가 A로서 뭘 한 게 아니라 B로서 뭘 했으니까 바뀌는 게 없어요. A는 거지가 아니에요. 거지의 감정을 일시적으로 느꼈지만 다시 거지가 아닌 존재로 돌아와서 거지와 무관하게 살아갈 수 있는 거죠. 돈 한번 주고 나서 흡족해져서 좋은 일을 했다고 느끼잖아요.

반면 '공감'은 A와 B 사이에 무언가가 생기는 거예요. 이건 A의 것도 아니고 B의 것 도 아니에요. 후쿠시마 핵 발전소 폭발이 일어났을 때 무서웠죠. 특히 부산, 울산은 핵 발전소와 인접해 있잖아요. 울산의 많은 사람들은 폭발을 보면서 공포감을 느꼈어요. 나한테도 일어날지 모르는 일이니까요. 그게 공감이에요. 다른 말로 표현하면, '네 처지 나 내 처지'입니다. 네 운명이 곧 내 운명이라는 걸 자각하는 것이 공감인 거죠. 공통 의 운명을 자각하는 거예요. 여기서는 A도, B도 사라질 수 없어요.

— 고병권 외, 《생각해 봤어?―우리가 잃어버린 삶》

라 누구든 그 자체로서 온전한 섬은 아니다.
　　모든 인간은 대륙의 한 조각이며, 대양의 일부이다.
　　만일 흙덩이가 바닷물에 씻겨 내려가면
　　대륙이나 모래톱이 그만큼 작아지듯,
　　그대의 친구들이나 그대 자신의 영지가 그리되어도 마찬가지다.
　　나는 인류 속에 포함되어 있기 때문에
　　그 어느 사람의 죽음도 나를 줄어들게 한다.
　　그러니 누구를 위하여 **종**이 울리는지를 알고자 사람을 보내지 마라.
　　종은 그대를 위해 울리는 것이다.　　　　　— 존 던, 〈누구를 위하여 종은 울리나〉

• 중세 유럽의 마을에서 사람이 죽었을 때, 그 사실을 알리고 죽은 사람을 애도하기 위하여 치던 조종(弔鐘)을 말한다.

1_ 제시문 **가**와 **나**를 근거로 헤세가 제1차 세계 대전을 바라보는 관점에 대해 말해 봅시다.

2_ 제시문 **다**와 **라**를 근거로 제시문 **가**와 **나**에서 드러난 문제의 해결 방안을 구체적으로 말해 봅시다.

Theme 01_ 사라예보의 총성, 전쟁의 비극을 알리다

1914년 6월, 발칸반도의 심장부 사라예보에서 열아홉 살 세르비아 청년이 오스트리아-헝가리 제국(이하 오스트리아)의 황태자 페르디난트 부부를 쏘아 죽인 사건이 발생했다.

당시 유럽의 여러 나라들은 제국주의 정책을 펴면서 서로 더 많은 식민지를 차지하기 위하여 치열한 경쟁을 벌이고 있었다. 식민지 쟁탈전은 크게 두 세력의 대결로 압축되었다. 1882년 독일은 오스트리아, 이탈리아와 한편이 되었고 (삼국 동맹), 1907년에는 선진 제국주의 국가로서 독일의 세력 확장을 저지하려는 영국을 중심으로 프랑스, 러시아가 손을 잡았다(삼국 협상).

이 두 세력이 첨예하게 대립하고 있던 곳이 바로 발칸반도였다. 발칸반도는 오랫동안 오스만 제국의 지배를 받았으며, 오스만 제국이 쇠퇴한 19세기에 이르러 곳곳에서 민족 운동이 일어났다. 1908년 오스트리아에 합병된 이후에도 다양한 종교와 민족 간의 크고 작은 이해관계에 따라 갈등이 지속되고 있었다. 이러한 상황에서 세르비아 민족주의자 청년이 황태자 부부를 저격한 사라예보 사건은 '유럽의 화약고' 발칸반도에 불을 붙인 격이 되었다.

오스트리아는 사라예보 사건을 반란으로 규정하고 독일에 지원을 요청했다. 팽창 정책을 추진하던 독일은 우방에 대한 지원을 약속했고, 든든한 지원군을 얻은 오스트리아는 1914년 7월, 세르비아에 선전 포고를 한다. 뒤이어 범슬라브주의 운동을 이끌며 발칸반도로의 진출을 노리던 러시아가 세르비아를 지원하고 나서면서 곧 동맹 관계에 따라 전선이 형성되었다.

1917년 8월 4일, 독일의 벨기에 침략을 신호탄으로 역사상 최초의 세계 대전인 제1차 세계 대전이 시작되었다. 독일, 오스트리아, 불가리아, 오스만 제국이 동맹국을 이뤘고 영국, 프랑스, 러시아, 미국이 연합국으로 참전했다. 유럽 전체를 넘어 전 세계는 돌이킬 수 없는 전쟁의 비극에 휩싸이고 말았다.

3년간의 전쟁으로 동맹국 측과 연합국 측이 모두 엄청난 인적, 물적 피해를 보았다. 사망자가 9백만 명에 달했으며 부상자도 2천만 명 이상이나 되었다. 참전한 모든 나라의 전쟁 비용은 3천억 달러에 달했다. 특히 비행기, 탱크, 독가스 등 신무기의 등장은 전쟁의 비인간성을 부각시켰다.

논제 : 인간이 성장하기 위해서는 고통을 경험해야만 한다.

가 둘 중 한 세계는 아버지의 집이었다. 하지만 이 세계는 아주 비좁아서, 엄밀히 말하면 부모님만을 포함한 곳이었다. 대부분 내가 너무나 잘 알고 있던 그 세계는 어머니와 아버지가 살고 있는 곳, 사랑과 엄격함이 지배하는 곳, 모범적인 삶과 학교생활이 이루어지는 곳이었다. 온화한 광채와 명확함, 깨끗함이 이 세계에 속했고 부드럽고 친절한 말씨나 깨끗이 씻은 손, 말끔한 옷가지와 훌륭한 예절이 여기에 깃들어 있었다. 이곳에서는 아침마다 찬송가를 불렀고, 크리스마스 때는 파티도 열렸다. 이 세계에는 미래로 통하는 곧은 선(線)과 길이 있었다. 의무와 책임, 양심의 가책과 참회, 용서와 선의, 사랑과 존경, 성경 말씀과 지혜가 있었다. 인생을 분명하고 깨끗하게, 아름답고 질서 정연하게 누리려면 이 세계에 머물러야 했다.

나 또 다른 세계는 분명 우리 집 한가운데서 시작되고 있었지만, 전혀 다른 세계였다. 냄새도 다르고, 말도 다르며, 약속하고 요구하는 것도 달랐다. 이 두 번째 세계에는 하녀와 직공들이 있었고, 귀신 이야기와 추잡한 소문들이 있었다. 거기에는 엄청나면서 유혹적이고, 무시무시하면서도 수수께끼 같은 가지각색의 일들이 수없이 흘러넘치고 있었다. 도살장이며 감옥, 술주정뱅이와 욕지거리하며 다투는 여자들, 새끼를 낳는 암소와 거꾸러진 말, 강도와 살인과 자살 같은 일들이 벌어졌다. 아름답고도 몸서리쳐지며, 사납고 잔인한 이 모든 일들이 주변에서 일어났다. 바로 이웃 골목, 바로 이웃집에서 경찰과 부랑자들이 돌아다녔다. 술주정뱅이들은 아내를 두들겨 팼고, 저녁이면 공장에서 젊은 처녀들이 무리 지어 쏟아져 나왔다. 노파가 사람을 홀려 병들게 할 수도 있었다. 숲에는 도둑들이 살았으며, 방화범들은 경찰에 붙잡혔다. 이 두 번째 격한 세계는 어디에서나 솟구쳐 올라 냄새를 풍겼다. 다만 아버지와 어머니가 계신 우리 방만은 예외였다. 그리고 그 점은 참 좋았다. 여기 우리 집에 평화와 질서, 휴식이 있고 의무와 선한 양심, 용서와 사랑이 있다는 사실이 경이로웠다. 게다가 다른 온갖 것들, 시끄럽고 날카로우며 음산하고 폭력적인 것들이 존재하며, 그럼에도 그곳에서 한 걸음만 폴짝 뛰면 어머니의 품 안으로 도망칠 수 있다는 사실도 놀라운 일이었다.

다 친절한 손길이 나를 붙잡아 구원해 놓자 나는 곁눈질 한 번 하지 않고 곧바로 어머니의 품으로, 유순하고 천진난만하던 어린 시절의 애정 가득한 그 안전한 공간으로 되돌아가 버렸다. 나는 실제보다 더 어리게, 더 의존적으로, 더 아이같이 굴었다. 혼자 힘으로 걸을 능력이 없었기에 나는 크로머에게 예속되었던 삶을 새로운 예속 관계로 대체해야 했다. 그래서 나는 그것이 유일한 세계가 아니라는 것을 이미 잘 알고 있으면서도, 맹목적으로 아버지와 어머니에게, 옛날의 사랑스러운 '밝은' 세계에 의존하는 삶을 선택했다. 만약 그러지 않았더라면 나는 데미안을 붙들고 그에게 비밀을 털어놓아야 했을 것이다. 그 당시에는 그렇게 하지 않은 것이 데미안의 낯선 사상에 대한 정당한 불신 때문이라고 생각했다. 하지만 사실은 불안 때문이었을 뿐 아무것도 아니었다. 데미안은 내게 부모님보다 더 많은 요구를 했을 것이다. 자극과 경고, 조롱과 반어를 통해 나를 좀 더 독립적으로 만들려고 했을 것이다. 아, 지금에서야 알게 되었다. 온전히 자기 자신에게 이르는 길을 가는 것보다 사람들이 싫어하는 일이란 이 세상에는 없다는 사실을!

— 헤르만 헤세, 최성욱 옮김, 《데미안》

논술하기

1. 제시문 **가**의 내용을 토대로 제시문 **나**~**라**에서 세계를 인식하는 태도와 방법이 어떻게 다른지 비교하여 밝히고, 이에 대한 자신의 견해를 논술해 봅시다.

> **가** 하나의 사물이나 현상을 다양한 관점에서 살펴볼 수 있듯이 우리가 살아가고 있는 이 세계 역시 다양한 관점에서 이해하고 해석할 수 있다. 세계를 이해하고 해석하는 문제는 단순한 이해나 해석에서 그치지 않고, 우리의 구체적인 삶의 모습을 알게 모르게 규정하게 된다는 점에서 중요하다. 글이나 그림 등에서도 우리가 살아가고 있는 이 세계를 이해하고 해석하는 다양한 관점을 엿볼 수 있다.
>
> **나** My parents' house made up one realm, yet its boundaries were even narrower, actually embracing only my parents themselves. This realm was familiar to me in almost every way—mother and father, love and strictness, model behavior, and school. It was a realm of brilliance, clarity, and cleanliness, gentle conversations, washed hands, clean clothes, and good manners. (omitted)
>
> The other realm, however, overlapping half our house, was completely different: it smelled different, spoke a different language, promised and demanded different things. This second world contained servant girls and workmen, ghost stories, rumors of scandal. It was dominated by a loud mixture of horrendous, intriguing, frightful, mysterious things, including slaughterhouses and prisons, drunkards and screeching fishwives, calving cows, horses sinking to their death, tales of robberies, murders, and suicides. All these wild and cruel, attractive and hideous things surrounded us, could be found in the next alley, the next house. Policemen and tramps, drunkards who beat their wives, droves of young girls pouring out of factories at night, old women who put the hex on you so that you fell ill, thieves hiding in the forest, arsonists nabbed by country police—everywhere this second vigorous world erupted and gave off its scent, everywhere, that is, except in our parents' rooms. — Hermann Hesse, 《Demian》

다 여섯 살 때 나는《체험한 이야기》라는 원시림에 대한 책에서 굉장한 그림 하나를 본 적이 있다. 짐승을 집어삼키고 있는 보아 구렁이 그림이었다. (중략)

그 책에는 이렇게 쓰여 있었다. "보아 구렁이는 먹이를 씹지 않고 통째로 집어삼킨다. 그런 다음에는 꼼짝달싹하지 못하고 여섯 달 동안 잠을 자면서 소화시킨다."

그때 나는 밀림 모험에 대해 골똘히 생각해 보았다. 그런 다음 색연필로 내 나름의 생애 첫 그림을 그려 보았다. 내 그림 1호였다. 바로 이런 그림이었다.

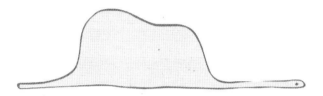

나는 내 걸작을 어른들에게 보여 주며, 이 그림이 무섭지 않느냐고 물었다.

그러나 어른들은 "무섭다고? 모자가 뭐가 무섭다는 거니?"라고 대답했다.

내 그림은 모자 그림이 아니었다. 그것은 코끼리를 소화시키고 있는 보아 구렁이 그림이었다. 하지만 어른들은 그림을 이해하지 못했고, 결국 나는 다른 그림을 하나 더 그렸다. 나는 어른들이 확실히 알아볼 수 있도록 속이 보이는 보아 구렁이를 그렸다. 어른들은 언제나 설명을 해주어야만 한다.

– 생텍쥐페리,《어린 왕자》

라 착시 그림

아로파 세계문학을 펴내며

一日不讀書 口中生荊棘

흔히 책 한 권이 한 사람의 운명을 바꿀 수 있다고 한다. 훌륭한 책을 차분하게 읽는 것이 개개인의 인생 역정에 지대한 영향을 미친다는 의미이다. 특히 젊은 날의 독서는 읽는 그 순간으로 그치는 것이 아니라, 독자의 인생 전반에 걸쳐 그 울림의 자장이 더욱 크다. 안중근 의사가 형장의 이슬로 사라지기 전 후대를 위해 남긴 수많은 경구 중 특히 '일일부독서구중생형극(一日不讀書口中生荊棘)'이라는 유묵이 전하는 바는 지금 이 순간에도 절절하게 다가온다.

고전은 시대와 세대를 뛰어넘어 당대를 사는 독자에게 언제나 깊은 감동을 준다. 시간이 흘러도 인간이 추구하는 근본적이고 보편적인 가치는 변하지 않기 때문이다. 이러한 고전 읽기는 가벼움과 효율성을 중시하는 담론이 지배하고 있는 시대에 우리에게 삶을 다시 한 번 돌아보게 한다.

아로파 세계문학 시리즈는 주요 독자를 청소년으로 설정하였다. 번역 과정에서도 원문의 맛을 잃지 않는 한도 내에서 최대한 청소년의 눈높이에 맞추고자 노력하였다. 도서 말미에는 작품을 읽은 뒤 토론하는 데 도움을 주는 '깊이 읽기' 해설편과 토론·논술 문제편을 각각 수록하였다.

열악한 출판 현실에서 단순히 차려진 밥상에 숟가락을 얹는 것이 아닌, 청소년들이 알을 깨고 나오는 성장기의 고통을 느끼는 데에 일조하고 싶었다. 아무쪼록 아로파 세계문학 시리즈가 청소년들의 가슴을 두드리는 북이 되었으면 하는 바람이다.

옮긴이 **최성욱**

한국외국어대학교 독일어과를 졸업하고 동대학원에서 로베르트 무질 연구로 문학 박사 학위를 받았다. 덕성여자대학교에서 강의했고, 현재 대전대학교(비교 문학 및 현대 사회와 대중문화)와 백석대학교(유럽 문화), 그리고 한국외국어대학교 통번역학과(독일어 읽기)에서 강의하고 있다.

저서로는 《로베르트 무질》, 《이미지, 문자, 해석》(공저)이 있고, 역서로는 《쇼펜하우어의 토론의 법칙》, 《역사를 바꾼 물질 이야기 1 – 현대의 모순을 비추는 거울, 알루미늄의 역사》, 《수레바퀴 아래서》, 《유럽 정신사의 기본 개념 1 – 행복》, 《사랑의 완성》, 《변신》이 있다.

아로파 세계문학 **06**
데미안

1판 1쇄 발행 2017년 7월 20일
　　4쇄 발행 2023년 5월 31일

지은이 헤르만 헤세 **|** 옮긴이 최성욱 **|** 펴낸이 이재종
편　　집 윤지혜 **|** 디자인 박주아

펴낸곳 도서출판 **아로파**
등록번호 제2013-000093호
등록일자 2013년 3월 25일
주소 서울시 강남구 도곡로 63길 23, 302호
전화 02_501_0996
팩스 02_569_0660
이메일 rainbownonsul@daum.net
ISBN 979-11-87252-06-1
　　　979-11-950581-6-7(세트)

* 이 도서의 국립중앙도서관 출판시도서목록(CIP)은 e-CIP홈페이지(http://www.nl.go.kr/ecip)와 국가자료공동목록시스템(http://www.nl.go.kr/kolisnet)에서 이용하실 수 있습니다. (CIP제어번호 : 2017008122)